ベーシック　命をつなぐ物語

廣田尚久

河出書房新社

目次

ベーシック　命をつなぐ物語

第一章　貧しい母子

1

いよいよ食べるものがなくなって、街はずれをふらついていたら、竹林に迷い込んだ。

竹林はそれらしく青々としているが、見るからに荒れ果てていて、太い孟宗竹があちこちで切り倒され、その場に投げ捨てられていた。手入れはされていないが、人が入った形跡はある。

キクコは、この竹林の奥に行こうとして足を踏み入れてみた。たちまち竹の葉に頬を切り払われた。のけぞって足を踏み外したとき、すり減ったサンダルの底から棒のようなものが突き上げてきた。あわてて竹林から出ようとすると、何かにつまずきつんのめってしまったので、目の前の竹にしがみついた。竹は大きくしなったが、キクコを弾き返してその身体を支えた。

体勢を整え前に進もうとしてふと下を見ると、小さな薄緑の植物が地面に張りついていた。この葉っぱのような植物につまずいたのだろう。しゃがんでそれを摘まみ上げようとしたが、指が滑って摘まみ上げることができない。

頭をあげて周囲を見渡すと、竹の根元の隙間に先が尖った植物があちこちに地面から首を出しているのが見えた。

これは竹の子に違いない。そう思うや否や、キクコは足元の周りに目を走らせた。少し先に手のひらほどの黒い物体が転がっているのが見えたので、そこまでいざって行ってその物体を拾い上げた。それは、子どもが使うような小さなスコップだった。全体が錆に覆われていて、土を掘るにはいかにも心もとない。それでも、今は土を掘るにはこれしかないだろう。しかし、スコップがあるならば、シャベルもあるかもしれない。そう思って、立ち上がって周囲を見回してみたが、それらしいものは目に入ってこなかった。だったら、やはり地面を掘るにはこれしかない。

キクコは、その場にしゃがみ込んで、足元の小さな円錐形の植物の真横にスコップを突き刺し、土をすくい上げた。土は、ほんの少ししかスコップの上には乗らなかった。その僅かな土を脇に投げ捨て、またスコップの先を土に叩きつけた。二度目に掘り上げた土も僅かなものだった。その土を放り投げてまたスコップを土に打ち込んだ。

何度も何度も、スコップを地面に突き刺し、土をすくい上げ、その土を脇に放り投げた。竹の子が地面から三センチほど姿をあらわした。引っ張れば抜けると思って、穂先を握って引き揚げようとしたが、竹の子はビクとも動かない。

キクコは、その場に四つん這いになって頭を垂れ、荒い呼吸をした。

もう四日も食べ物を口に入れていない。ああ、お腹がすいた。お腹がすいて疲れた。首尾よくこの竹の子を掘り出すことができるだろうか。掘り出すだけの力がまだ残っているだろうか。もうだめかもしれない。しかし、目の前に食べ物があると分かっているのに、このままここで倒れてしまうのは、あまりにも悔しい。家には、ぐったりとして横になったままのシンチが待っている。シンチの口の中に、この竹の子を入れてやりたい。いや、入れてやらなければならない。もう一度、もう一度力をふり絞って頑張らなければ……。

四つん這いになって頭をたれているうちに、ふと思うことがあった。掘り方が拙《まず》いのかもしれない。気持ちがはやって、スコップを竹の子のすぐ横にまっすぐ打ち込んでいたが、これでは竹の子を掘り抜くことができないのだろう。周りの土から大きく掘ってゆかなければ、穴を深く掘ることはできないと思う。腰を据えて、大きく掘ってみよう。

キクコは、竹の子の頭から一五センチほど離れたところから土を掘りはじめた。大きく円く、少しずつ、少しずつ、根気よく、最後の力を振り絞って、コツコツ、コツコツと掘り進めた。

やがて竹の子は、その全体の姿をあらわした。それは、地下に横に走っている茎から直角に立ち上がっていた。キクコがその地下茎から立ち上がる白い部分にスコップを差し込んで、クイッと柄《え》を持ちあげると、その子はあっけなく親から切り離されて手のひらに乗った。

何も考えずに、何も考えることができずに、キクコは、その場で竹の子の皮をむしり取った。皮はゴワゴワとして手強いものだったが、投げ棄てるごとに頼もしいものに思われてきた。そして、ついに白い三角錐の穂先が出てきた。キクコは、その頭にかぶりついた。柔らかいが歯ごたえはあった。少し生臭かったが味などというものは分からなかった。嚙み砕いたかたまりが喉を通過して、胃に収まったことが分かった。

キクコは、まるまる一本の竹の子をその場で食べてしまった。食べてしまうと、家で子どもがぐったりしていたことを思い出した。

要領を覚えたキクコは、あと二本、竹の子を掘りだした。難なくとは言えないまでも、腹に力を得てからは、作業が楽になったと思えた。

汚れたシャツの懐を丸めてその二本を抱え、拾ったスコップを手に握りしめ、キクコは竹林をあとにした。

竹林から出ると、すぐ脇に崩れかけた神社があった。キクコは、その神社を一瞥して、来た道の方に足をすすめた。春の陽が傾きはじめ、あたりは霞んできた。

2

キクコは、竹の子を抱え、背を丸めて小走りに道を進んだ。

たしかに盗んだと言えば盗んだことになるが、キクコには盗んだという意識はなかった。それよりも、掘りに掘って、自分の力で手に入れたという気持ちになっていた。それでも逃げるように走っているのは、無意識のうちに盗んだと思っていることになるのかもしれない。

そんなことよりも、キクコの意識を占めていたものは、この道を覚えておかなければならないということだった。この道を覚えておいて、また竹の子を採りにこよう。そう思ってキクコは、走りながら左右に視線を飛ばして、道の両脇の佇まいを頭に刻み込んだ。

左手の荒れ果てた神社の前を通り過ぎてまっすぐ行くと、来るときには気づかなかったが、小川があって欄干のない石橋がかかっていた。その橋を渡ってなおもまっすぐ行くと、道はゆるやかに右にカーブして、やがて行き止まりになった。

行き止まりとはいえ、その先には道がついているようだった。しかし、生い茂った草に覆われていて道はよく見えない。そう言えば、ここまでくる間の道筋には人家がなかった。道の右手も左手も荒れた畑になっていて、人が耕した跡はなかったように思う。

ふと右手を見ると、石段があった。その石段のすそに丈の低い桜の木が、あやしげな花を咲かせていた。その花を見て、竹林に迷い込む前に一〇段ほどの石段を降りたことを思い出した。

傾いた石を組んだ段々を昇りきると、目の前は古寺だった。本堂の屋根には草が生えていて、人がいる気配はない。右に曲がって境内の苔むした細い道を行くと、道を挟んだ右側にも左側にも、びっしりと観音の石像が立っていた。来るときにはまったく気づかなかったが、お腹が空いていて周囲を見ることができなかったからだろう。しかし、俯いて地面だけを見てトボトボ歩いていたときに、何か怖いところを歩いていたという感じはたしかにあった。

早足で観音像が立ち並ぶ道を行くと、その道が尽きて左に曲がる道がついていた。その道を小走りでしばらく行くと、ようやく境内から出ることができた。

目の前に道幅五メートルほどの舗装された道路があって、左手には戸建ての住宅が並び、右手にはコンクリート造りの集合住宅が見えた。

たしかにこの道は、来るときに通った。キクコは、ややゆったりした気持ちになって、その道をまっすぐ行った。ここまで来ると、もう走る必要はないように思われた。それに、小走りとはいえ、さすがにもう疲れた。

この道に入ってからも、人には会わなかった。車も走っていなかった。この頃はどこでもそうであるが、人気《ひとけ》というものがなくなってきた。戸建ての住宅もあり、集合住宅もあるのだから、この辺りに人が住んでいることは確かだろうが、空き家になっているところも多いのではないだろうか。人口が少なくなってこういうことになったのだろうか。それとも働く場所がなくなって人が外に出歩くことがなくなったのだろうか。あるいはお腹を空かして外出する気力がないのだろうか。どれもが当たっていると思うが、街がこういう姿になってからずいぶん久しい。知っている街はだいたいこんなものだ。

しばらく行くと左手に美容院があった。大きな地震があったり、津波があったり、台風による風水害があったりしたあとで、復興の掛け声によって開かれる最初の店は、どこでも判で押したように美容院であると聞いたことがあるが、ほんとうにそうなのだろうか。前にいつ美容院に行ったか思い出せないほどの昔のことだが、復興のテープを切る最初の店が美容院だなんてとても信じられない。

そう思いながら、美容院のガラス窓から中を覗いてみたら、案の定中は真っ暗で、老女がひとり、椅子に腰掛けてぼんやりと床をながめていた。

その隣の小さな鉄の門扉のある青い瓦屋根の家も、向かい側の集合住宅の窓々も、しんとしていて人の気配がなかった。

舗装道路をまっすぐ行くと、道幅の広い国道に出た。その国道を渡ると四つ角に金物屋があった。四年ほど前のことになるが、この金物屋で小さな鍋を買ったことがある。そのときはまだ品数も揃っていて、店の中には他の客も何人かいたが、今はどうだろうか。キクコが店の中を覗いてみると、棚の上に包丁とスプーンとフォークが二、三並んでいるだけだった。それでも、キクコに気づいたのか、奥の方から、

「いらっしゃーい」

という声がしたので、キクコはあわてて外に飛び出した。

国道を左に曲がり、急ぎ足で歩道を行くと、さすがに国道というほどのことはあって、何台かの車

に会い、車に抜かれた。その車は、どれもこれも見るからに高級車だった。別世界の人たちが乗っている車であることは分かっているが、キクコには車種の違いなどは分からない。それでも、高級車であることは分かる。一つの空間に、高級車を乗り回す人種もいれば、キクコのような極貧の人種もいる。考えてみれば不思議なことであるはずだが、そんなことに頭をめぐらせることはなく、キクコはただ右、左と蟻のように地べたを這っているだけだった。

国道でも、人はまったく歩いていなかった。店舗は並んでいるが、その大部分はシャッターを降ろしており、シャッターを降ろしていない店も、窓の中は黒々としていた。

陽が傾きかけていた。

キクコは、ガソリンスタンドの前を通り過ぎようとした。

ガソリンスタンドは開いていて、小柄な若者が洗車をしていた。若者はキクコに気づいて、懐の膨らみに目を落とした。

〈しまった！〉

と思ったが、もう遅かった。若者が叫んだ。

「あっ、その竹の子、どこで採った！」

キクコはとっさに、来た道とは逆の方向の国道の先の方を指さした。そして、胸の前の竹の子を抱えなおして、すぐ右に曲がり、小道を走った。さらに、またすぐに右に曲がり、今度は左に曲がり、次に右に曲がった。キクコは、自分のことを、ずるくなったとも、悪くなったとも思わなかった。しかし、賢くならなければとは思った。

そして左に曲がると、やや広い道路に出た。若者は追ってこなかった。その道路を渡って右にカーブを描く道を少し行くと、目の前にしばらく前に閉店したコンビニがあらわれてきた。キクコにとってはおなじみのコンビニだったのだが。

キクコは、曲がりくねった道を道筋にしたがって歩き続け、小屋としか言いようのない建物の前に立った。

やれやれようやくたどり着いた。またもう一度、あの竹林に行くことができるかしら。そう思って、今来た道を頭の中で帰ってみた。

〈大丈夫〉

そう自分に言い聞かせて、小屋のガラス戸を引いた。ガラス戸は、軋みながら音を立て、それでもキクコが中に入るだけの隙間を開けた。

そのときになって、はじめて気づいて、恐怖がキクコを襲った。

〈帰り道に気を取られてうっかりしていた！　シンチは生きているだろうか！〉

キクコは、痩せた身体をガラス戸の隙間からこじ入れ、サンダルをたたきに脱ぎ捨てて、部屋に上がり込んだ。

シンチは、青い長袖シャツに黒の半ズボンをはいたままの姿で、膝を抱え壁向きに丸くなっていた。

竹の子とスコップを脇に置いて覗き込むと、わが子は小さな息をしていた。

キクコは大きく息を吐いた。そして、つくづく思った。

心配の種は、今や生きているかどうかということだけになってしまった……。

3

料金を払えないので、電気を止められている。薄暗くなってきたが、ものが見えるうちに支度をして、早くシンチに竹の子を食べさせなければならない。

キクコは、竹の子を手に取って、あらためて眺めてみた。さっきからずっと持って帰ることだけに夢中だったので気づかなかったが、こうしてみるとずっしりと重く、黒い斑点のある皮が粗っぽい毛で覆われていて、とても頼もしい。

キクコの住まいは、もとは家畜小屋だったようだ。大家の話では、そこにガラスの引き戸をつけて玄関にし、奥行き三〇センチほどを残して床をあげたということだった。残された奥行き三〇センチほどはたたきということになったが、たたきと床には仕切りがないので、ガラス戸を開けて中に入れば、家の中は丸見えである。たたきを上がって、右手が南側であるが、そこに幅二メートルの窓がある。そしてその右隣の一メートルに流しとガスコンロ一台がある。窓の左一メートルはトイレになっている。部屋の奥行きはこれで全部であるから四メートルということになる。そして間口は三メートルだから、たたきを除けば、全部で一二平方メートルということになる。

キクコは、四年前に、マツリという男と一緒にここにやってきた。そのときお腹の中に二〇週の子どもがいた。

お腹の中で胎児は順調に育ち、予定通り産まれた男の子にシンチという名前をつけた。そのときはまだ、二人とも仕事を持っていた。二人で働けば暮らしてゆけるねと励まし合ってつつましく生活をしていた。小さいながらもこの住まいの中には笑いもあった。しかし、先にキクコが仕事を失い、その数か月後にマツリが失職した。しばらくして、マツリは外出したまま戻らなかった。

そのころ大家も行方不明になった。払えと言われても払えるものではないが、大家の行方不明をいいことにして、家賃を払わずにそのまま居ついている。

二本の竹の子とスコップを持って、キクコは膝をついてから立ち上がった。そして、スコップをたたきに置き、流しに行って竹の子の大きな皮を三枚むいた。それから包丁で穂先の先端を切り落とした。するとほのかに匂いがしてきた。さっきは少し生臭いと感じたが、暖かみのあるいい香り。これは生き物の匂い……。

プロパンガスはまだ残っている。水道もまだ止められていない。キクコは、鍋に水を満たして、コンロの上に置き、火を点けた。そして、水泡が立ち上がりはじめたとき、竹の子をそっと鍋の中に落とした。

竹の子が煮えたと分かったので、キクコは、鍋に水を入れて冷ましてから取り出して、残った皮をむいた。白い竹の子の身が出てきた。キクコは、その竹の子を手のひらに乗せて重さを実感してから、まな板の上に置いて包丁で輪切りにした。小気味よい音を立てて竹の子に包丁の刃が入った。輪切りの竹の子を皿に山盛りにしてシンチのところに行き、小さな身体を揺すった。

シンチは、ぐったりとしたまま丸い姿勢を変えなかった。キクコは、シンチの身体をひっくり返してみた。しかしシンチは、身体の形を変えずに上を向いただけだった。目をつぶっていたが、しっかりと息はしている。キクコは、

「シンチ、ごはんよ」

と言って、シンチの肩を揺すり、お腹をくすぐった。

シンチは、足を伸ばし、両腕をダランと投げ出した。しかし、目は開けなかった。

ここでキクコは、「クスリ」と笑った。

さて、どうしようか。

「シンチ！　ごはんだよ！　食べなければ、私が食べちゃうよ！」

それでも、シンチは目を開けない。

空腹でへたばっているのかと思っていたのだけれど、熟睡していたのかしら……。

だったら、起こしてみよう。

「シンチ、シンチ！」

キクコは、大声で叫んだ。それでも、シンチは目を覚まさない。

「シンチ！　シンチ！」

まるで、蘇生術を施しているようだ。キクコは心配になってきた。

こうなったら、口の中に入れてやるしかない。

キクコは、シンチの口をこじ開けて、竹の子の穂先の部分をほんの少し入れてみた。それでもまだ、シンチは竹の子を口に含んだままビクともしない。口も動かそうとしない。

ここまできたら、もう口に入っている竹の子の穂先に委ねるしかない。自分のすることはもう何もない。キクコは、床に手をついてシンチを見守った。

どれぐらい時間が経っただろう。窓の外は相当暗くなってきて、部屋の中のシンチの姿も見えにくくなってきた。

やがて、シンチの口が少し動いた。

〈アッ、動いた〉

と思ったらすぐにシンチの口が忙しく動き出して、小さな丸が喉を通過するのが見えた。と同時に、シンチがうっすらと目を開いた。

「シンチ！　ごはんだよ。まだあるよ、食べる？」

と声をかけると、かすかに頷いた。

キクコは、輪切りにした竹の子を半分にして、シンチの口に押し込んだ。

シンチはそれを横になったままムシャムシャと食べた。

それを見て、キクコは、また竹の子をシンチの口に押し込んだ。また、シンチがムシャムシャと食べた。そしてまた、そしてまた、これが五、六度繰り返されると、シンチがむっつりと起き上がって、生意気にもあぐらをかいてキクコと向き合った。

キクコは、皿のまま残った竹の子をシンチに渡した。

シンチは、薄く輪切りにした竹の子を三枚貪るように食べたが、ふと気がついたようにキクコの目を見ると、皿の中の一枚を指でつまんで、キクコに差し出した。

キクコは、その一枚を有難くいただくことにした。そのあとシンチは、自分が一枚食べると、次の一枚をキクコに差し出すという動作を繰り返した。

その食事を無言で続けながら、キクコはしみじみとシンチが愛おしいと思った。手を伸ばして抱きしめたいという衝動にかられたが、シンチが胸の前に皿を抱えて夢中で竹の子を食べているので、どうにもならない。何か声をかけようと思ったが、いい言葉が出てこない。

その夜、二人は手をつないで寝た。

4

翌日、キクコは、朝早く目を覚ました。シンチはすやすやと眠っている。

すぐに朝食の準備にかかった。朝食と言っても、それは昨日の残りの竹の子一本だけである。主食になるような米や麦は一粒もない。

竹の子の皮をむくと穂先が出てきて、なぜかほっとした。鍋に水を満たし、コンロの上に置いてプロパンガスの火を点けた。水泡が立ち上がりはじめたのを確かめて、竹の子の皮を三枚むき、そっと鍋の中に落とした。竹の子が煮えてから鍋に水を入れ、冷めたところで鍋から取り出して、残った皮をむき包丁で輪切りにした。

それを皿に移してから、キクコはシンチを起こした。

シンチは、ゆっくり起き上がってから目をこすった。

「おはよう。朝ごはんあるよ」

「うん」

キクコは、布団を脇に寄せ、小さなちゃぶ台を部屋の隅に用意して、その上に竹の子の皿を置いた。シンチがチョコチョコと足を運んで、ちゃぶ台の前に座り、すぐに竹の子に手を伸ばした。シンチがいくつか食べたのを見計らって、キクコも箸を伸ばして竹の子を口に運んだ。

食事が終わると、すぐに皿とちゃぶ台を片づけ、布団をたたんで部屋の隅に置き、

「シンちゃん、行くよ」

と声をかけた。

「どこに?」

「竹の子を採りに行くよ。決まっているでしょう」

キクコは、たたきに転がっていたスコップを拾って、シンチがゴム靴をはくのを待った。久しぶりに高揚した気持ちが起こってきた。

ふたりが外に出ると、シンチがスコップを持ちたがったので、キクコはシンチの右手にスコップを持たせて、左手と手をつないだ。

外は霞がかかっていて、なま暖かかった。

シンチの歩みに合わせて、廃業したコンビニの先を左に曲がり、それから細い道を右、左、右、左と曲がると、道幅の広い国道に出た。国道を左に曲がると、すぐそこにガソリンスタンドがあるが、昨日はガソリンスタンドの若者に竹の子を見つけられたので、そこは避けて通りたい。キクコは、国道をまっすぐ横断して、向こう側の歩道に行くことにした。

国道の左右を見ると、車の影は見えなかった。今なら渡れると思ったが、用心するに越したことはない。豪奢な高級車が猛烈なスピードをあげて突然現われるかもしれないから。

キクコは、シンチを抱きかかえて、走って横断し、渡り終わったところでシンチを降ろし、大きな呼吸をした。それからまた、シンチの歩みに合わせて国道をまっすぐ行き、左手角に金物屋が見えて

きたところで、その角を右に曲がった。

それから左側に集合住宅がある道をまっすぐ行って、美容院の前を通り過ぎると、観音像が立ち並ぶ寺の境内に入った。

ここまでシンチは、何も言わずに黙々と歩いてきた。こういうときに文句を言うような子ではないが、「抱っこ」と言われることは覚悟していた。しかし、シンチはそういう要求はしなかった。むしろ、リズミカルに足を運んでいたので、遠足のような気分になっていたのかもしれない。

しかし、境内に入ると、シンチの足は重くなった。境内の細道を右に曲がって石像が立ち並ぶところにくると、シンチの足は完全に止まってしまった。キクコが手を引っ張って、

「どうしたの？」

と聞くと、シンチは、うつむいて、

「こわい」

と言った。

できることなら、キクコもこの道は通りたくなかった。しかし、この道を通らないで、あの竹林にたどりつく道を思いつかなかった。ここを通ったからこそ、あの竹林にたどりつくことができたのだ。そのことはよくキクコにも分かっていた。というよりも、シンチの足が止まったから、そのことがはっきりしたのだ。

結界という言葉をキクコは知らなかったが、この道を通ることによって、別の世界に行くことができるのだということはうすうす分かっていた。それをここではっきりと思い知るはめになったのだ。数えきれないほどの観音の石像に睨まれながら、この苔むした細道を通り切ることによってはじめて、

竹林にたどりつくことができるのだ。昨日それをやり遂げたために、竹の子が与えられ、そして、帰り道にこの道を通過することによって、シンチの口に竹の子を入れることができたのだ。

だとすれば、この道を通らなければ、竹林にたどりつくことはできない。回り道などあるはずはない。

「シンちゃん、ここは自分で歩かなければいけないのよ。ここを自分で歩いて通らなければ、竹の子を採れないよ」

「どうして?」

「どうしてって、それは決まりなの」

シンチは、口を結んで、睨みつけるようなこわい目つきをした。そして、左手をキクコから離して、拳をにぎり、肩をいからして、キクコの先に立って歩き出した。

無事に石像の道を通過して、ふたりは、寺の階段を降りた。そのときもシンチは一人で上手に足を運んだ。あと三段というところで、キクコは斜めに傾《かし》いだ石につまずいて石段の下に転げ落ち、桜の木の下で尻もちをついた。一瞬罰《ばち》が当たったのかと思ったが、そんなはずはない。立ち上がると、打ったところが少し痛かったが、ちょっとくじいただけだろう。

ふたりはまた手をつなぎ直して、竹林を目指し、小川の石橋を渡ってしばらく行くと、そこに竹林が待っていた。

風が出てきて、竹がざわざわと騒いだ。

家を出るときには、他の人が竹の子を採りに来ているのではないかと心配したが、誰もいなかった。あの観音が見守る道は、誰にとってもついているわけではないのだろう。あそこを通過してここにたどりつく人は、それほど多くはないと思う。

5

竹の子は、昨日よりもたくさん首を出していた。ざっと見まわすと、掘った穴が三つ、はっきりと残っていた。

シンチが両手を広げて大股で竹林に入って行き、そのあとをキクコがついて行った。少し奥に入ったところでシンチが立ち止まったので、キクコが、

「貸して」

と言ってシンチからスコップを受け取り、その場にしゃがんで竹の子掘りに取りかかった。シンチもしゃがみ込んで、キクコの手元をじっと見つめた。

竹の子の首が出てきたとき、シンチが、

「ボクもやりたい」

と言い出したので、キクコはスコップをシンチに渡し、立ち上がって背伸びをした。

風が吹いて竹の葉がゆらゆら揺れている。ああ、久しぶりにのびのびとしたいい気持ち。それに今日一日は食べるものの心配はない。明日もここにくれば、食べ物は大丈夫。いくら孤立しているといっても、町に住んでいれば人の顔ぐらいは見る。しかしここは、シンチとふたりっきりで、ほんとうに別世界なのだ。

シンチは、熱心にスコップで土を掘っていたが、ひと振りの仕事でスコップの上に乗る土の量は、

小匙半分程度。しかし、子どもにとっては、作業の進捗などはどうでもいいようだ。土を掘るということそのものが面白いみたい……。

キクコは、シンチが飽きるのを待った。

シンチが飽きたのかどうか分からないが、スコップを投げすてて、小さな指で地面を指してキクコを見上げた。見ると、クモが長い足を八方に広げて這いつくばっていた。

「クモね。大きいわね」

怖がると思ったが逆だった。シンチは手を伸ばしてクモをつかまえようとした。クモはすばやく気づいて、下草の中に逃げ込んだ。シンチは立ち上がって追っかけて行き、しばらく下草をのぞき込んでいたが、見失ったようだ。その間にキクコはスコップを拾って、竹の子掘りの続きをはじめた。

竹の子掘りをしていると、いろいろなことを思い出す。

私は、両親を知らない。

一枚のタオルにくるまれて産院の前に置かれていたときは、全身がまっ赤で、目も開いていなかったそうだ。置き手紙もなく、しるしになるものは何もなく、ただ一枚のタオルにくるまれていただけで、泣きもせず、ただ静かに眠っていたという。産院の玄関の脇に菊の花が咲いていたので、看護婦たちは符号をつけるような気持ちでキクコと呼んだ。それがそのまま名前になったというわけだけれど、考えてみれば、この名前は私が捨て子だったことをあらわしている。しかし、そんなことは気にしないし、私はこの名前を気に入っている。

思い出すと言っても、これはあとから児童養護施設の職員たちから聞いた話。

その産院で一週間ほど世話になって、そのあとすぐに乳児院に入れられた。満一歳になったとき、私は児童養護施設に移された。そして、その養護施設で育てられて、満一六歳になったときに、社会に放り出された。「満」と言っても正確な生年月日は分からないはずだけれど、棄てられていたときのまっ赤な姿から推測して、拾われた日の前日が産まれた日とされた。それは多分そのとおりだと思うが、正確な誕生日が分からないというのは、この世に産まれたということに確信が持てないことだ。これは私の人生にずっと尾を引いていると思う。

児童養護施設ではいろいろなことがあった。

楽しいこともあったし、辛《つら》いこともあった。

潮干狩りに連れて行ってもらったこともあったし、山や川に行く遠足もあった。同じ月に産まれた子どもをまとめて誕生日のお祝いをしてもらったが、これも楽しい方に入れてもいいのかもしれない。そのときはいつも、正確な誕生日でないことが少し引っかかったが、まとめて一緒の誕生祝いだから、まあいいかという気になっていた。しかし、私と同じ気持ちになっていた子どももいたはずだが、そんなことにまで気がまわらなかった。

楽しいことのうちに入れていいと思うが、ときどき学生のお姉さんやお兄さんが勉強を教えに来てくれた。小学生のころは、勉強をそっちのけにして、お姉さんの背中に抱きついたり、腕にぶら下がったりしたものだ。もっと小さい幼児は、お姉さんやお兄さんが来ると、いっせいに取り囲んで、「抱っこ」、「抱っこ」とせがんだ。お姉さんたちは、一人ずつ抱っこをしてくれたし、お兄さんたちは、三人まとめて抱き上げてくれた。児童養護施設で暮らす子どもたちは、みんな人懐っこいし、もっと正確に言えば、スキンシップを求めているものだ。

私は、好きなお姉さんがいると、決まって、

「今度いつ来るの？」

と聞いたものだ。約束を守って、来てくれるお姉さんもいたが、いつまでもずっと約束を守ってくれたお姉さんは一人もいない。いつか必ず来なくなるものだ。そのことは分かっていても、私はずっと待ち続けた。そして、いよいよもう来ないのだと悟ったとき、言うに言われない淋しい気持ちになった。児童養護施設の中での楽しいことは、決まって最後は悲しいものになる。

辛いこともたくさんあった。

中でも一番辛いことは、私には身寄りが一人もいなかったことだ。

児童養護施設で暮らす子どもたちの多くは、家庭の中で虐待を受けた子どもだ。血のつながった両親がそろっていても、虐待を受けたり、ネグレクトされたりする子どもがふえている。あるいは、母親が再婚して、再婚相手の養父から虐待されたり、性的虐待を受けたりする子どももいる。それはそれで深刻なものだが、そういう子どもにも、血のつながった人がいて、母親がこっそり面会に来たり、おばあさんがおみやげを持って来たりするものだ。しかし、私にはまるっきり親族というものがいない。もの心ついてからそのことが分かり、私のような子どもがいるかどうか密かに観察していたものだ。

この観察は、ほんとうに心を痛めた。親族がいないと思っていた子どもに、母親が訪ねて来たときには、ほんとうにがっかりした。あの子にも、この子にも訪ねて来る人がいたのだ。天涯孤独なのは私だけだったのか。いやまだ、あの子とあの子がいる、それだけが私の慰めだった。

私は見栄を張らなければならなかった。学校の前で拾った腕輪を施設に持って帰り、

「おばあちゃんに貰った」

と同室の女の子に見せた。彼女はすぐに、

「嘘！　キクちゃんにおばあちゃんはいないのに！」

と叫んだ。そんなことまで知っていたのか。私はショックだった。

そのあとすぐ、私は施設長のシスターに呼び出された。慰めてくれると思っていたのに、シスターは、怖い顔をして、

「嘘を言ってはいけません。嘘が一番いけないことよ」

と言った。

私はその夜、ベッドの中で声を出さずに泣いた。

せっかく竹の子に恵まれたのに、こんなことを思い出してはいけないのかもしれない。

昔は一八歳まで児童養護施設にいることができたと聞いていたが、予算がないので、一六歳までということになったらしい。

私は、一六歳で施設を出なければならないことになった。一六歳で施設を出ても、雇ってくれるところはない。さすがに政府も気が引けたのか、施設に就職先をあっせんするように義務づけた。施設の職員が奔走して、私にビジネスホテルの従業員という職場を探してきてくれた。給料は僅かだったが、社員寮というアパートがあり、食事はホテルで残り物を食べ、制服が支給されたので、生きてゆくことに障りはなかった。社員寮は六畳一間に三人だったが、施設でもこんなものだったから、とくに窮屈だとは思わなかった。ただ、施設を卒業したのに、自分の人生を生きているような気持ちがしなかった。考えてみれば、生まれてからずっと、他人の人生を歩んでいるようだった。

そこで三年ほど働いていたとき、ひとりの青年が電気施設の点検工事にやってきた。それがマツリ

だった。

　私が屋上で洗濯物を干しキュービクルの建屋の前を掃除していたとき、油で汚れた繋《つな》ぎの作業服を着た青年が急ぎ足で階段を駆け昇ってきて、キュービクルの建屋の扉を開け、受変電施設をのぞき込んだ。そのとき青年は、耳に挟んでいたボールペンを落としたが、そのままキュービクルの建屋の中に入って行った。あわてていて落としたことに気づかなかったようだ。

　すぐに気づいて取りに戻ると思っていたのに、青年はすぐには出てこなかった。私はボールペンを拾い上げて、青年が出てくるのを待つことにした。

　屋上の掃除などというものは、すぐに済むはずだが、青年がなかなか出てこないので、キュービクルの建屋の中に入って渡そうかと思った。しかし、電気設備の工事の邪魔をして作業中に事故でも起こしてはいけない。そう思って、葉っぱを拾ったり、箒で念入りに掃いたりしながら、青年が出てくるのを待った。相当な時間が経ってから、やっと青年が出てきて、両手で繋ぎを叩いてから背を伸ばした。上背は、私より一〇センチほど高かった。埃で汚れた、そしてかすかにカールした髪が風になびいて、なかなか好ましかった。

「はい、落とし物」

と言って腕を伸ばしてボールペンを渡すと、青年は、

「あ、有難う」

と爽やかに言って耳に手をやった。この澄んだ声に心が動かされて、私は思わず、

「今度いつ来るの？」

と言ってしまった。

「今度いつ⁉」

青年は一瞬、驚いたような、戸惑ったような目つきをした。

そのとき私は、この青年が施設出身だということが分かった。施設の子は、こういうことには敏感ですぐに分かる。私は畳みかけるように、

「失礼だけれど、あなたも施設の出身なの？」

と言った。青年は憮然とした表情で、

「ちっとも失礼じゃないよ。失礼なんて言ったらかえって失礼だよ。自分にね」

と言ったあと、にやりと笑って続けた。

「そうだよ。父親が家を出て行ってしまって、しばらくすると男が家に入ってきてね。俺が邪魔になったので、児童養護施設に放り込まれたのさ。君も施設出身だよね。すぐ分かるよ」

「私は、両親を知らない。生まれてすぐ産院の前に棄てられたの」

「うん」

二人はしばらく黙り込んでしまった。

それから、青年は思い出したように、

「さっきの答えだけどさ、明日また来るよ。今日は点検だけで、明日から工事に入る。だから、しばらくの間ここに通ってくる」

と言い残して、スタスタと階段を降りて行った。

この青年がマツリ。

マツリはどうして帰ってこないのかしら。一度も喧嘩をしたことがないのに。もう二年にもなる。

どこに行ってしまったのかしら。生きているのかしら……。

　あれこれ思い出しながら、キクコは竹の子を三本掘り出した。この間シンチは、虫を追いかけたり、竹林の奥を探索したり、小便を竹の葉に引っかけたりして、楽しんでいるようだった。

　キクコは、用意したビニール袋に竹の子とスコップを入れて帰途についた。

　観音の石像が立ち並ぶ小道の途中でシンチをおんぶし、美容院を通り過ぎるころにはシンチはキクコの背中で寝てしまった。

6

　翌日もキクコとシンチは、竹の子を採りに竹林に行った。

　夜来の雨も今朝はあがって晴れていたが、竹林の中は濡れていた。キクコは、竹の葉に雫が垂れているのを見て少し気おくれしたが、ゴム靴のシンチがさっさと竹林に入って行くので、あとに続いた。

シンチが竹林の奥をめざして昆虫を追うのを見届けて、キクコは、スコップを地面に突き刺した。水を含んだ土が柔らかくなっていて、昨日よりも掘りやすかった。

　竹の子掘りは、不思議に過去のことを思い起させる。これまであったことが、一つひとつ頭の中に蘇ってくる。そして、その一つひとつの事実によって心が洗われるような気持ちになる。苦しめられたことや傷つけられたことであっても、かみしめるように思い起こしてみると、自分にとって何か意味があったような気がしてくる。

あの日の翌朝早く、私はビジネスホテルの屋上でマツリを待った。その日から本工事にかかると言っていたから朝早く来るだろうと思っていたが、案の定屋上に昇る階段の下の方から足音がして、マツリがやってきた。

意外なことに、マツリはロボットを連れていた。ロボットは、目鼻のないツルンとした丸坊主で、背丈はマツリよりも三〇センチほど低いが、細い腕だけは床に届くほど異様に長い。

マツリは、びっくりしている私を満足そうに見ながら、

「近頃はね、大きなビルや建物には、自前のロボットがいて、受変電設備の整備ぐらいは全部ロボットがやるのさ。だけど、このホテル程度の建物は自前のロボットを持っていないので、このロボットの出番になる。けれども、ロボットはロボットだからね。屋上で逢引きなんかしないし、俺たちの邪魔はしない」

と言い、キューービクルの建屋の扉を開けて、ロボットと一緒に中に入って行ってしまった。

昨日のようになかなか出てこないだろうと思っていたが、案に相違して、マツリは、すぐに建屋から出てきた。

「昨日の点検で、今日やることを全部インプットしておいたから、あとはロボットがやってくれる」

と言い、マツリは、涼しい顔をしている。

「でも、予想しなかったような故障があったらどうするの？　そういうのは人間しかできないでしょう？」

「なに、そんなの全部ロボットがやってくれるさ。エーアイを搭載しているから、判断も技術も俺よ

りはずっと上だよ」

「エーアイって何?」

「人工知能のこと。聞いたことないの?」

「そんなの知りません。だって、上の方の世界のことは、私には関係ないもの」

マツリは、黙って私の目を見、そして顔を見、最後に姿全体を見て、それから口を開いた。

「そうだよね。そうだったよね」

その言葉を聞いて、私は妙な気持ちがした。怒りと言っては強すぎるが、焦りと言っては弱すぎる。その気持ちが言葉になって出た。

「どうしてそんなことを知っているの? どうやってそんな世界に行ったの?」

「ご心配なく。施設の出身はね、その世界には行けないのだよ。せいぜい派遣会社に入って、電気設備の技術者というところさ」

「でも、どうやって技術者になれたの?」

「何だ、そのことか。

俺はね。一六歳で施設を出たとき、軍隊に入ったのさ。知っているだろう。軍隊に入れば、宿舎はあるし、食いっぱぐれもない。給料もくれる。それで、施設の出身者はたくさん軍隊に入るのさ。児童養護施設の出身者だけでなく、ずっと就職難が続いて食えない連中が山ほどいるから、軍隊に志願する人はたくさんいる。俺は、政府が児童養護施設に就職をあっせんすることを押しつけているのを知っていたから、ついでに技官になることを条件にしてもらった。だって、いやだろう、戦争に行って人殺しをするのは。それで軍隊にいるうちに電気主任技術者の資格を取ったのさ」

「すごい！」

「そう思うだろう。だけど、そうでもないのさ。海外に派遣されて戦争の片棒を担ぐのは嫌だったから、必死になって転職先を探した。だけどそのときはすでに、人工知能を搭載したロボットが発達していて、電気技術なんて、たいていのことはやってしまう。やっと見つかったのは、こんな派遣会社で、給料だって安いものさ」

そうかもしれないが、世の中のことを知らない私には新鮮だった。こんな新鮮な話を生身の人間から聞いたのははじめてだった。

「今日はいい天気だね」

「そうね。いい天気ね」

柔らかい日差しが、屋上にふたりの影を落としていた。

「ロボットの仕事はまだ長いよ」

「そうなの？」

「さっきいったように、ロボットは俺たちの邪魔をしないよ」

「知っているわよ。それがどうかしたの？」

「きのう、俺は徹夜で考えたのさ」

「何を？」

「何をって、決まっているだろう」

「……」

「俺と一緒にならないか。一緒になってくれないか」

この人にまた会いたいとは思っていた。何度でも会いたいと思っていた。しかし、きのうの今日、こんな形でプロポーズされることなんて考えてもみなかった。だいいち、私が人からプロポーズされることがあるなんて、夢にも思っていなかった。

「何よ、いきなり」

「いきなりでは悪いか？」

マツリは、両手を伸ばして、私の両肩に置いた。

繋ぎにしみ込んだ油の匂いが鼻を突いた。

「ちっとも悪くない！」

私は目をつぶってマツリの胸に飛び込んだ。

マツリは、顔を傾けて、そっと唇を私の唇に置き、しばらくしてから私の口をこじ開けて強く舌を吸った。そして、その舌に私も舌をからませた。

7

お腹に子ができたのが分かって、私たちは住まいを探しはじめた。

ふたりの給料を足しても、家畜小屋を改造した家を借りるのがやっとだった。それでも私は満足だった。マツリもきっと満足だったと思う。

親を知らない私に子どもを育てることができるだろうかという不安もなかったことはないが、この子には私のようなみじめな思いをさせたくない、いや、絶対にさせないという気持ちの方が強かった。

そんなことをマツリに話したことはないが、マツリも同じ気持ちだったと思う。

この子が生まれて、シンチという名前をつけて、三人で暮らすようになって、マツリが仕事に行って、それから帰ってきて、嬉しそうにシンチをのぞき込んで、抱き上げてあやして……そんなマツリを見ていれば、マツリがシンチにみじめな思いをさせないと心に決めていることは、言わなくてもよく分かる。

正直なところ、私は、「しあわせ」ということを知らなかった。三人で暮らすようになって、これが「しあわせ」ということなのだということが分かった。マツリと会う前は心の底から笑うことはなかった。だけど、シンチがちょっとした仕草をしただけで、マツリと私はお腹をかかえて笑った。「しあわせ」ということをはじめて知ったのは、マツリも同じだったはずだ。

親に縁の薄い人は、子どもをうまく育てることができないということはよく聞くが、それは嘘だ。そういう人もいるだろうが、そうでない人もいる。少なくとも、私たちふたりはそうでない。そうではなかった……。

たしかにこのごろは、子どもをうまく育てることができない人が多くなっている。しかしそれは、貧乏のせいだ。親の愛情のせいではない。鬼でなければ、誰だって子どもを大切に育てたいと思っている。全部が全部そうではないとしても、貧乏でなければたいていの親はうまく子どもを育てることができる。親たちは貧乏に追いつめられて、子どもを育てられなくなっているのだ。私だって、貧乏で、貧乏に追いつめられて、シンチを育てることが危うくなっているのだ。

シンチが生まれたのは、引っ越してきてから五か月ほど過ぎたころだった。六週間の産前産後休暇をもらったあと、すぐに職場に復帰した。シンチを預ける託児所も、職場の近所に見つかった。

すべてが順調に行っていると思っていたが、それから半年もしないうちに馘《くび》になった。

ビジネスホテルだから、それまでもフロント係はすべてロボットがやっていた。けれども、私の仕事は主にハウスキーピングで、人手が足りないときにレストランでウエイトレスを手伝う程度だったから、ベッドメーキングやら、こまごまとした備品を補充することやら、客室を清掃することやらが主な仕事だった。シーツに皺がよっていてもいけない、髪の毛が一本でも落ちていてはいけないということだから、人手でなければできないと思っていた。しかし、マツリから教えてもらったエーアイがずいぶん利口になって、エーアイを入れておけば、こんな仕事は全部ロボットがやってのけることになった。

私は、シンチを抱きかかえながら職業安定所に駆け込んだ。職安には、大勢の人が行列をつくっていた。私のように幼い子を抱いている女性もいた。薄汚れたジャンパーを着た中年男性も、髪を振り乱した青年も、派手な化粧をした女の子も、背中を丸めたお年寄りも、みんな無言で路上に並んでいた。二時間ほど暑い日差しの中で待ってようやく建物の中に入り、建物の中でもまた三〇分ほど待って、ようやく私の順番が来た。

頭が禿げ上がった初老の係員は、私の履歴書にざっと目を通して、

「あんたのような人には仕事はない。求人は一件もありません。履歴書は預かりますが、そもそも求人なんかひと月に一件あればいい方です」

と疲れた目をして言った。

「じゃあ、どうして職安なのですか？　こんなに人が並んでいるのに、どうするのですか」

係員は、細い指で目をこすってから、

「まあ、もっぱら履歴書を預かる役所ですね。それでも、たまには仕事にありつく人がいるから」

と言い、出口の方に向けて痩せこけた顎をしゃくった。それでも、私はねばった。

「どこに行けば仕事が見つかるのですか」

「今どきどこを探しても、ないでしょう。魚のいない沼に釣り竿を垂れていてもしょうがない」

私は、職安を出て、急ぎ足で家に向かった。こういうときには、足が早くなる。歩きながらあの痩せこけた禿げ頭に怒りがこみ上げてきた。しかし、いつまでも早足で歩くのは疲れる。立ち止まって、水筒の水をシンチに飲ませ、それから私も少し飲んだ。

落ち着いて考えてみると、あの初老の係員が嘘をついたのではないことは分かる。今どき仕事がないことは動かすことのできない事実なのだろう。

私のお腹の底から得体の知れない恐怖が込み上げてきた。

〈それでも私にはマツリがいる〉

そうは思ったものの、マツリの給料だけでは一家三人が食べてゆくことはできない。

〈どうしたらいいだろう〉

と思い悩んでいるうちに、次の悲劇に追いつかれてしまった。


しばらくしてからマツリも失職した。

マツリは、電気主任技術者という資格を持って、派遣会社に就職し、その派遣会社から、中高層建物の受変電設備の点検、整備、修理の仕事をしていた。しかし、その程度の仕事は、人工知能を搭載したロボットがやることができる。したがって、大型のビルやマンションやホテルなどの高層建物は、そのようなロボットを持っていて、マツリのするような仕事は、ひとつ残らずロボットがやってのける。しかし、中小の高層建物では、ロボットを所有する資金がないので、必要なときに、プログラムする人間と作業をするロボットをセットで借りて、受変電設備の整備をしていた。

この状態が続けば、マツリが仕事を失うことはなかった。しかし、新しい技術をつくる仕事をしている人間は、どんどん技術開発という仕事をふやす。それに比例して、仕事を失う人もふえてくるが、技術開発信奉者はそんなことにかまっていられない。なにしろコスト削減という錦の御旗があるし、だいいち、技術開発をすすめなければ、自分自身の仕事を失うではないか。

こうして彼らは、受変電設備そのものに、人工知能を埋め込む技術を開発した。そんなものはすでに一部の大型高層建物では使われていたが、中小の高層建物でも使えるようなコスト安の受変電設備が開発されたのである。

そうなれば、ＡＩを搭載したロボットもいらなくなるし、電気主任技術者の仕事も必要ではなくなる。こうして、マツリに限らず、電気主任技術者はほとんど同時に仕事を失ったのである。

電気設備の整備や修理の仕事がなくなっても、その他にも電気関係の仕事があるだろう、とマツリは考えてみた。しかし、発電所にも配電所にも、人手を必要とする仕事はなくなっていた。ほとんど全部と言ってよいほど、人工知能とロボットだけの仕事になっていた。

それでも、派遣会社に席を置いていれば、次の仕事を探して派遣先に送ってくれるだろうと思ってみた。しかし、これはまったく迂闊《うかつ》だった。もはや電気関係の派遣先などは残っていなかったのだ。電気関係の派遣先がなければ、派遣会社で首を切られるのは必然である。それに、俺の技術は潰しが効かないのだ。しかし、今どき少々潰しが効いても、仕事が見つかるはずはない。

受送電設備に人工知能が埋め込まれただけで、たったそれだけのことで、俺は価値のない人間になってしまった。

いったい俺の人生は何だったのだろうか。

幼いうちに児童養護施設に放り込まれて、軍隊に行って、電気主任技術者の資格をとって、派遣会社に就職して、油と汗にまみれて仕事をして、俺は、目一杯まじめに頑張ってきた。ぐれもせず、誘惑にも負けず、そしてようやく伴侶を得て、男の子もさずかった。今まで恵まれなかった「家庭」というものを自分の力で築こうと思っていた矢先に、このザマは何だ。まるで、俺の全人格を否定されたようなものではないか。


私は、快活で爽やかなマツリが好きだった。

そのマツリは、すっかりふさぎ込んで、毎日背中を丸めて横になっていた。私は、役所に行って生活保護の申請書を受け取って、マツリの身体を揺すった。

しぶしぶ起き上がったマツリを励まして、三人で生活保護の窓口に行った。

小柄な老人が出てきて、ろくに申請書を見ないで言い出した。

「夫婦ふたりが揃っているのだから、働けばいいでしょう」

「働けって言ったって、就職先がないのです」

「職安には行ったの?」

「私は行きました」

「何回?」

「何回って、一回です」

「たった一回か」

「職安では、求人がないと言っていました」

「それでも何度も行けば見つかるかもしれない」

「ひと月に一件求人があればいい方だと言っていました。何度行けばいいのですか?」

「何度と言われたって、決まりはないが……」

私はあっけに取られてしまった。

「で、そっちは? そっちは職安に行ったの?」

老人は、マツリに目を移した。黙り込んでいたマツリがかすかに首を振った。

「行かなきゃ駄目じゃないの。職安にも行かないのに、生活保護は出しません」


役所の外に出たとき、マツリがポツリと言った。

「予算がないから、出さないのだよ。はじめから出す気はないのだよ」

そのあともずっと、マツリは家の中に閉じこもっていた。

私は、町中を走り回って、仕事を探した。バス停に貼られているのは売春をそそのかすような怪しげな貼り紙ばかりだったが、さすがに身を売る気持ちにはなれなかった。とにかく今の状態のまま生き延びようと必死になっていた。

僅かな失業保険や預金も底をつきかけた。

半年ほど経ってから、珍しくマツリが起き上がって、たたきに降り、ガラス戸を引いた。どこに行くのかと聞こうとしたが、私は思いとどまった。今にして思えば、「どこに行くの？」と声をかければよかった。そうしたら、マツリは何と答えたかしら。そのことがほんとうに残念で仕方がない。私がマツリの姿を見たのは、それが最後だ。黒い長袖シャツの背をかがめて、引き戸の敷居を跨いだ姿が、今でもはっきり目に浮かぶ。

いつまで待ってもマツリが帰ってこないので、七日目になって、私は警察に行方不明の届け出を出した。制服制帽の若い女性がぶ厚い帳簿を持ってきて、最後のページにマツリの名を書き込んだ。そして、

「こんなにたくさん行方不明者がいるのよ」

と言った。

他にどんなに行方不明者がいても、そんな世の中になっていても、私には、何の慰めにもならない。ただ、マツリが帰ってきてくれさえすればいいのだ。マツリが見つかりさえすればいいのだ。

私は、はじめのうちは、

「何で、何で」

と思っていた。

「何で、私に何も言わないで出て行ったの」

と怨みもした。しかし、だんだん生きていてくれさえすればいいと思うようになった。そして、生きていてくださいと祈るようになった。

それから二年。

考えてみれば、私もシンチもよく生きていたものだ。

いよいよ食べるものがなくなって、四日も何も食べずに暮らして、そこで竹の子に巡り合ったのは、何よりも有難い。


今日の瞑想は長くなった。長くなったので、その分竹の子掘りもたくさんできた。昨日より一本余分に、今日は四本にした。

こういうときにも、シンチがひとり遊びをしてくれるのは助かる。

「シンちゃん、帰るよ！」

と声をかけると、シンチが竹の葉をガサガサさせてやってきた。そして、指につまんだ虫を差し出した。見ると七つ星をつけたテントウ虫だった。

8

次の日も、その次の日も、またその次の日もシンチとふたりで、竹の子掘りに行った。

観音の石像が立ち並ぶ別世界への通り道も、何の抵抗もなく通過することができるようになった。

それだけでなく、歩きながら、石像の姿や表情を観察する余裕もでてきた。石像は、はじめのうちはみんな同じように見えていたが、よく見るとどれ一つとして同じものはない。大小もあれば、すらりとしているのもあれば、ずんぐりと丸い感じのものもある。表情も、それぞれ個性があり、キリリとしているのもあれば、怒っているようなものもある。目ひとつをとってみても、大きく目を見開いているもあれば、目を閉じているのもあれば、半眼のものもある。

シンチも同じように観察しているようで、口元が微笑んでいる中背の石像を見つけたときには、立ち止まって指さし、キクコに教えてくれた。

この観音像が立ち並ぶ細い道を通って竹の子掘りにゆく日々は、ひと月ほど続いた。この間に小雨の日もあったが、だいたいは天候に恵まれた。

竹林の中の下草が茂りはじめ、竹の子掘りがだんだんやりにくくなってきたが、それでもひと月の間は、竹の子が掘れないということはなかった。

ある日、頭を出している竹の子の周囲を丸く掘って、茎から立ち上がる竹の子の足にスコップを差し込んで上に持ち上げたとき、いつもなら難なく切り取れるのに、その日はなかなか切り取れなかった。なんだか嫌な予感がした。

それでもなんとか三本採って家に持ち帰り、いつもの通り、大きな皮をむき、穂先の先端を切り落として鍋に入れた。

煮あがって残りの皮をむいて、竹の子を手のひらに乗せるところまでは、いつもの通りだった。しかし、何だかほんの少し、グリーンの色がついているような気がした。そして、竹の子に包丁を入れたとき、いつもならサクサクと小気味よい音を立てて切れるのに、その日はよく切れないので、キクコは体重を乗せて切った。

包丁が切れなくなったのかと思って、点検してみたが、刃が欠けているようなところはなかった。また嫌な予感がした。

それでもキクコは、竹の子を皿に入れてシンチのところに行き、ちゃぶ台の上に置いて、ふたりは向き合った。

シンチが手を伸ばして口に入れ、四、五回噛んでから、

「かたい」

と言って、小さな指を口に突っ込み、竹の子を取り出した。

キクコも口に入れて噛んでみたが、ほんとうに硬かった。

「ほんとだ。硬いね」

「かたーい」

キクコは、忙しく口を動かして咀嚼《そしゃく》しようとしたが、竹の子が硬くなってしまうと、とても噛めるものではない。まるで木片を噛むようなものだ。

「よく噛んで食べるのよ」

シンチは、もう一度竹の子を口に入れて噛もうとしたが、顔をしかめて、吐き出した。

「ボク、もう食べられない」

キクコに恐怖が走った。

竹の子の他には、食べるものはない。シンチには少しでも栄養をつけてあげたい。カロリーになるものを食べさせたい。私だって、栄養もカロリーも必要だ。

「口に入れて、よく噛んで、それから出していいから、よく噛んでみて」

シンチは、また竹の子を口に入れて噛もうとした。キクコもそれに合わせて噛もうとした。しかしシンチは、泣きべそをかくような顔をして、すぐに竹の子を吐き出し、

「かめない」

と言って、キクコに哀願するような目つきをした。

たしかに、硬くてとても噛めるものではない。それでもキクコは、口に入れた竹の子を長い時間をかけて噛み砕き、十分にこなれないうちに飲み込んだ。それを見たシンチが、一瞬とがめるような表情をしたのが辛かったが、もう飲み込んでしまった。今さら何かできるものではない。

それでもキクコはあきらめがつかなかった。残りの二本を煮て、口に入れてみた。しかし、木片を口に入れたような絶望的な硬さは同じだった。

結局その日は、朝食に前の日に採った竹の子を食べただけだった。それから何も食べずに、ふたりとも空腹のまま床についた。

明け方に腹が痛くなった。キリキリと切り込むような痛さであった。

シンチが硬くて食べられないと言ったのに、無理をして食べてしまったことに罰が当たったのだろうか。シンチがとがめるような表情をしたのが分かったような気がしてきた。

それにしてもお腹が痛い。痛くてどうにもならない。もうたまらない。キクコは海老のように身体を丸めて、トイレに駆け込んだ。

ずい分長い間しゃがんでいたが、お腹に入れているものがほとんどないので、便なんか出るわけがない。それでも腹痛がおさまらないので、トイレにしゃがんでいるしかない。

やがて下腹部が激しく動いて、肛門から何か出て来た。しかしそれは、肛門の出口で止まっていて動きがなくなってしまった。いきめば出るかと思って息を込めて腹筋に力を入れてみたが出てこない。

そこで、手を肛門に持っていったところ、何かかたまりのようなものが指に触れた。キクコは、肛門の奥に指を突っ込んで親指と人差し指でそのかたまりをつまみ、思い切って引っ張り出した。一瞬尻の穴を切り裂くような痛みが走ったが、出血はなかったようだ。

キクコは立ち上がって、肛門から出てきたものを顔の前に持ってきた。それは、黄ばんだ糸がこんがらかったようなかたまりだった。臭い便のにおいが鼻を突いたが、そんなことはたいした問題ではない。

キクコは、尻をふき、手を洗って布団の上に横になった。

腹の痛みは嘘のようにおさまった。やれやれひとまずはほっとした。

腹をすかしているだろうに、シンチはキクコの横で寝息を立ててよく寝入っている。

しかし、今朝は食べるものがない。これから先は食糧にありつけるだろうか。

竹の子だけで、竹の子しか食べなくて、よくひと月も生きていたものだ。

竹の子なんか、栄養価があるものではないだろうし、カロリーがあるとはとうてい思えない。それでも、ひと月の間、なんとか生き延びることができたのだから、それなりに栄養もカロリーもあるのだろう。

しかし、昨日の竹の子はすでに竹になっていて、もう食べられなかった。考えてみれば当然のことではあるが、季節がめぐれば、竹の子が採れなくなる日は必ずやって来る。その日が来るなんてまったく考えていなかったが、ほんとうに迂闊だった。しかし、その日が来ることを予測していたとしても、何かできることがあっただろうか。

何もなかった。あの竹林で竹の子を見つける前は、四日も何も食べなかった。そのときすでに、食べ物がなかったのだ。食べ物を見つける手立てもなくなっていたのだ。

マツリが家を出てから二年間、よく生きていたものだ。よく食べ物にありつくことができていたものだ。

この間、私は、食べ物を探すことしかできなかった。

野生動物が食べ物を探すことだけで一日を過ごし、食べ物を探すだけで一生を終えるように、私も同じ暮らしをしていた。

はじめの一年半は、家を出てすぐの角にあったコンビニでインスタントラーメンを買って、そればかり食べていた。文字通り、インスタントラーメンだけを、毎日毎日、三食ともインスタントラーメンで、他のものを食べたことはない。マツリがいなくなったときには、僅かに持っていた預金もほとんど底をついていたが、それでも僅かに残っていた。残ったお金で買えるものはインスタントラーメンだけであったから、食べ物はどうしてもインスタントラーメンだけになる。ペットが毎日同じペットフードばかり食べて一生を終わるのと同じである。ただ、ペットと違うところは、インスタントラーメンには種類がたくさんあるので、その日によって種類を変えることができることだ。種類をあれこれ変え、それをささやかな楽しみにして、シンチと一緒に毎日、毎食、私は、インスタントラーメンをすすった。

それが一年半続いた。それでもそんなに続けるだけのお金がよくあったものだ。しかし、インスタントラーメンは安くなっており、とくに安売りの日を狙えば、たいした金額にはならない。計算してみれば分かるが、シンチと私が一年半も食べたインスタントラーメンの合計の金額は、金持が、一流のレストランでディナーをする一晩の料金よりも少ないはずだ。

しかし、一年半もすると、お金がいよいよなくなった。財布の底を叩いても、コイン一つも出てこなかった。

この間《かん》、マツリが帰って来ることを願い続けていた。マツリが帰ってくれば、食糧探しも楽になるだろうという期待も持っていた。もちろん期待だけでなく、合間あいまにマツリが立ち寄りそうな場所に行って探し続けていた。しかし、食糧がなくなって、だんだん探しまわることも少なくなってきた。いくらマツリに会いたくても、私たちが飢えて死んでしまえばそこですべてがおしまいになる。それで、どうしても、食べ物を探すことが優先になる。

すっかりお金がなくなったあとで、私は、コンビニに行って、賞味期限が切れて捨ててしまう弁当やパンなどをくださいと頼み込んだ。コンビニの主人は、何も言わずに、何も聞かずに、毎日処分前の弁当などをくれた。しかし、今どきだから、主人が賞味期限を書き換えていたことは知っている。なので、私たちが口に入れるのは、腐る直前の食べ物だった。しかし、そこはコンビニの主人が心得たもので、腐ってしまったものは処分していた。いや、私と同じような人がほかにも結構いたから、腐らせる前に、たいていは貰い手があったはずだ。煎じ詰めて言えば、私は野生動物から乞食に身分を変更したわけだ。乞食という言葉は、差別用語であるから使ってはいけないと教えられているが、この際乞食という言葉ほど適切な言葉はない。差別用語であっても、自分に向かって言うのだから許されるだろう。

そのコンビニも、私が竹林に迷い込んだ日の五日前に閉店した。

閉店するときに、主人が私に、あら塩を一袋くれた。この塩は、竹の子を煮るときに少しずつ加えていたが、ほんとうに助かった。

竹の子はもう食べられなくなったが、あら塩もいよいよ少なくなってきた。正確に言えば、このあら塩の残りが少しだけあるが、塩にカロリーがないことも、塩分以外の栄養がないことも知っている。いよいよ食べ物がなくなった。食糧を調達する方法は何も思いつかない。いよいよ生きてゆく手掛かりがなくなった。

でも、竹の子は諦めきれない。もう一度行ってみれば、一本や二本はあるかもしれない。今日もう一度、あの竹林に行ってみよう。

雨の音が強くなってきた。雨でなければよいがと気になるが、しかし、それを心配してもどうすることもできない。

9

雨が降っていたので、ビニール傘をさして家を出た。しかし、美容院の前を通りかかったときに雨がやんだことに気づいて、キクコはシンチの右手を離して傘をたたみ、スコップを入れたビニール袋と傘とを左手に持ち換えて、右手でシンチと手をつないだ。

寺の境内に入ってから右に曲がると、観音の石像が立ち並ぶ小道になる。その小道の中ほどまで来たとき、シンチが立ち止まって、

「あっ、あのひと、笑った！」

と言った。

キクコは一瞬何のことか分からなかったが、すぐに石でできた像が笑うはずがないと思った。

しかし、無下《むげ》に否定することはないと思って、

「どれ？　どの人？」

どう聞いてみると、シンチは、

「ほら、あのひと」

と言って、もう一度、同じ方向を指さした。

見ると、中背の観音が半眼を開き、両手で赤子を抱いてほんの少しうつむき加減に立っていた。しかし、キクコの目には、笑っているようには見えない。

「笑っていないよ」

と思わず言ってしまったが、角度によっては笑っているように見えるのかもしれないと思いなおした。

「だって、さっき笑ったもん」

シンチは、つないだキクコの手を離して抵抗した。キクコはしゃがんで目の位置をシンチの目の高さに持って行った。そしてその観音像を見上げた。しかし、笑っているようには見えない。と思った瞬間、石像が頬をゆるめた。

「ほら！」

とシンチが叫んだ。たしかに笑ったように見えた。しかし、これは錯覚かもしれない。錯覚かもしれないが笑ったことにしておきたい。いや、ほんとうに笑ったのだ。

「ほんとうだ。笑ったね」

シンチが強くうなずいた。

ふたりは何ごともなかったような静寂に包まれた。

道路から竹林に入った瞬間、キクコの足がすくんだ。

竹林は、昨日までとは打って変わった姿をしていた。

青々とした竹がびっしりと密生していて、下草が伸び地面を覆っていた。昨日までも下草が生えていなかったわけではないが、竹の子を掘るのに支障はなかった。しかし、こんなに下草が茂ってしまっては、竹の子を見つけることも、掘ることも難しいだろう。

それでもキクコは諦めきれなかった。

両手で竹を払いのけて、竹林の中に入り、下草をかきのけて探してみたが、首を出している竹の子は見つからなかった。代わりに目に入ったのは、背丈二〇センチほどの竹ばかりだった。それは頭に穂をつけてはいるが、その下はたくましく青々としたまさしく竹だったのだ。昨日までの竹の子は、今日は全部竹になってしまったのだ。

キクコは愕然とした。そして、この竹林から拒絶されたことを悟らざるを得なかった。

竹林から外に出ると、細い雨が降っていて、濡れそぼったシンチが心細そうに待っていた。

キクコが傘を開こうとすると、シンチがキクコのジーンズの脇をつかんだ。

竹林を出てすぐ左隣に、神社があることは分かっていた。しかし、竹林に一か月も通いながら、神社の境内に足を踏み入れたことはなかった。

〈果物のようなものがあるかもしれない〉

そう思って、小さな鳥居をくぐって境内に入ってみた。

荒れ果てた神社だった。カエデの緑が石の道を覆っていて、さした傘の邪魔をした。ビニールを透して、葉っぱのすきまから見える樹木の枝を探してみたが、ビワやスモモなどという果物はなく、ただ暗い色の緑ばかりだった。

そうこうしているうちに荒れ果てた建物の前までたどりついた。それは社《やしろ》というよりも、堂というほどのもので、それも朽ちかけていた。それでも、建物の前には不釣り合いに大きな賽銭箱が置かれていた。

キクコがふと賽銭箱の下を見ると、何か黒い丸いものがあった。キクコは、しゃがんでそれを拾い上げて、目の前に持ってきた。

見ると、それはコインのようだった。泥がついて汚れていたので、ジーンズにこすりつけて拭いた。よく拭くと、まぎれもなくコインだった。

他にも落ちていないかと思って、賽銭箱の周辺を念入りに調べてみたが、他に見つけることはできなかった。

コインを握りしめて境内を出ると、雨は強く降っていた。風も出てきた。

キクコは、来た道を帰る気になれなかった。

「こっちに行ってみよう」

と言って、来たときと反対の右に行くことにした。シンチは、キクコのジーンズの腰の方を強く握ってトボトボとついてきた。小さなビニール傘の中に、雨は容赦なく斜めから攻め立てた。

ずいぶん歩いた。もう歩けないと思ったときに、広い道路にぶつかった。そして、すぐ右にバスストップの標識柱が立っているのが見えた。

その標識柱には時刻表がついていた。

キクコは、急いでその時刻表に目を走らせた。その時刻表によると、8時35分、11時05分、18時35分となっていた。つまり、一日に三便しかバスは来ないのだ。それに、こんな人気《ひとけ》のないところにバスがほんとうに来るのかどうか分からない。しかし今は、この時刻表を信じる他にないだろう。もう動けない。ふたりともびしょ濡れだ。それに昨日の昼から何も口に入れていない。お腹も空いたし、疲れ切った。シンチも同じだろう。

それにしても、どれぐらい待てばバスが来るのだろう。

時計なんか持っていないいし、ここのところ時間を気にしたことはない。明るくなったら起きて、暗くなったら眠るだけだ。ずいぶん長い間、そのような暮らしをしていた。だから、せっかく時刻表があっても、あまり役に立たないが、11時のバスは、もう行ってしまっただろう。すると次は、18時のバスということになるが、18時ということは、午後の6時ということだから、暗くなってからだろう。雨が降って空が暗いので分からないが、太陽はそれほど傾いてはいないはずだ。ということは、バスが来るまでには、気が遠くなるような時間があるのだろう。

雨は、いよいよ強く横殴りに降ってきた。しかし、ここには雨をよける建物なんかない。道路の向こうは荒れた土地ばかりである。雨宿りをする建物を探す方法もあるだろうが、もう歩きまわる力は残っていない。このままここでバスを待つしかない。

キクコは、傘を雨が吹きつける方向に斜めに立て、シンチを抱いてしゃがみ込んだ。そして、手のひらをしっかり握って、コインがあることをたしかめた。このコインでふたりがバスに乗ることができるか、それは心配だが、今は、〈乗ることはできる〉と信じるしかない。

シンチが力を抜いて、キクコにもたれかかってきた。

「寝ちゃあだめよ！　寝たら死んじゃうわよ！」

キクコは、思わずシンチの身体をつねった。シンチがビクッとして、身体に力が入った。

これを何度繰り返したか知れない。待てども待てどもバスはやって来なかった。そればかりでなく、バスはおろか、通る車は一台もなかった。

あたりが暗くなってきた。暗くなればバスが来るだろうという期待もあったが、こんなところに来るバスはないだろうという心配もあった。その期待と心配が交互にやってきたあとで、やはり来ると信じるしかないというところに落ち着いた。しかしすぐにまた、心配が襲ってきた。そしてまた、信じるしかないと自分に言い聞かせた。これも何度も繰り返した。

しかし、シンチをつねることも、期待と心配を繰り返すことも、だんだん間遠になってきた。雨は相変わらず斜めから吹きつけてきたが、びしょ濡れになったままなすすべがなかった。

キクコの意識がボーッとなってきた。〈もうだめか〉と遠い意識の中でつぶやいたとき、右手の方から光が見え、ゆっくりと近づいてくるのに気づいた。

キクコは、シンチを強くつねって、頬を平手で打ってたたき起こし、

「シンチ！　バスが来たよ！」

と叫んで、道路の中央で両手を広げ、動く光に立ちはだかった。

光は、だんだん近づいてきた。紛れもなく、それはバスだった。

バスは、立ちはだかるキクコの二メートルほど手前で止まった。

運転席には誰も乗っていなかった。無人のバスである。そこでキクコは、バスに運転手が乗ってい

ないことを思い出した。子どものころには運転手が乗っていたが、もう一〇年も前に、バスは完全無人化された。しかしキクコは、職場を失ってからずっと、バスに乗る機会がなかったので、バスの完全無人化などに思いをめぐらすことはしなかった。子どものころの記憶で、来るバスには運転手が乗っているものだと思い込んでいたが、これにはあてが外れた。つまり、このコインでバスに乗れるかどうか、運転手と交渉する余地がないということだ。こんなことが瞬時にキクコの頭をめぐったが、こうなったら、このコインに賭けるしかない。

キクコは、傘をたたみ、スコップが入っているビニール袋を左腕にはさみ、その左手をシンチの右手にしっかり繋いで、右手でコインを料金入れの口の中に入れた。

コトンという音がしたが、それでバスのドアが開くかどうか、その答えが出るまでの数秒間がずいぶん長いと感じた。

やがてガチャガチャという派手な音がして、釣り銭受けの皿に三枚、小ぶりのコインが出てきた。お釣りがあるのか、と一瞬意外に思ったが、急いでそれをかき集めた。それでもすぐにはドアは開かなかった。シンチがキクコの手を強く握りしめた。その瞬間、バスのドアがゆっくりと開きはじめた。キクコは、ドアが開き終わるのももどかしく、シンチを抱きかかえて、ステップの一段目に乗せた。シンチは、大股であとの二段を昇り、キクコもあとに続いた。

シンチがドアのそばの席に陣取ったので、キクコもその隣に座ることにした。座る前に、バスの中を見まわすと、後ろの方の席に、髪を振り乱した尖った感じの女性がこちらを睨んでいるのが見えた。

乗客は、その一人だけだった。

バスは、ドアを閉めて、ゆっくりと走り出した。

第二章　反貧困キャンペーン村

1

バスは走り続けた。

外は相変わらず激しい雨が降り続いていて、雨が窓ガラスを叩きつけ、水滴が何本も斜めに走った。

体温が下がって震えるほど寒いので、キクコはシンチを強く抱きしめたまま、照明の暗いバスの中で一つのかたまりになって揺られた。

ときどき灯りが後方に飛んで行くのが窓の外に見えたが、すっかり夜になっていたし、窓ガラスが水滴でいっぱいだったので、外の景色は見えなかった。

バスは、スピードを上げずにゆっくり走っていたが、ずいぶん時間が経ったので、乗車したところから相当遠くに来てしまったことはたしかだ。もう帰ろうとしても帰れないのだということがだんだん分かってきた。帰っても生きてゆく道がないのだから、行くところまで行くしかない。

そう思ったとき、ふとマツリのことを思い出した。

マツリもこのバスに乗って、どこかに行ってしまったのだろうか。何だか、自分を棄てに行くような気持ちになる。マツリも同じような気持ちになったのだろうか……。

夜の闇と水滴でバスの外はよく見えなかったが、窓の左下に黒く太い帯のようなものがあるのが分かってきた。どうやらバスは、堤防の上を、川と並行して走っているようだ。ということは、竹林を出て神社の前を通り過ぎて石橋を渡ったあの川の下流に来ているのだろうか。それにしては、大きな川になっている。ということは、相当遠くまで来ているということなのだろうか。

そんなことを考えているとき、降車ボタンが押されて、ピーンポーンという音がした。

〈そういえば、ここまで乗る人も、降りる人もいなかったのだ〉

と気づいたとき、バスはスピードを落としてゆっくりと停車した。

後ろからドタバタという足音がして、髪を振り乱した女がドアまで走ってきて、あわただしく段々に足を運んで最後は飛び降りた。

ドアが閉まって、バスはまた走り出した。そのときキクコは、ハッと気がついた。

〈どこで降りるかなんて考えていなかった！〉

〈ここであの人が降りたということは、この辺に何かあるのだろう〉

そう思ったとき、バスがカーブを切って、窓の外に雨ににじんだ光のかたまりがあるのが見え、その光のかたまりが後方に移動して行くのが見えた。

〈ここだ！〉

と思って、キクコは、あわてて降車ボタンを押した。

次のバス停まではそれほど時間がかからなかった。

バスは、スピードを落として、ゆっくり止まった。

キクコは、うとうとしはじめたシンチをたたき起こして手を引っ張り、スコップが入っているビニール袋とビニール傘とを胸に抱えてバスを降りた。

バスが動き出し、キクコは、傘をさした。そして、遠ざかるバスのお尻に向かって、少し頭を下げた。

雨は相変わらず激しく降っていて、斜めから容赦なく打ちつけてきた。しかし、遠くに灯りが見えているのが、何よりの励みになった。

「もう少しよ。頑張ろうね」

キクコは、シンチの頭の上から言葉を投げ落とした。

ゴム靴のシンチは、言われるまでもなく頑張るつもりだったようだ。

ふたりは、来た道を戻る方に向かって早足で歩いた。右手に大きな川が、音を立てて逆方向に流れているのが不気味だった。灯りは見えているものの、すぐにたどり着ける距離ではなかった。はじめのうちは、灯りは遠くに逃げて行くように感じた。しかしそうではなく、確実に灯りに近づいていることがだんだん分かってきた。やがてどんどん灯りは大きく見えるようになり、灯りを点《とも》している建物の輪郭も見えてきた。

建物は、間口の広い二階建てだった。真ん中にぼんやりとした灯りが赤い光を放っていて、その光に照らされて、雨が斜めに走っているのが見えた。

学校のようにも見えるが、それにしてはこの建物には柔らかい雰囲気がある。

灯りの下に両開きの引き戸があったので、キクコは、片方を開いて玄関に入り、

「こんばんは」

と叫んだ。

玄関の先は、広い板の間のロビーのようになっていて、すぐ左手には事務室のようなカウンターがあった。しかし、ロビーにもカウンターの奥にも誰もいなかった。

「こんばんは！　誰かいませんか！」

と今度は、大声で怒鳴るように叫んだ。

すると、右手の廊下の方から走るような足音がして、

「ごめん、ごめん」

と女性の声がして、ふたりを見るなり、

「まあ！」

と驚いた表情をした。

四十歳ほどの年恰好の小柄な品のいい女性だった。

びしょ濡れになって、身体全体から水滴を滴らせているふたりが、人をびっくりさせるのは当然だろう。そう思ったとき、

「ちょっと待って」

と女性は廊下の方に戻り、ゴトゴトと音を立てて何かしていると思っていたら、すぐに布のかたまりをひと抱え持ってきて、

「早く上がって！」

と叫んだ。

ふたりがたたきを上がると、女性は、シンチのシャツとズボンをはぎ取って丸裸にし、バスタオルでゴシゴシ拭きはじめ、

「危なかったわね。低体温症で死んじゃうところだったわよ」

と言った。

〈ていたいおんしょう〉と聞いてもキクコにはピンとこなかったが、雨に濡れて体温が下がれば危ないことになるのかと思いついた。

〈それよりも、お腹が空いて餓死するのではないかと心配していた。二つの方から命が脅《おびや》かされていたわけだ〉

と妙な感慨にふけっている間もなく、女性はシンチに手際よくTシャツを着せ、青いジーンズを着せて、

「さあ、あなたもあそこで着がえて！」

とバスタオルと衣類をキクコに渡し、板の間の隅を示した。

キクコがシンチを振り返ると、シンチはさっぱりした感じで突っ立っていた。Tシャツの胸には大きな虎の顔がついていた。

キクコは、板の間の隅で裸になって、渡されたバスタオルでゆっくり身体を拭いた。長い間風呂に入っておらず、身体をぬぐってもいなかったが、雨が身体を洗うような形になったわけだ。

渡された衣類は、下着と橙《だいだい》色の作務衣《さむえ》の一式だった。

作務衣の紐を結んでいるとき、廊下の奥から足音が聞こえてきて、盆の上に、丼を二つ乗せて女性があらわれ、

「お腹が空いたでしょう？」

と、シンチに声をかけ、ロビーの中央のテーブルの上に丼を置いて、

「こっちにきて、食べて」

と言った。

丼の中は、白濁したスープで満たされていて、中に白米が入っていた。それに少し、サイコロのような形の肉も入っていた。

シンチは立て膝になり、添えられたれんげを手に取って食べはじめた。キクコも食べようと思ったが、シンチのガツガツとした勢いに気おくれがして、れんげを手に取ったままシンチを見ていると、奥の方からまたあの女性が小皿を持ってあらわれて、キクコの丼の方に小皿に乗せたものを空け、

「キムチよ」

と言った。そのときキクコは、はっと気づいて、

「有難うございます」

と言った。女性が、シンチに見とれるようにしていて、何も答えないので、

「ほんとうにいろいろ有難うございます」

と言うと、女性は、ようやく気づいたようにキクコを見て、にこりと笑って会釈をした。

シンチは、たちまち丼を平らげてしまった。そして、顔より大きい丼を持ち上げると、上を向いてスープを飲んだ。それでおしまいかと思ったら、丼の中に顔を突っ込んで舐めだした。時間をかけてゆっくりと舐め、丼を洗ったようにきれいにしてしまった。

キクコは、目がうるんでくるのを覚えた。そして、シンチに自分の丼を指して、

「もっと食べる?」

と聞いた。

シンチは大きくかぶりを振って、

「ボク、もうお腹いっぱい」

と言って、テーブルの下に足を投げ出した。

それを見て、キクコはれんげを持ち直して、スープをすくった。こちらの方には、白菜と唐辛子が浮いていた。

〈こんなおいしいもの、はじめて食べた！〉

胃の中に食べ物が収まるのを感じて、キクコは、〈助かったのだ〉と思った。

2

シンチは、一つの布団の中で、キクコの乳房を抱えるような恰好でよく眠っている。

疲れているはずなのに、頭がさえていてなかなか眠れない。キクコは、先ほどからのことをとりとめなく思い起こした。

あの女性の名前を聞いたら、

「私？　私はトシよ。あなたは？」

と聞き返されたので、

「キクコです。この子はシンチです」

と答えた。

「さっきもう一人ここに来た女性がいてね。相部屋になるけどいいかしら」

「もちろんです」

トシからその相部屋に案内されて行ってみると、六畳の部屋の奥の窓際に、バスに乗っていたあの女性が肩まで布団をかけて横になっていた。すでに寝入っているようだった。

言われたとおりに押入れから布団を出して敷き、シンチを横にさせた。ここまで静かに行動したはずだが、寝ていた女性は顔をしかめて寝返りを打ち、窓の方を向いて背中を見せた。バスの中でも尖っていたが、寝ていても尖っている人だと思った。それから蛍光灯についていた紐を引いて電気を消し、仰向けに身体を横たえてからシンチと一緒にかけ布団をかけた。


トシさんは言っていた……。

「ここは昔、旅館だったのですって。半世紀以上前に、高度経済成長期という時代があったでしょう。今はここに本部の事務所を置いているから本館と言っているけれど」

「そうですか。私、高度経済成長期なんて知りません」

「私だって知らないわ。だって、私の生まれる前の時代だもの」

「旅館って、私、宿代を持っていませんが」

トシさんは、少し嬉しそうな表情をした。

「心配ないわ。今は旅館じゃないもの」

「……」

「でも、なんでこんなところに旅館があったのかと思うでしょう?」

「それはそうですけど……」

「前に川があるでしょう。この川に昔は鮭が遡上《そじょう》してきたのだそうです。高度経済成長期には、それこそお金がいっぱい溢れていたのでしょう。それで、みんなお金を稼いで、レジャーブームだとか何とか言って騒いで、何か目玉があればたちまち観光地として売り出して、この辺も鮭を釣ることができるということにして、川べりにたくさん旅館を建てて、観光客を誘致したのだそうよ。今ではとても考えられないことよね」

「でも、そんなにたくさん建物はなかったですよね。雨でよく見えなかったけれど」

「みんな朽ち果ててしまったのよ。だってもう半世紀以上も前のことですもの」

「でも、鮭は？」

「いなくなったわ。観光客があんまりたくさん押しかけてきて、鮭を獲りすぎたから。それに川もすっかり汚染されてしまったの。人間と同じね」

「えっ、どうして川が人間と同じなのですか」

トシさんは、少し間を置いて意外なことを言った。

「キクコさん、あなた疲れているでしょうに、いい質問をするのね。『川が』なんて鋭いわね」

「私、自分が鋭いなんて思ったことはありません。鈍い人間です。鈍くて世の中のことは何も知らないのです」

「半世紀以上も前のこと、ここがポイントなのよ。この半世紀の間に、人間はいいもの、貴重なものを全部とられてしまって、そのうえ汚染されてしまったの。この川と同じでしょう」

「そんなこと、知らなかった……」

「そんなはずはないわよ。あなたの頭は知らなくても、知らないと思っていても、身体はみんな知っているわよ」

「……」

「ここに来たら、否応なく、頭でだって知ることになるはずよ。いい人だったらね」

「悪い人ならどうするのですか」

「悪い人は逃げて行ってしまうの」

「でも、私は自分がいい人か、悪い人か分かりません」

「あ、ごめんなさいね。ここでは、いい人か、悪い人かなんて問題にしないのです。私、間違って言ってしまった。だってそうでしょう。人間はみんな善人でありかつ悪人である。というよりも、善と悪は常に一体になっている、これは、エスがいつも言っていることなの」

「え、エスって？」

「エスって、この反貧困キャンペーン村のリーダーって言うか、仲間と言うか。でも、結局リーダーみたいにされちゃう人。だけどやっぱり仲間なの。私、ちょっと説明が下手ね」

「ここは反貧困キャンペーン村というのですか」

「そうよ。あなた知らなかったの？　そうよね、知らないで来る人もたくさんいるし、知って来る人もたくさんいるし」

「そんなにたくさん人がいるのですか」

「いっぱいいいるわよ。一〇〇〇人は軽く超えているわ」

「広いのですか」

「広いって言ったら、相当広いわね」

「だって」

「だって？　人もいないし、建物もないと思っているのでしょう？」

「ええ」

「そうでもないのよ。今日は私が宿直当番だから私だけだけど。でも、旅館だったのはこの建物だけで、あとはみんな朽廃してしまったけれど、堤防をおりれば、かつての学校やら病院やら大きな建物は残っているし、民家もけっこうあるのよ」

「どうしてここにそんな大勢の人がいるのですか」

「難しい質問ね。結論だけを言えば、ここに住んでいた人たちが一人残らず逃散して、その跡地に私たちが住み着いたの。と言うか、占拠してしまった。そこに人が集まってきた。詳しく言えば、半世紀前に高度経済成長が終わって、観光客が潮の引くようにいなくなった。それから半世紀かけてここはジリジリと廃《すた》れていった。工場も農地も何もかもジリ貧になって、長い時間、長い歴史をかけて、一人も人がいなくなった」

「占拠って、どういうことですか」

「はじめは州都が警察隊を寄こして排除しようとしたの。そこで私たちは、反貧困キャンペーン村という旗を掲げてね。文句があるならここにいる人たちが全部食えるようにしろ、と言ってね。そこがエスの作戦なのよね」

と言って、トシは、ククッと笑って口を押えた。

「全員が役所に行って生活保護の申請を出したの。一〇〇〇人がいっぺんによ」

「へぇー」

「でしょう？　そうしたらそれがマスコミに取り上げられて、全国で生活保護の申請が殺到したの。大騒ぎになったの」

「でも、生活保護はなかなか出してくれませんよ。私も役所に行ったけれど」

「そうですよね。だけどその騒ぎで州都も政府も、条例をつくるやら法律をつくるやらで、てんてこ舞いになってしまって、この反貧困キャンペーン村のことは放っておかれたの。というよりか、そっとしておこうということになったのだそうです。そこで、この反貧困キャンペーン村は自治を宣言したのです」

「それはよかったですね」

「そうばかりとも言えないのよ。ここはともかくとして、州都や政府は、条例や法律をつくって、できるだけ生活保護を受けられなくしてしまったのよ。エスは、かえってよくなかったのかなあ、やっぱりいいことと悪いことは一体になって起こるのだなあ、何かもっといい方法はなかったのかなあ、といつもぼやいているわ」

「さっきと同じですね」

「そうね。人間も社会現象も同じね。みんな一体になっているのね。でも、人間も社会現象も同じだけれど、でもね、いい方と悪い方が同じ割合というわけではないのよ。いい方が悪い方よりも多いということもあるのではないかしら。いい方のシェアの方が悪い方のシェアよりも断然大きいという方が、人としても社会としても望ましいと思うのだけれど、あなたどう思う？」

「そんな難しいこと、考えたことはありません」

「私だってそうだったわ。でもこの村にいると、いろいろ考えることが多くなるのよ」

「エスという人は、何か考えているのですか」

「いつも考えているわ。そして、私たちと話し合いをするわ。私たちはみんなよく議論するのです」


……今日は、身体も使ったが、頭も使った。

こんなに頭を使ったことは、生まれてから今日まで一度もなかったような気がする。いや、そんなことはない。今日は何を食べようか、どうやって竹の子を掘ろうか、まだ竹の子が残っているだろうか、神社に行けば果物でもあるのではないだろうか、バスは来るのだろうか……このひと月の間、いや今日だけでも、ずいぶん頭を使った。頭を使わなかったことはなかった。

こんなに休まずに頭を使っていたのに、川と人間が同じだなんて考えてもみなかった。つまり、いつもとは違うように頭を使ったのだ。

これからはこんな風に頭を使うようになるのだろうか。食べることに頭を使う必要がなければ、他のことを考えることができる。トシさんは社会現象と言っていたが、その社会現象とかのことを考えることができるようになるのかもしれない。

何だか今日は変な日だった。変な日だったけれど、悪い日ではないと思う。一食のスープご飯に恵まれただけでもいい日だった。それとも、いいと悪いが一体になった日だったのだろうか。そうは思いたくない。いいだけの日だってあるはずだ。今日は、そういう日だったのだと思うことにしよう。なんだか、眠くなってきた。

3

「あんた」

隣りから声がかかった。

女の声にしては低い声だ。さりとて男の声ではない。

「あんた、寝ているのか」

言われてみれば、眠りに落ちていたのだ。

キクコは、闇の中に目を開いて、聞き耳を立てた。

「寝ているのかと聞いているんだよ」

やはり隣りで寝ている女の声に違いない。

空恐ろしい気持がしたが、このまま沈黙しているわけにはいきそうもない。

「はい」

「起きているのか」

「はい」

「あんた、身体を売ったことがあるか」

これは大変なことになったと思ったが、ここは正直に答えるしかない。

「ありません」

「ふん」

「……」

「まだまだだね」

「……」

「身体を売ってもね。まだ下があるのさ」

「？」

「子どもはけっこう高く売れるんだよ」

「!?」

「養子にほしいという奴もいるし、臓器をほしいという奴もいるし」

「!!」

「今日子どもを売ってきた」

「!!」

「子どもを売ってからあのバスに乗った」

そのひと言を聞いてゾクッとした。いきなり足元の地面が取り払われたような恐怖に襲われた。

〈そうか、そういうことだったのか〉

ゾッとした後で、恐怖が襲ってきた。

一瞬ここから逃げ出そうと思ったが、どこに誰がいるか分からない。トシがどこにいるのか分からない。誰かいるとしてもそれが味方だか敵だか分からない。だいいちトシだって敵かもしれない。上品でやさしいふりをしているがほんとうは鬼かもしれない。瞬時にいろんな考えが頭をめぐったが、ここはどうにもなすすべがない。

キクコは、シンチを抱きしめて身を硬くした。

「ふん、あんたじゃ話にならないね」

「……」

「いいから寝な」


「寝な」と言われても寝られるものではない。キクコの頭は恐怖の闇の中で不思議に冴えてきた。そして、これまで経験したことのない動きをした。

どうして、ここまで身体を売らずに生きてくることができたのだろう。

それは、生まれたその日かその翌日に、産院の前に棄てられ、すぐに拾われて乳児院に入れられたからだ。そのあとは、児童養護施設に移され、一六歳まで施設で育てられ、施設のあっせんでビジネスホテルに就職し、マツリと会って所帯を持ち、シンチが生まれてここまできた。

これまで親も知らず、辛い思いをし、食うや食わずで生きてきて、最低の人生だと思っていたが、下には下があったのだ。と言うよりも底辺には別のルートがあったのだ。

隣りで寝ている人も、親に棄てられ、あるいは虐待を受け、あるいは戦火で孤児になって、酷い人生だったのだろう。しかし、もし生まれた直後に産院の前に棄てられていたら、きっと身体を売ったり、子どもを売ったりすることもなかったのではないだろうか。

これまで生んですぐに産院の前に棄てた親を恨んでいたが、それは間違っていたのかもしれない。感謝しなければならないことだったのかもしれない。

それにしても、隣りの人が棄てたという子どもはどうなるのだろうか。男の子だろうか、それとも女の子だろうか。臓器を切り取られて、命を失ってしまうのだろうか。そうでないとしても、女の子だったら、母親と同じように身体を売ったり、わが子を売ったりするのだろうか……。

さすがに眠たくなってきた。

今日はいろいろなことがあった。これまでしたことがないことをし、会ったことがない人と会い、聞いたことがないことを聞き、見たことがないことを見て――それに食べたことがないものを食べた……。

いつの間にか深い眠りに落ちていたようだ。

窓はぼんやりと明るくなっていて、朝になっているようだった。

朝だ、と思ってシンチを起こそうとした途端、キクコはびっくりして身体を起こした。

シンチがいない！

あわてて隣りの寝床を見た。

あの女もいない!!

とっさにさらわれたのだと気づいた。

キクコは、部屋のドアを開けて、廊下に向かって叫んだ。

「シンチ！　シンチ！」

廊下の先の方からトシが飛んできた。

「シンチがいないのです」

「トイレにでも行ったのではないの？」

「そうじゃないのです。同室の女性もいないのです」

トシがびっくりして、大きく目を開いた。

「それは大変！」

「大変なのです!!」

「みんな！　早く男の子を探して！　早く！」

トシが大声で叫ぶと、あちこちの部屋のドアが開いて、人が集まってきた。

キクコは思った。

〈この人を一瞬でも疑って悪かった。鬼かも知れないなんて〉

トシがてきぱきとみんなに指図した。

「虎の顔のTシャツを着た男の子、三歳ぐらい、川の方も探して！」

「私も川の方を探してみます！」

「そうして！」

走りながらキクコは自分を責めた。

〈どうして手を離してしまったのだろう。どうしてずっと抱きしめていなかったのだろう。どうして気づかなかったのだろう〉

4

人がたくさん集まってきた。全部で二〇人ほどだろうか。いやもっと大勢だったと思う。若い人も中年も年寄りも、男も女も、服装もまちまちだということは意識に入ったが、そんなことに気をとられている場合ではない。

建物の中を探す人は廊下や階段を走りまわり、外を探す人は玄関からクモの子を散らすように八方に飛んで行った。

キクコも川を目指して堤防を降り、河原に出た。

河原は、幅が三〇メートルほどあって、イグサと雑草が混じり合って五〇センチほど丈を伸ばし、ところどころに灌木が生えていて、その向こうに碧色の川が滔々と流れていた。

ここは広い。広くてどこをどう探せばいいのか見当がつかない。

キクコが茫然としていると、一〇人ほどの男女が堤防を駆け下りてきて、すぐに河原の草の中に飛び込んで走り出した。そのうちの若い男性たちはまっすぐに川岸に向かい、その他の人は左右に散って河原で探しはじめた。

気が気ではない。キクコは左右に目を飛ばしながら、川岸を目指して走った。

川岸に来てびっくりした。川岸にはびっしり葦が群生していて、足を踏み入れる方途が分からない。それにその向こうの川は、なんて流れが早いのか。なんて川幅が広いのか。なんて水量が多いのか！

ここにシンチが投げ込まれたらひとたまりもなく死んでしまうだろう。

先に川岸に着いた若者たちが、身体をかがめながら葦の茂みや川の方に目をこらし、その姿勢のまま早足で下流の方に進んで行った。

川の中に入って捜索することはできないだろうかと思ったとき、キクコのうしろから草を踏む音がして、防水服に身をかためた若い男女がゴムボートを運んできて、葦の茂みの隙間にそれを置いた。

「私も乗せてください！」

キクコが叫んで、返事も聞かずに乗り込もうとすると、

「二人乗りだから、三人は乗れないのです。あなたは待っていてください」

と押しとどめられた。

キクコは、

〈こんなときに私は何もできないのか〉

と思って、悄然としてしまったが、

〈しかし、川に投げ込まれたとは限らない〉

と思い直して、河原を探すことにした。

キクコが河原の雑草の中を探していると、初老の女性が近づいてきて、

「この辺の河原では見つかっていないのよ。もっと広範囲に探すことにしたの」

「大丈夫でしょうか。どこか遠くに連れて行かれたのでしょうか」

「うーん」

と女性は腰を伸ばして、

「でも、手を尽くして探すから。だから、あなたは休んでいて」

と言った。

そう言われても、休んでいるわけにはいかない。何が何でもシンチを見つけなければ。

キクコは、本館の方に行ってみようと思って、堤防を昇り、本館に向かった。

本館の玄関の前にも二、三人が集まっていた。

「建物の中にはいない。トイレや風呂場や納戸や全部探したけれど見つからない」

それを聞いて、キクコは玄関から中に入ることができなくなってしまった。

〈だいいち、シンチがいなくなったのは私の責任ではないか。ここに来た途端にこんな騒ぎを起こしてしまった。大勢の見も知らぬ人たちに迷惑をかけてしまった。どんな顔をしてここにいることができようか〉

キクコは、こっそりと本館の裏手にまわった。

本館の裏手は駐車場になっていた。駐車場はかなり広く、大型のトラックが一台、中型のトラックが一台、ジープが二台、乗用車が一台、それにバイクが三台、自転車が五台並んでいて、その他に相当なスペースが空いていた。

車の陰に隠れて姿は見えないが、澄んだ男性の声が聞こえた。

「そうか、キミは虎だったんだよね」

「そうさ。トラだから、かんだんだ」

その声を聞いて、キクコは飛び上がった。

「シンチ！」

トラックのうしろにまわり込むと、突っ立っているシンチの前に、しゃがんでシンチと話している男性がいた。

「シンチ、いたの⁉　ここにいたの！」

キクコは、男性にお構いなく、シンチに飛びついて抱きしめた。涙がドンドン出てきた。

シンチは、キクコのさせるままにして、さっきの姿勢を変えずに突っ立っていた。キクコは、シンチを抱きしめながら、

〈この子は、なんで感動しないのか〉

といぶかしく思ったが、そんなことはともかくとして、今はただ抱きしめて、シンチが生きてここにいることを実感したかった。シンチは、黙って突っ立ったままだった。シンチと話をしていた男性も、しゃがんだままじっとふたりを見ていた。

ようやくキクコはシンチを離して、手の甲で涙を拭い、両手をシンチの両肩にのせた。待っていましたというようにシンチが話し出した。

「ボク、トラなんだ」

「トラ⁉」

「決まっているでしょう、ほら」

と言って、Tシャツの胸を指で引っ張った。

「そうか、トラか。それで？」

「トラだから、女の人の手をかんだんだ。かんでやったのさ」

「えっ、噛みついたの？」

「そうだよ」

「そうしたら?」

「そうしたら、ボクを突き飛ばして、逃げて行ってしまった」

「どこに逃げたの?」

「あっち」

シンチが、川の下流の方を指さした。

「走って逃げたの?」

「違う」

「違うって?」

「あのね。男の人が来てね。一緒に逃げた」

「二人で一緒に逃げたの?」

「うん、バイクに乗ってね」

「何か持っていた?」

キクコは刃物を持っていたのではないかと心配になって聞いたのだが、意外な返事が返ってきた。

「男の人が大きな黒いカバンを持っていた」

「シンチ、怪我はしなかった?」

「したよ、ほら」

と言って、右手を出して肘を見せた。擦り傷があって血がにじんでいた。

「ここだけ?」

「ここだけだよ」

「痛い？」

「痛いさ。怪我だもん」

人が集まってきた。

「たしかにバイクが一台なくなっているようです」

と横から爽やかな声がした。それから、

「トラくんは、立派な証人だね」

と言って、シンチの頭をなでてから、ゆっくり立ち上がった。

スラリと背の高い人だった。白いシャツを着て、洗いざらしの青い長ズボンをはいていた。歳は三〇歳前後に見えた。

キクコも立ち上がり、

「有難うございました。ご迷惑をかけてすみません」

と頭をさげた。男性はニコリとして、

「キクコさんですね。私は、エスと言います。よろしく」

と言い、ひと呼吸置いたあと、取り巻いた人たちに向かって、

「トラくんの証言によると、どうも事務所に被害が出ているようですよ。それに一人、一緒に逃げた人がいる」

と言った。

5

トシがやってきて、

「朝ごはんの前に、病院に行ってヨシナミ先生に診てもらいましょう」

と言い、焦げ茶色のジープの運転席に乗り込み、エンジンをかけはじめた。

「さあ、シンチくんとキクコさんは、後ろの座席に乗って」

ふたりが乗り込むと、

「ヨシナミ先生は、もとは脳神経外科が専門だったそうだけれど、ここはお医者さんが少ないから、何でもするのよ。整形外科でも、心療内科でも。まあ総合医療ね」

と言って、

「だから、何でも心配なことがあったら聞いていいのよ」

とつけ加えた。

ジープは、下流に向かって派手な音を立ててスピードをあげた。陽はあがってから間がなく、沿道の樹木は斜めに影を落としていた。晩春の風が窓から入ってきて、爽やかだった。

ジープは、しばらく堤防の上の道路を走っていたが、やがて堤防の道と岐《わか》れて右斜めに下りる坂道をゆるゆると走り、大きく湾曲するところに出ると、田畑の中に民家や大きな建物が点在しているのが見えた。

「この村は、かなり大きいけれど、それでも農地の広さには限界があるでしょう。だから二毛作をやっているの。今実っているのは小麦よ」

と、トシが説明しているうちに、ジープは、四角い二階建ての建物の前に来て止まった。建物の玄関の白壁には、「反貧困キャンペーン村中央病院」という板の看板がかかっていた。

トシが玄関をつかつかと入り、受付の若い女性に何か話をしたあと、ふたりに向かって、

「先生はもう来ているって、行きましょう」

と言い、廊下の奥の方に案内した。

診察室に入ると、白髪の白衣を着た人が笑みをたたえて立っていて、三人に会釈をし、

「ヨシナミです」

と言って、二つの丸椅子にシンチとキクコを座らせ、自分は机の前の回転いすに座り、ふたりと向き合った。トシが当然のように壁に立てかけてあった折りたたみ椅子を開いて、キクコのうしろに座った。これで診察室は満員になった。

「どこが痛いの？」

「ここ」

シンチは細い右の腕を上げて肘を見せ、

「ボク、トラだから、女の人の手をかんだんだ」

と言って、Tシャツの胸を左の指でさした。ヨシナミは、

「そうか、キミは、トラなんだ」

と軽く受けた。

「うん、トラくんの腕がすりむいて血がにじんでいる。血は出なかった？」

「出なかった」

ヨシナミは、シンチの腕をあちこち押さえたりさすったりしていた。

「痛い？」

「痛くない」

それから左腕を押え、胸やら腹やら腕やら脚やらを握ったり押したりして、最後に頭の髪の毛をていねいにより分けて見て、

「うん、どうやら外傷はなさそうだね」

と言い、

「レントゲン写真をとっておこう」

と言って、シンチを連れて、診察室から出て行くので、キクコもついて行った。

診察室からさらに廊下の奥に行くと、ヨシナミが、

「お母さんは廊下で待っていてね」

と言って、左側の部屋にシンチを連れて入って行った。

キクコが待っていると、間もなくヨシナミとシンチが部屋から出てきた。

ヨシナミは、大きな写真を手にして、

「骨折はありません。大丈夫です」

と言って、そのまま診察室の方に早足で行くので、キクコはシンチの手を引いて小走りについて行った。

診察室に戻って、四人はさっきと同じ位置についた。ヨシナミが、

「骨にはひびが入っていないけれど、念のためにCTを撮っておこうか」

と言ったので、キクコが、

「CTって何ですか」

と聞いたところ、うしろにいたトシが、

「X線コンピュータ断層撮影のこと。この病院にはMRI、つまり磁気共鳴画像よりあとに発明された医療機器はないのよね。古い型のCTが一番最新型なの。さっきのレントゲンだってずいぶん古い型式のものでしょう?」

「まあ、そうですね」

「ここにある機械で、この村が廃れて行った年代が分かるのですよね、先生」

「その通りですがね。でも、そんな機械はいらないのです」

「先生方の腕がいいから」

「そういうことにしておきましょう」

そう言って、ヨシナミとトシは、愉快そうに笑った。

キクコは、置いてけぼりになったような気持ちになりそうだったが、すかさずうしろから、トシが、

「それでね、キクコさんに知っておいてほしいことがあるの」

と声をかけたので、キクコは振り向いて、

「はい」

と答えると、トシが話し出した。

「私たちは同じ時代に同じ国に生きているけれど、みんなそれぞれ違う文明の中で暮らしているの

よ」

「分かります。私はCTを知らないところにいたのですから」

「そう、その区別と言うか、階層と言うか、そういう境界の線がはっきりしてきたのよ」

「そうですか」

「私もそういうことは分かっていなかったわ。私もそうだったのよ。ここに来る前はね。私もあなたがここに来る前のところと同じところにいたの」

「えっ！」

「でも、ここはね。前のところと違うのよ」

「それなら私もそうですか。私もここにいるのですよね」

「そうよ、それを言いたかったの。前とは違う文明のところにいるのよ、あなたも私も、それにシンチくんも」

「違う文明って⁉　違う文明って、どういう文明ですか？」

「この国にはね、この国ばかりではなくて世界中同じようなものだけれど、貧乏で、食べるものもなくて、物質文化の繁栄だとか科学の成果だとかとはまったく縁のない暮らしをしている人がたくさんいるでしょう」

「はい」

「その人たちは、原始時代のような文明、文明と言っていいのかしら、そういう世界で暮らしているわけよ」

ここまでくるとキクコには、身にしみるほどよく分かる。キクコの頷くのを見て、トシが続けた。

「でも、その他に、今の文明を享受している連中もいる。そういう連中は、人工知能を操り、マネーゲームに明け暮れ、飲んだり食ったりして、楽しく暮らしている」

詳しいことは分からないが、ビジネスホテルに勤めていたので、その端くれぐらいは見聞したことがある。そう思っていると、トシが、

「で、あなたの質問に答えるとすればね。わが反貧困キャンペーン村の文明を簡単に言えば、そういう今を時めく連中の文明の前の文明と先を行っている文明の二つを持っている。ということは、今を時めく文明と同じ文明ではない。また、原始時代の文明でもない」

「ちょっとよく分かりません」

「でも、前の文明というのは分かるでしょう。古い型式のレントゲンやCT、それにたとえば二毛作」

「それなら分かります」

「で、先を行っている文明よね。これは分からないでしょうね。ここは最先端理論、最先端研究、最先端プログラムのメッカなの」

そう言われても、キクコには何のことか分からない。トシが続けた。

「たとえば、AとBという人がいるとするでしょう。AとBが協力すれば両方とも利益が生まれるのに、AがBに裏切られたらひどい目に合うと恐れる、BもAに裏切られたらひどい目に合うと恐れる、そうするとお互いに裏切り合って結局両方とも損をする。これを囚人のジレンマゲームというのよ。有名なゲーム理論なの」

「名前は知らないけれど、そういうことはよくあると思います」

「ところが研究が進んで、前世紀の終わりごろ、AとBの関係が継続すれば、両方とも裏切り合うのをやめて協力し合うのではないかと言い出した人がいるの。そして、実験をしてそれを証明したのよ。それを反復囚人のジレンマゲームというの。すごいでしょう」

「なんとなく分かるような気がします」

「そこでこの村の先端的研究なのだけど、この反復囚人のジレンマゲームを応用して、社会全体と個人とが同時に幸せになる方法はないかという課題をつくって研究を進めているのです」

「えー、何のことだか分からない」

「そうよね。難しい問題よね。だけど、社会全体が発展して栄えても個人個人が幸せになるとは限らない。全体の繁栄が個人を不幸にすることはある。ここまでは分かるでしょう」

「そう言われてみれば、分かります。食べるものがなくて死ぬかと思っていたときでも、この国は栄えていたから。栄えているようだったから」

「社会が繁栄すれば個人が不幸になる、個人が栄えれば社会が衰退する、この全体と個のジレンマは、人類はまだ解決する方法を知らないのよ。問題自体は聞けば誰でもすぐに分かるけれど、答えがまだ見つかっていない」

「そんな難しいことを研究しているのですか」

「そうなの。全体と個の問題を、さっきの反復囚人のジレンマゲームを使ったり、脳科学を使ったりして、研究しているの。反復囚人のジレンマゲームをしているときに、脳のどの部位が刺激されるかとかね。すると面白いのよ、その実験で分かったことは、脳の中の今まで使ったことのない部位が動き出すのですって！」

「それって、実験をするときに人工知能を使うのですか?」

「いい質問ね。でも、人工知能はそういう実験には役に立たないの。だって、創造力と想像力に欠けているのだもの。それに心もないのよね。そういう研究には、人工知能はまるで馬鹿なのよ。その研究には、人工知能は要らない。全部人間の脳で研究しているのです」

「……」

「それに、大切なことを言い忘れていたわ。それはね、この反貧困キャンペーン村が、全体と個を解決するための実験場だということ」

これについては、キクコにはまったくお手上げである。何をどう考えればいいのか、まったく見当すらつかない。キクコが黙り込んでいると、トシが、

「これはさすがに今は分からないでしょうね。でも、ここに長くいたら、だんだん分かるようになるわよ」

と言ったので、キクコは、ハッとしてトシに聞いた。

「えっ、ここに長くいてもいいのですか」

「いいのよ。どうして?」

「その話は、まだしていません」

「そうよね。そうだったのよね。とっくにここにいるものだと思っていた」

「……」

「鮮烈なデビューだったもの。それに、みんなもあなたのことを知ってしまった」

「すいません。穴があったら……」

「あなたが入る穴なんてありません」

きっぱり言ったあと、トシは、アハハと笑った。この人には、人をからかう癖がある。

「穴に入らないで、地上に住み着いてね。みんなもそう思っているわよ」

「はい、地上に住み着かせていただきます」

シンチが椅子に座ったまま、両足をバタバタさせた。

ニコニコ笑いながら黙って聞いていたヨシナミが、

「じゃあ、そろそろCTをしようか」

と立ち上がって、看護師を呼んだ。

6

シンチがCT室に連れて行かれて、診察室には、ヨシナミ、トシ、キクコの三人が残った。

トシが折りたたみ椅子を畳んで壁に立てかけ、シンチが座っていた丸椅子に腰かけた。三人はちょうど三角形に向き合う形になった。

キクコがさっきからずっと気になっていたことを切り出した。

「先生、シンチにあんなことがあって、心に傷が残るようなことはありませんか?」

ヨシナミは、目を大きく開いて、キクコを見た。トシが引き取った。

「ああ、トラウマね。PTSDが心配ですよね。私も気になっていました」

「PTSDって、何ですか」

「心的外傷後ストレス障害のことです。でも、そんな名前なんかどうでもよろしい。名前なんかつけなくても、親は昔からそういうことに気づいていたのです」

そう言って、ヨシナミは、キクコをまじまじと見た。

「シンチが変なことをするようにならないか、変な人にならないかって、心配なのです」

「母親の本能って……」

トシが言いかけて、少し言いよどんで、

「そういうことを考えさせるのね」

と言い終わるのを待ってから、ヨシナミは、意を決したように表情を引き締め、

「シンチくんが変な人になるかどうか、それは分からないのです」

〈大丈夫です。変な子になりません〉

という返事を期待していたキクコはがっかりして、そのあとで心配が爆発しそうになった。

キクコの表情の変化を見てから、ヨシナミは表情を緩めて微笑んだ。

「科学がそこまで発達していないのです。シンチくんがこの事件で心に傷を負ったかどうか、仮に心に傷を負ったとして、それがシンチくんの人格の形成や人生の航路にどう影響するのか、キクコさんはそれを知りたいのでしょう」

「そうです。心配なのです」

「科学というのは、そういうことをきちんと予測できなければおかしいですよね。だけれども、そういう方向に発達しなかったのです」

「でも、評論家や学者が出てきて予測はすると思うわ」

とトシが割り込んできて、

「シンチくんがＰＴＳＤだから暴力的な人間になるとか、何とかかんとか言う学者はいると思うわ」

と言うと、ヨシナミが、

「でも、トラになって女の人の手を噛んで追っ払ったことが貴重な成功体験になったのだから、正義感の強い立派な人になるという評論家もいるでしょう」

と安心させるようなことを言ってくれた。思わず、

「よかった」

とキクコが言うと、トシがすかさず、

「でも、喜んではだめよ。そんなのは無責任な予測なのだから」

と言ったので、キクコはまたがっかりしてしまった。

「評論家や学者は、根拠なしに当てずっぽうを言うだけなのよ」

「その通りですよね。どれもこれも科学的根拠に基づかない、滑稽な説ということになりますよね」

「科学的根拠がないって？」

たまらなくなって、キクコは聞かないわけにはゆかなくなった。

「事件が起こったとしますね。そのあとで人は、いろいろな刺激を受け、その刺激に反応して、人格を形成してゆきます。そして長い人生を送ります。その事件と人格形成、人生の歩みについてのデータがないのです。経験的なデータがね」

「そんなデータ！　気の遠くなるような膨大なデータが必要でしょう？」

「でもトシさん、そんなことを言うけれど、今コンピュータを操っている人たちは、ビッグデータが

入っていると自慢しているのですよ。だったらそんなデータがあってもいいではないですか」

「そういうデータがなくても、成育歴を調べることによって分かりませんか」

「過去の成育歴を調べてもあまり分からないのです。過去は脚色できますから。それに心の傷については、あっても凶悪犯人や病的なものばかりで、統計的な正確さはない」

「でも、遺伝子で解明する方法はあるのでしょう？　そういうデータはあるでしょう？」

「それはあります。遺伝子の配列を解明することは発達しています。しかし、遺伝的な要因とその他の要因がどのように影響し合っているかというデータは十分にはないのです」

「そうか、そういうデータはないのか。肝腎のデータがないということですか」

「そう、肝腎のデータがね。だから、キクコさんの心配に正確に答えることができない」

「どうしてそんなことになっているのですか」

「これは私の仮説ですが、人間は肝腎なことを神に委ねて、人間そのものの姿を見ようとしなかったからです」

「そうか！　そうだと思いますよ。神を担いで戦争をしたり、神に祈りながら原爆を落としたり、そんなことばかりしているから、肝腎なことをやっていなかったのよ」と、トシ。

「そういうデータがあれば、人間の行動の相当のことを正確に予測できるようになるはずです。人間の脳の機能を一つだけ挙げよと言われれば、それは『予測』だという脳科学者がいますが、じつは予測がそんなに大事な機能なのに、科学をそういう方向に発展させなかったから、正確な予測ができない。だから、科学的根拠のない予測に振り回されて、いや根拠がないことをいいことに勝手な予測をしてとんでもないことをする」

「それってよく分かるわ。相手が攻めてくると予測して戦争をしかけたり」

「戦争ばかりでなくてもね。地価が上がると予測して、いや、そういう予測をでっちあげて経済を膨張させたりして、世の中を変な方向に動かしていることには根拠のない予測がからんでいるのです」

「正確な予測ができるようになれば、個人の生き方に方針が立つばかりではなく、いい社会をつくることができるというわけね」

「私は、そう思っているのですがね」

「で、シンチくんの場合はどうなるのですか？　データがないときはどうなるのですか？　だって、今はデータがなくて分からないということだけど、少しでも何か分かりませんか？」

「困ったなあ。今日の事件は、女の人に連れ去られるところを、シンチくんが女の人の手を噛んで解放され、女の人が逃走したということでしたよね」

「そうです。シンチが女の人の手を噛んだのです」

ここだけは強調しておきたい。ずっと無言だったキクコが発言したので、ヨシナミは、キクコを見てにっこりした。

「心に傷がつくとしたら、どこのところが問題になると思いますか？」

「私は、シンチが女の人の手を噛んだことが気になるのです。だって、シンチが人の手を噛むなんて、びっくりしてしまう」

「でも、連れ去られるところでは、傷がつかないのだろうか？　心に」

「そうか、連れ去られることと手を噛んだこととは関係があるのですよね。当然のことですが」

と、トシが口を挟んだ。

〈そうだ！　連れ去られるとき、シンチはどんな気持ちだったのだろう！〉

〈きっと、ものすごい恐怖に襲われたはずだ〉

〈その恐怖を打ち消すように、とっさに噛みついたのだ！〉

シンチの恐怖に思い当たって、私の心は激しく痛む。

〈何て迂闊なのだろう。シンチが人の手を噛んだことばかりに気をとられて〉

キクコは暗澹たる気持ちになって、自分を責めた。

「うーん、はじめから終わりまで、全部を解明することは難しいですね。なぜ、シンチくんは、女の人の手を噛んだということばかり言って、他のことを言わないのだろう。そのことだけを取り上げて シンチくんの心理がどうなっていたのかを推測するだけで、つまり推測しかできませんが、いろいろな見方ができると思います。しかもシンチくんは、自分がトラだから噛んだと言っているのですよね。これは何でしょうね」

「自分をトラだと励まして噛んだのではないでしょうか」

トシがそう言ってから、笑い顔を見せた。

「評論家のようで、すいませんが」

「この際、評論家のような推測でいいことにしましょう」

「だったら、もう一つ。トラだと言って暴力を正当化した」

今度はトシが辛口の評論をした。これを聞いて、キクコはシンチの弁護をしたくなった。

「ほんとうにトラだと思ったのではないでしょうか」

「その全部が正解かもしれないし、そのいくつかが正解かもしれない。あるいは他に正解があるのかもしれない。でもデータがあれば、シンチくんが女の人の手を噛んで、しかも自分がトラだから噛んだのだと言っていることが、シンチくんの人格形成と人生航路にどのような影響を及ぼすかがある程度予測できる、その予測に基づいて対応もできる」

「でも、そういうデータを集めるには何年もかかるでしょう？」

「うん、八〇年から一〇〇年ぐらい。人の一生だから」

「えっ、一〇〇年もですか⁉」

「でも、コンピュータが発明されてからそろそろ一〇〇年になるのですよ。はじめからやっていれば、今ごろデータが出てくるはずだ」

「神を信じている科学者たちは、思いつかなかったのでしょうね。だいたい人間を信用していないのだから」

「人間って奥が深いのですよね。だいたい三歳の子どもが『ボク、トラだから、女の人の手をかんだんだ』なんて言うのだから」

「もっと人間の奥の奥を知りたいですね」

「うん。人は、日々刻々と受けた刺激と反応という縦糸と横糸とを織物を織るようにしながら生きている。そしてそれが錦のように美しいようになる人生も、糸くずのようになってしまう人生もある。長い間そのデータを集積して、たくさんの人のデータを集積してはじめて、受けた刺激と反応、そしてその結果を予測することができる。それだけでなく、人という生き物のことがよく分かる。しかし、今は、人工知能が発達してもそういうことは何も分からない」

　キクコは、十分に理解したとは思えないが、聞きたいことがある。

「シンチのことなら、私はいちいち報告することができます。それはデータになりますか」

ヨシナミが驚いたような表情をして、キクコとトシを交互に見た。

「シンチくんのことは、立派なデータになりますよ。とくに今日の事件があったから」

「どうやればいいのですか?」

「インターネットに入力すればいいだけだから、トシさんに習えばすぐできるようになりますよ」

「これからずっと何年もやるのですよね」

「シンチくんの生涯ね。だからこれから八〇年から一〇〇年かな。でも、ある程度の年齢になったらシンチくんが自分で入力することが前提になる」

「でも、あなたは、いつもべったりシンチくんにくっついているわけにはいかないでしょう。あなたが働いてシンチくんが保育園に行くかもしれないし」

トシが、冷静なことを言った。

「シンチくんが、キクコさんに外であったことをいちいち報告できることが大切になります。そういう親子関係が必要なのです。とくに子ども時代には」

それは難しいかもしれない。児童養護施設で育てられていたときには、学校でいじめられても、シスターに報告なんてできなかった。

そう思っていると、トシが今度は励ますようなことを言った。

「でも、それって素敵なことだと思うわ。いちいち報告を聞かなければならないならば、親子は仲よくしなければならないじゃない」

それならばいつも仲よくすればいいのだ、と思った瞬間、トシが、

「でも、あなたがシンチくんをぶったり、叩いたりしたら、そのこともインプットしなければだめよ」

と厳しいことを言った。そして、

「あなた、シンチくんに暴力を振るったことはない？」

とたたみかけてきた。この人が言うことは、振幅が激しくて、ついてゆくのが難しい。

「一度だけ、つねったりぶったりしたことがあります。あ、四、五度かな」

「それだけ？　何のとき？」

「ここに来るバスを待っているとき。シンチが眠りそうになったので、眠ったら死んでしまうのではないかと思って、つねったりぶったりしました。それからバスを降りるとき。シンチが眠ってしまったので、あわてててたたいて起こしたのです」

「何だ、そういうことか。それだけなら大丈夫ですよね、先生？」

「大丈夫でしょう」

「でも、一〇〇年なんて、シンチくんにはとても間に合いませんね」

「シンチくんには間に合いませんね。しかし、これをやり出せば、大きな副産物があるのです」

その言葉を聞いて、トシが挙手をして大きな声を出した。

「ハイ！　先生！」

「はい、トシさん」

と、ヨシナミが受けた。

「私、さっきから気づいていたのです。これは、シンチくんだけではデータが足りませんよね」

「データは多ければ多いほどいいですね。できれば、何万、何十万とほしい。でも、何万、何十万でも、ビッグデータに入力すればどうっていうことない。人工知能はそういうことに使うべきだよ」

「反貧困キャンペーン村には、子どもがたくさんいるから、とりあえずその分はできます。それでも足りない。みんなに呼びかけて、みんながはじめればどうなるか。そうなれば、副産物がたくさんできる」

「その通りですよ。たとえば？」

「たとえば、戦争がなくなる。だって、戦争したなんて、インプットできないじゃないですか。したくないじゃないですか」

「そうです。それに戦争をすれば、せっかくつくったデータが消えてしまう。核戦争をしたら、データは溶けてしまう」

「本気でやるなら、世直しになりますよね」

キクコもそのことなら分かる。それにしても、トシという人の言うことは、大きく飛躍するものだ。キクコは、意を決した。

「私、今日からやります。今日からやらせてください。トシさん、インプットの仕方を教えてください」

ヨシナミとトシが、顔を見合わせて、頷ずき合った。

「これはまた、一大プロジェクトだなあ」

「反貧困キャンペーン村の最先端プロジェクトがもう一つ加わることになるわね。あなたが言い出したのだから、キクコ・プロジェクトということにしましょうか」

「それならば、シンチ・プロジェクトにしてください。でも、それがどんな刺激になるかしら」

「どんな刺激になるか、それをトレースすることも一つの方法ね」

「うーん、ここにくるとまた答えが出なくなる」

「こういうときには先生は優柔不断になるのだから……。でも、ネーミングも含めて、このプロジェクトのことをみんなに提案するわ」

優柔不断と言われても、ヨシナミは泰然として笑っている。

「優柔不断なボクですがね。相当の確信を持って言えることがある。それは、シンチくんを最初に発見したのがエスだったことです。エスは、誰よりも、人工知能よりも、すぐれた予知能力を持っています。そして、それに適切な手を打つ。だから、エスはきっとシンチくんに、何か素晴らしいメッセージを送ったはずです。シンチくんは大丈夫です」

「なんだ。それを最初に言ってくれればよかったのに」

と、トシがキクコの気持を代弁し、キクコは張りつめた力が抜けてゆくような気持ちになった。

そこに、女性の看護師がシンチを連れて帰ってきた。

「CTの結果ですが、異常はありません。出血はどこにもありません」

「うん。でも、あとから出血することもあるから、一か月したら、念のためにもう一度CTを取りましょう」

シンチは、あっけないほどてれんとした顔をして、ゆっくりとキクコの膝に乗った。

7

先ほどの話の中に気になっていた言葉があったので、キクコは、運転中のトシに後部座席から声をかけた。

「さっき、私が働いてシンチが保育園に行くとトシさんは言っていたけれど……」

「ああ、保育園ね。たくさんあるわよ。子どもは、みんな保育園に行っているのよ。シンチくんも、今日から行けるよ」

と、トシは前を向きながら、大きな声で答えた。

「私が働くところはあるのですか」

「それもたくさんあるわよ。あなたに働く気持ちがあるならばね」

これには心が躍る思いがする。

「どんな仕事があるのですか」

「どんな仕事がいいの?」

と、トシは、チラッとうしろを振り向いて、すぐに正面に向き直り、ジープのスピードを極端に落とした。

「ビジネスホテルで働いていて、ベッドメーキングとか掃除ぐらいしかできないのです」

「ホテルはここにはないわね。農業じゃダメ?」

「農業はロボットがやるのではないですか」

「ロボットなんて、一台もないわよ、この村には」

「でも、農業はやったことはありませんよ」

「やったことがなくても、覚えればいいのよ。ここではほとんどの人は、農業に携わっているのよ」

「麦もお米もですか?」

「みんな麦も米もつくれるわ。でもさっき二毛作と言ったけれど、一人の人が一年のうちで麦をつくって稲作をするということはないの。麦をつくる人は、その年は稲作をしないで、米は別の人がつくるの。分かる?」

「分かります。では、半年は農業をしないのですね」

「そう。それに、ここではできるだけ有機農業をやっているのだけれど、それでも少しは農薬も使うし、コンバインや何やらの農業機械もあるから、農業に携わっていても、時間は余るの」

「では、余った時間には何も仕事をしないのですか?」

「それがそうでもないの。なにしろロボットもなく、人工知能も導入していないから、労働力は貴重なのよ。みんな忙しく働いているわ」

「余った時間に、どんな仕事をしているのですか」

「それこそ人さまざまよ。たとえば、エスは大工よ。農夫のときには主に麦をつくるけれど、本職は大工」

「えっ、エスさんて、大工さんですか」

「そうよ。何かおかしい?」

「おかしいことはないけれど……」

「エスとその仲間の大工さんたちは、ほんとうに重宝なのよ。この村の建物はみんな古いでしょう。なにしろ棄てられていた村だから、建物はみんな老朽化していた。エスとその仲間たちの大工は、そんな建物を補強したり、修繕したり、リニューアルしたりして、使えるようにしてくれたのよ」

「私は、農業ならばできるかもしれないけれど、大工は自信がありません」

「大工でなくてもいいのよ。事務でも何でも、仕事はいっぱいあるから」

「でも、事務なんてやったことがないので……」

「とりあえず、シンチ・プロジェクトに取りかかってみたら。それだって、本気で取り組むならば仕事は忙しいと思うわ」

「シンチのことをパソコンに入れるだけでしょう？」

「シンチくんのデータだけでは足りないでしょう。みんなに勧めたり、広報をしたり、世間に訴えたりする仕事だってあるじゃない」

やっぱり、トシの話は大きくなる。と思っていたら、すかさず大声が飛んできた。

「でも、お給料は出ないわよ。食糧はタダだけど」

「えっ、お給料は出ないのですか⁉」

と言ってしまってから、〈しまった！〉と思った。

〈働くことができれば、それで十分。食糧があれば、それで十分〉

そう考えて、すぐに訂正した。

「お給料が出なくてもいいです」

「あなたに限らず、ここでは誰にでもお給料は出ないの。だいいち雇う人、雇われる人という概念がないのだから。雇用者も被用者もいないの。わが反貧困キャンペーン村の中では、貨幣は流通していないのです。分かる？」

「お給料が出ないわけは分かりました」

「雇用者と被用者がいて、貨幣が流通するから貧困を生む。そういう思想を持った人たちがここで暮らしている。その思想の通りに実践しているのよ」

「誰がそんなことを考えたのですか？」

「誰がって？　そう言われてみればエスかなあ。でも、私だって、仕事がなくなって、食べるものがなくなって、ヘトヘトになって、雇う人、雇われる人がいるのがいけないのだ、お金なんていっそ世の中からみんななくなってしまえばいいのだと思いながら、ここにたどり着いた。そうしたら、エスやその仲間たちがここにいて、そういうことを話し合っていた。だから、エスが考えたと言えば、エスは違うと言うでしょう。みんなの思想や話し合いでこういう形になったのだと言うと思う、エスは」

「でも、生きてゆけるのでしょう？」

キクコは心配になって、これだけはどうしても聞いておきたかった。

「大丈夫よ。生きてゆけるわよ。そのためにつくった村だもの。資本主義でなくて、共存主義だから。資本主義だったら、生きてゆけない人がたくさん出るけれど、共存主義はみんなが生きてゆくための制度だから」

そうきっぱり言って、トシはジープのスピードをあげて、本館の前で止まった。

「シンチくん、お腹が空いたよね。ずいぶん遅くなったから」

ようやく出番がきたシンチが大きな声を出した。

「ボク、お腹、空いた！」

8

本館の一階に食堂があった。食堂はかなり広く、一〇人が座れる大テーブルが一つ、六人用のテーブルが二つ、四人用のテーブルが六つ、テーブルも椅子も木製で清潔だった。

朝食の時間が過ぎていて、食堂には誰もいなかった。

トシが壁際に置いてあった子ども用の椅子を四人用のテーブルの前に持ってきてシンチを抱き上げて座らせ、それから壁で仕切られた厨房の中に入って行き、両手にトレーを持って出て来た。

トシが二つのトレーを向かい合わせに置くと、シンチが目を輝かせた。トレーの上には、トースト二枚、目玉焼き、レタスのサラダの皿と、コーン・スープのカップが乗っていた。

「パンよ」

とキクコが言い終わらないうちに、シンチは手を伸ばして、パンをつかんで食べはじめた。

それを見てから、トシがもう一度厨房に行き、トレーを持って来てキクコの隣りの席の前に置いた。

「今日は午後から、朝の事件について会議があるから、キクコさんも出てね。それまでには時間があるから、シンチくんを保育園に預けに行きましょうよ」

「はい、分かりました」

久しぶりに朝食らしい食事にありついた。ゆっくり味わいたいと思ったが、向かいの席でシンチがガツガツ食べているので、落ちつかない。そうこうしているうちに、食事はあっけなく終わってしまった。

トシがまた、キクコとシンチをジープに乗せてエンジンをかけた。

車はふたたび下流に向かった。先ほどは景色を見る余裕がなかったが、あらためて右手の遠くを見ると、行儀よく並んで穂を風になびかせている麦畑の向こうに、小高い緑の山があり、そのまた向こうに青い山なみが背を連ねていた。

ジープは、先ほどの病院に行く道路と同じように、岐れ道を右の方にゆるやかに下り、カーブにさしかかったところで、右に曲がる細い道に入った。そしてすぐに停車した。

右手は土を均《なら》した園庭になっていて、その奥に平家建ての白い建物があった。

園庭では、シンチと同じくらいの年恰好の男女の子どもが七人で鬼ごっこをしていた。

「保育園よ」

と言って、トシがさっさと園庭を横切って先に行くので、キクコはシンチの手を引きながらついて行った。

中央にある玄関に入ると、背の高いおかっぱ頭の若い女性が出てきて、

「園長のサエキです」

と言って、キクコに会釈をし、長い身体を小さく丸めてしゃがみ込んで、

「キミのお名前は?」

とシンチの目を見て話しかけた。

「シンチ」

「シンチくんね。これから毎日シンチくんと遊ぶけれど、よろしくね」

シンチは、しばらくサエキを見ていたが、突然、

「うん、いいよ！」

と言った。サエキは、手を伸ばしてシンチの右手をとり、上下に手を振って長い握手をした。

そのあと、キクコとシンチは、サエキに園内を案内してもらった。大勢の子どもが、ゾロゾロとついてきた。大部屋の壁には、びっしりと子どもたちの絵が貼ってあった。

「よろしくお願いします」

とサエキに頭を下げ、

「あとで迎えに来るから」

とシンチに言ったときには、シンチはサエキにぴったりと張りついていて、軽く手を振っただけだった。


帰りは、ジープの助手席に座った。開口一番、トシは、

「あなた、さっき迎えに来ると言ったけれど、あれは必要ないのよ」

と言った。

「？」

「送り迎えは、送迎バスがやってくれるの。保育園にはマイクロバスがあるのよ」

それは助かる。ジープに乗りながら、歩くにしてはずいぶん遠いと思っていたところだ。でも、住

まいはどこになるのだろう。そう思っていると、トシが心の中を読んでいるように、

「あなたたちの住むところだけれど、第三家族寮ではどうかしら。あの家族寮なら本館にも近いし」

と言って、

「ついでに見ておきましょうよ。まだ、午後の会議までには時間があるから」

と言い出した。もちろんキクコに異存はない。

ジープは、本館の前を通り過ぎて川の上流の方に向かった。このあたりは昨夜バスで通ったはずのところだが、昨日は外が真っ暗で、そのうえ窓に水滴がいっぱいだったので何も見えなかった。

こうして昼間に見てみると、周囲の自然の中には川も樹木も田畑もあり、人の生活もある。なんだか生きかえったような気持ちになる……。

本館を通り過ぎて間もなく、ジープは橋を渡った。右手には例の大きな川が道路と平行に流れており、左手にも川が見えたのだから、左手の川は、大きな川に合流するのだろう。

「左の川は、大川の支流よ。中川というの。大川は、ほんとうの名前はアラエトトネド川というのだけれど、面倒だからふだんは大川と言っているの」

トシが言い終わらないうちに、ジープは左に曲がる道に入った。その道は、上り坂になっていたが、すぐに左右に民家やアパートが見えてきて、このあたりが一つの集落のようになっていた。

ジープは、少し走ってから左に曲がり、角から二軒目の二階建ての建物の前で止まった。建物の周辺は広い牧草地になっていて、遠くの方に牛が見えていた。

「これが第三家族寮です。一階の三号室と二階の二号室が空いているけれど、どっちがいい？　みんな同じ大きさで間取りも同じよ。バスもトイレもあるし、台所もついている1LDKよ」

「子どもがいるから、一階がいいです」

トシから一階三号室に案内されてびっくりした。六畳の洋室にはダブルベッドがあり、その部屋の奥には同じ広さのダイニングまである。ダイニングには大きな窓がついていて、その先には、木々や空が見える。

「これまで住んでいた家よりよっぽど広いです」

「そう？　じゃあとで荷物を持ってきてね」

「荷物と言ったって、スコップを入れた袋とビニール傘だけです」

「でも、昨日着ていた着物があるじゃない。その作務衣とトラのTシャツはさしあげるけれど、もう洗濯物が乾いているでしょうから、一緒に持ってきてちょうだい」

そういえば、まだ作務衣を着たままだった。

〈これで衣食住は確保できたようだ。信じられないことだ〉

キクコは、トシに騙されているのではないかとさえ思った。

そのキクコにトシが声をかけた。

「ここまで来たのだから、もう少し奥まで行ってみましょうか」

〈奥？　ちょっと怖い〉

と思ったが、「はい」と言わざるを得ない。

9

　家族寮を出て来た道を引き返すと、すぐ大川に沿う道と岐れた道に出た。その道を右に曲がると本館に戻ることになるが、トシは右に曲がらずに左に曲がった。奥に行くということは、この道路の奥の方に行くということなのだろう。

　道はゆるやかな上り坂で、やがて左側に中川が見えてきて、ジープはしばらく中川を遡るようなかたちで前進した。しかし、だんだん坂の勾配は急になってきて、中川が崖下に見えるようになってきた。やがて道は中川と岐れて、右に左にとカーブを切りながら蛇行する急坂を登りはじめた。左側は崖で、右側は樹木の枝が覆いかぶさるような坂道を、ジープはぐんぐん走る。

　キクコは、だんだん心細くなってきた。そして、保育園に預けてきたシンチが心配になってきた。そういうキクコの思いを知ってか知らずか、トシは、構わず右へ左へとカーブを切って、ようやく見通しのよい高原のような場所に出た。

　ジープは、スピードを落として平坦な道路を進んだ。やがて生垣をめぐらした古民家が並ぶ集落に入り、その途中で止まった。

　運転中にずっと口をきかなかったトシが話し始めた。

「ここはね、ニバラ部落という入会集落なの。全部で二二戸。この戸数は四〇〇年間も変わらないのよ。古い慣習で守られていて、戸数は変えないことにしているのです。言ってみれば、一帯の地域の原住民ね。反貧困キャンペーン村ができる前に、地域が衰退してみんな逃散してしまったと言ったでしょう。でもあれには例外があってね、ニバラ部落の人たちは、みんなここに残ったの」

「でも、そんなことうまくゆくのですか？　新しくやって来た人たちと」

「アハハ」

とトシは愉快そうに笑って、鋭く切り返した。

「あなたは、大陸にやって来た西洋人が原住民を襲撃したように、銃対弓矢で戦ったのではないかとでも思っているの？」

「そこまでは思っていないけれど」

「それがね、まったく逆なの。ニバラ部落の人たちの考えと反貧困キャンペーン村の人たちの考えとは、ぴったり同じなのよ。考えだけでなく生活様式もね」

「どういうことですか？」

「だって当たり前でしょう。このニバラ部落は高冷地にあるから、入会地をたくさん持っていても、昔から貧乏だったのです。広大な入会地はあるけれど、畑はあっても稲は育たないのです。だから、木を切ったり、狩りをしたり、牛を育てたりしながら、大昔から細々と暮らしていた。四〇〇年前と言ったけれど、それは古文書でたどれるまでが四〇〇年で、それよりずっと前、一説によると四〇〇〇年以上も前からここに住み着いていて、貧しいながら生き延びてきた。だから、共存主義でなければ続かないでしょう」

「……」

「さっき慣習と言ったけれど、それがまたすごいのよ。たとえば、部落で大事なことを決めるときは、必ず全員一致でなければならない。もし一人でも反対者がいれば、総代や長老が何日も反対者と話し合う。その反対者が納得すればそれでよいことになるのだけれど、反対者の意見を取りいれて修正することも多い。もし反対者の意見がよいとなれば、その意見でまとめる。これがニバラ部落の少なくても四〇〇年続いた慣習だけれども、そのやり方をそっくり反貧困キャンペーン村でも取り入れているの」

「でも、反貧困キャンペーン村には一〇〇〇人もいるのでしょう？　全員一致なんてできるのですか」

「世帯数で言えば三五五ですけどね。ほんとうに大事なことは反貧困キャンペーン村でも、全員集会で決めているの。でも、ふだんは二〇の組に分けていて、たいていのことは組会議で決めるのよ。その組会議は全員一致ということになっていて、反対者がいればニバラ方式と同じやり方。そして、組会議で決まったことは、組親会議で決めることになる。組親会議は、二〇の組の組親と総代、前年の総代、次年の総代の合計二三人がメンバーで、ここも全員一致。だから、たいていのことは総寄合、つまり全員集会をしないで組親会議で決めることになるのよね」

「その総代とか、組親というのは、どうやって決めるのですか」

「代わりばんこの輪番制です。毎年の一月二日に、次の年の総代を決めて、前年の総代、その年の総代、次の年の総代を三役というの。各組の代表も同じやり方で決めるの。各組の代表を組親というのです。でもこれは全部ニバラ部落と同じよ。ニバラ部落は四つの組に分かれているから、組親会議は三役と四人の組親の七人になる」

「ずいぶん複雑ですね」

「そうでもないわよ。じっさいにやってみれば、きちんとやれるのよ。でも、組親なんていう言葉に抵抗感はない？　封建時代の家族制度みたいで」

「別に変だとも思いません」

「それについても議論をしたの。そのとき、エスがニバラ部落の会議の制度を拝借するのだから、逃げずに制度も会議の名称も同じがいい、カード遊びの親だと思えばいいのだから。それに淵源をはっきり分かるようにしておいた方がいい、と言って、組親とか、組親会議とかの名称を、そのままそっくり反貧困キャンペーン村でも使うことにしたのです」

「そういうことを調べたのですか」

「その通りよ。エスが何度もニバラ部落に通って、長老たちや総代から慣習をていねいに聴き取って、古文書を読んで、それまで不文だった慣習を文章化したのです。それが『村落共同体ニバラ部落の慣習』という立派な書物になっているわ」

「では、その慣習がしっかりしているからニバラ部落がまとまっているのですか？」

「そうなのよ。でもね、ニバラ部落だって、百点満点ではないのです。慣習がしっかりしているということは慣習に縛られているということでしょう。まとまりがいいということはプライバシーが守られないということでしょう。それを窮屈だと思う人だっているのよ。近代化を叫ぶ連中は、そういうところにつけこんでくる。封建的だとか何とか言ってね。でもそれは、ほんとうは誤解ですけれど」

「それは、さっきの全体と個の問題ですか」

「よく気づいたわね。ものの取り決め方は、寄合の方法などでうまくできても、成員の心の問題になるとうまくゆかなくなることがある。反貧困キャンペーン村も同じ悩みがあるのよ」

「エスさんは、どう考えているのですか？」

「エス？　そうね、いろいろ考えていると思うわ。だって、全体と個の問題を研究しませんか、と言い出したのはエスだもの」

「……」

「それはそうとして、エスがしたことはそれだけではない。エスがしたことで見てほしいものがあるの。それを見てもらいたいと思って、あなたに来てもらったのよ。どう？　降りて歩いて行かない？」

「いいですね。歩きたいです」

二人は集落の中央を走る幅員の広い直線道路を歩きはじめた。舗装はしていないが小さな砂が敷きつめられていてよく整備されている。

右手の家の庭先から子犬が飛び出してきて、そのうしろをシンチと同じくらいの年頃の男の子が追いかけてきた。そして、子犬が向かいの門のない家の庭に逃げ込むと、男の子もその庭に駆け込んで行った。トシとキクコは、男の子の姿を追って、思わずその庭をのぞき込んだ。

その庭では、かっぽう着姿の太った女性が陽に干した布団をたたいていた。

その女性がトシに気づいて、呼び止めた。

「あら、トシさん。今日はどうしたの？」

「こんにちは。今日は、新しい人が来たので、湖に案内しようと思って」

「あらそう？　今日は天気がよくて、よかったわね。こんにちは」

と女性は、キクコに向かって挨拶をした。

「こんにちは」

「その作務衣、よく似合うわね」

「ありがとうございます」

キクコは、声を張り上げて答えた。

〈たしかに、こういうところには作務衣が似合うのだ〉

そう思うと、なんだか快い気持ちになる。

集落の中央を通る道路が行き着くと、幅員が少し狭くなり、上り坂の山道になった。

やがて道はつづら折りになり、右側の上り斜面にはヒノキが整然と立ち並んでいた。左側の下り斜面は、ブナ、ヒバ、イチョウ、モミジ、スギ、ヒノキ、クスなどの雑木林で、山道には木々が放つ爽やかな匂いが漂っていた。

汗ばんできた。キクコが額の汗をぬぐったとき、前を行くトシが、

「ほら、見えてきたわよ」

と言って、指さした。

頂上までくると、湖は意外に近いところにあった。

湖は、キクコが思っていたよりもずっと大きかった。そして、静かに碧の水を湛えていた。

湖の向こうに傾斜のゆるやかな緑の山があった。その緑は、スギか、ヒノキか、どちらにしても植林によってできたものであることは、キクコにも分かった。その斜面の中央が一部黄土色に削られていて、その真ん中に光る筋が見えた、よく見るとそれは滝のようだった。

「あそこに滝が見えるでしょう。あの滝の流れが湖に流れ込んでいるの。そして、湖の水が出て中川になるの」

と、トシは切り出した。

10

「さっきニバラ部落が貧しかったと言ったでしょう。それはお金がなくて貧しかったという意味なのだけれど、土地はいっぱい持っているのよ。昔からずっと今まで。つまり、入会権という形でね。あなた、入会権って、聞いたことある？」

「ありません」

「それはそうよね。一般的には知られていないもの。入会権を知っている人は少ないから」

「……」

「入会権というのは、村落共同体が慣習に基づいて山林や原野や漁場などを共同で所有して、それを管理し、収益する権利なの。分かる？」

「よく分からないけれど、一所懸命頭に入れます」

「前から気づいていたけれど、あなた相当頭がいいわね。と言うか、賢いわね。理解力がすごくあるし」

「そんなことを言われたのははじめてです。子どものころは、馬鹿、馬鹿といじめられていました」

「へえ、そうなの？　もっと自信持った方がいいわよ」

「……」

「で、入会権の対象となっている財産は、村落共同体が全体として、しかも個々の構成員が同時に所有するということになっているのよ。これは分かる？　つまり、さっき病院で話に出た全体と個が一体なの」

「よく分かりませんが、それって、反貧困キャンペーン村がやろうとしていることと似ているのですか」

トシは、キクコをまじまじと見て、

「やっぱり自信持っていいわよ」

とつぶやいてから、説明を続けた。

「ニバラ部落の財産、つまり部落が全体で持っていて、かつ個々の成員も同時に持っている財産のことだけれど、それはどれぐらいあると思う？」

「見当がつきません」

「ここから見えているもの全部よ。ここから見える遠くの山の斜面、湖」

「えっ、湖もですか？」

「湖で驚いては駄目よ。この他に、今通って来た集落の土地、集落のまわりの畑、原野、その原野は酪農のための牧草地にしている。土地だけでなく、滝も中川も全部」

「そんなに⁉」

「だって、当然でしょう。四〇〇〇年も前から、誰もいないときにここに住み着いて、自然を守り、利用してきたのだから」

「そうか、そうですよね」

「ところが、一五〇年前に州都制という制度ができてね、州都がこの入会権を取り上げようとしたの。全国どこでも、入会権を収奪しようとして、各地に争いが起こって、実際に入会権が取り上げられたところが多かった。そうして入会権が消滅していったのね。近代化のためには、入会権は邪魔だし、ニバラ部落のような古い村落共同体はいらないという触れ込みで」

「ひどいですね」

「ひどいでしょう。でも、ニバラ部落の人たちは、断固州都と闘った。それで入会権を守り抜いたのよ」

「よかった……」

「でも、それで話は終わらないのよ。権力というのは狡いでしょう。今度は、騙して取ろうということにしたの」

「?」

「この湖は、昔はもっと小さかったそうです。州都は、湖を大きくしてダムをつくり、電気を供給するようにしてあげるとニバラ部落に持ちかけた。それまでは、ニバラ部落には電気がきておらず、ランプで生活していたの。それが約一〇〇年前」

「はあ?」

「それでニバラ部落では、さっきの組会議や組親会議やら寄合を開いてさかんに議論したの。その議事録は残っているわ。それで最後は結局、『電気が来るならよかんべ』と言って、ダムができることになったの」

「電気が来るならいいのではないですか?」

「ところが、ニバラ部落の人たちは、用心深くて賢いのだけれど、ちょっとお人好しなところがあってね。このダムでつくられた電気の電気料金を電気会社に払うことにしたのよ。『電気をつくってもらったのだから、料金を払うのは当然だべ』と言って、これは一回の総寄合で全員一致になった」

「当然ではないのですか？」

「当然じゃあないのよ」

「？」

「そこで、エスの登場。反貧困キャンペーン村をつくるときに、もといた人はいなくなってしまったでしょう。その人たちがいたころには、このダムでつくられる電気は、ニバラ部落だけでなく、その人たちにも供給されていた。それでも余ったので、余った分は州都に送電していた。しかし、前に住んでいた人たちがいなくなって、反貧困キャンペーン村になったときに、電気を供給してもらえるかどうかが問題になったの」

「それはたいへんな問題ですね」

　電気を止められていたキクコは、これならよく分かる。

「そこでエスが古文書や資料を調べて、州都の役人と電力会社のえらい人とかけあったの。総代と一緒に州都の役所に行ってね。エスは、『水はニバラ部落のものです。水利権だけでなく、水そのものがニバラ部落のものなのです。あなたたちは、ニバラ部落の水を一〇〇年もタダで使っていて、しかも電気料金まで取っていたのですね』と言って、古文書を突きつけたのですって。封建時代に水争いがあって、水はニバラ部落のものであるというお殿様のお墨付きがあったのです。古文書の中に。それからずっと水の権利関係には変更がなかったのです」

「すごいですね」

「それだけではないのよ。エスは、一〇〇年間の水の代金やニバラ部落がそれまでに支払った電気料金が莫大なものになるという計算をして、その計算に基づいて請求書も出したの」

「州都の人たちは何と答えたのですか」

「ねばったわよ。ダムの建設費用は莫大だってね。だけどエスは、一〇〇年も経っているから償却済みでしょう、残存価値があるとしても、ニバラ部落が請求した金額とどちらが多いですか、と言ったの。だから、ダムをニバラ部落に譲渡してください、と言ったのよ」

「それで州都は認めたのですか?」

「まだまだねばった。公共施設だからニバラ部落に渡すわけにゆかないとね」

「じゃあ、ダメだったのかあ」

「そうじゃないのよ。ニバラ部落は入会集落だから、昔から公共施設を持っている、学校や公民館を持っているじゃないですか、と言って膨大な資料を突きつけたの。そして、入会権は私権ではあるけれど同時に公共性も持っているから、余った電気は州都に送電します、有料でね、とつけ加えたの」

「それで?」

「それで、州都も電力会社も降参。ダムはニバラ部落のものになって、今は余った電気の料金は、ニバラ部落の貴重な現金収入になっているわ」

「ニバラ部落の人たちは喜んだでしょうね」

「それは喜んだわよ。お金が出て行っていたのに、逆に入ってくるのだもの。でも、喜んだのは、ニバラ部落の人たちだけではないのよ。そのお陰で、ニバラ部落が反貧困キャンペーン村に電気を供給してくれるようになったのですもの。そればかりか、反貧困キャンペーン村の中で使う電気、電力の料金は、全部タダということにしてくれたの。これは、アッと言う間の衆議一決だったのだって!」

「エスさんって、すごいですね」

「ヨシナミ先生が予知能力があると言っていたけれど、予知能力だけではないのよ。エスは、交渉能力だって抜群よ」

キクコは、あらためて湖を眺めた。湖は、何ごともないように、相変わらず碧の水を湛えていた。この美しい湖をめぐってそんな歴史があったのか。景色は、そういう見方をするものなのか。

「そういう湖なのですね。この湖は」

「さっき現金収入と言ったでしょう」

「そうですね。それを聞いたとき、あれっと思いました」

「お金の流通がないというのは、反貧困キャンペーン村の中でのことであってね。やっぱり現金が必要なことがあるの。だって、この村にはないものがあるでしょう。いくら頑張っても、自動車なんかつくれないもの」

「そうでしょうね」

「それで、村の外部との取引のためには貨幣が必要になる。余剰の農産物や間伐材でつくった家具などを売って、必要なものを買う。そういうことをしているから、反貧困キャンペーン村はまったく外部から孤立しているわけではないの」

「そうですか」

「だから、インターネットも外部とつながっています。非常に個性的な村だということは、あなたも気づいているでしょうが、外部から遮断されていたり、外部を遮断したりしているのではないのよ。必要なところは外の社会とつながっているから、安心してちょうだい」

トシはそう言って、額にかかった髪を手で払った。

「風が出てきたわ。そろそろ帰りましょう。組会議もはじまるし」

11

午後の組会議は、本部の食堂で行われた。

食堂のテーブルが口の字形に並べ替えられ、みんなが向かい合って座る形に整えられていた。早めにトシとキクコが食堂に行くと、窓側の中央の席に禿頭の小柄な男性がポツンと座っていた。

トシがキクコに、

「あの人がこの組の今の組親よ。キータンというの」

と小声で言って、キータンに、

「こんにちは。このキクコさんは、昨日来たばかりだけれど、この組の組会議に出てもらいたいの」

と声をかけた。

キータンは、チラッと上目遣いにキクコを見て、

「よかろうばい」

と細い声で答えた。

〈貫禄のない人だ〉

とキクコは思ったが、そんなことにとやかく言う立場ではない。少し居心地がよくないが、キータンの向かいのトシの隣りに腰かけた。トシがキクコに説明をはじめた。

「この組は、本部の中で仕事をしている人の集まりなの。組というのは、だいたい住んでいる地域が単位になっているのだけれど、それだけではないのよ。ここのように仕事で集まっている組もあるし、世代などでまとまっている組もあります。老人の組とか、若者の組とか、シングルマザーの組とか。みんなどれか一つの組に所属するの。地域の組が一〇組、その他が一〇組」

「じゃあ、地域の組に入るか、その他の組に入るか、どうやって決めるのですか」

「自分で決めるのよ。自分が好きなところに入ればいいの。それに所属する組を変更してもいいの、自由にね」

「では、ニバラ部落の組に入ることはできるのですか」

「あそこだけは別で、昔からの慣習によって、二二戸の入会権者だけということになっているの。だから私たちもそれを尊重しているのよ。ニバラ部落は、反貧困キャンペーン村と連携しているのだけれど、昔からの慣習の通り、独立した村落共同体のままということにしてあるのです」

だんだん人が集まってきて、座席が埋まっていった。トシとキクコを入れて、全部で一八人、女性と男性とは同じ人数である。エスが来なかったので少し落ち着かない気持ちになったが、エスは本部で仕事をしている人ではないから当然なのだ、とキクコは自分に言い聞かせた。

「今はこの半分が麦作に従事していて、一人消えてしまったけれど、本部の仕事は実働九人よ」

と、トシが早口で言ったとき、キータンが、

「で、はじめようか。えー、何と言ったっけな」

と言って、キクコを指さした。キクコが腰を上げかけて、

「キクコです」

と答えると、キータンは、

「ああ、キクコさん。自己紹介は省略でいいよね。みんなあんたのことは知っているので」

と言って、

「あんた、子どもが連れて行かれたとき、気がつかなかったの？」

と、いきなり切り出した。キクコは、立ち上がらないで、椅子に腰をおろしてから、返事をした。

「気がつきませんでした。ぐっすり寝てしまったのです」

「気がついたのは何時ごろ？」

「知りません。時計を持っていないので。でも、明け方だったと思います。まだ、薄暗かったから
……」

キクコは、尋問されているようで、落ちつかない気持ちになった。トシが隣りの席で、

「ただのせっかちなのよ、あの人は。気にしないで」

とささやいてくれた。

右の列の角に座っていた、しっかりした顔立ちをした中年の男性が発言した。

「キータン、キクコに聞くのは、その辺でいいじゃないか。キクコが気づいたのは明け方で、そのときにはシンチがいなかった。その事実を押さえておけば十分じゃないか」

キクコは、自分やシンチが呼び捨てにされたことにギクッとした。

トシがまた、隣りの席でささやいてくれた。

「この村では、呼び捨てがふつうなの。気にしないで。あの人は、ケンタという名前」

ケンタが続けた。

「それよりも、エスケーがいなくなって、金庫の中の現金だけがそっくりなくなっていたことだよね。これをどうとらえるかが問題だ」

ケンタの向かいから、若い女性が発言した。

「そうよ、エスケーがいなくなったのよ。女性と一緒にバイクを盗んで、逃亡したのよ。それに金庫の中の現金だけがなくなって、荒らされてはいなかったから、エスケーと女性は示し合わせて泥棒したのだと思います。でも、どうやって示し合わせたのでしょうね。エスケーが金庫の鍵を管理していて、金庫を開けることができることを女性が知っていたのでしょうか」

「エッチなことをして誘惑したんじゃないの」

とキータンが変なことを言った。しかし、それは当たっているかもしれない。

若い女性がキッととがめるような表情をした。

「でも、どうやって女性がエスケーと接触したのでしょうか」

トシがまた、隣りでささやいて、若い女性の名前を教えてくれた。

「あの若い人は、マユミ」

マユミが続けた。

「真夜中に女性がエスケーを誘惑して、それからそそのかして金庫を開けさせることはできるかしら。そんな早業のようなことができるかしら」

「真夜中にエスケーを探すことはできないわよ。だいいち、エスケーが本部に住んでいるわけではないでしょう？　宿直はトシだったのでしょう？　だったら、昨日の夜のうちに、ここに来てすぐに、エスケーをつかまえたということになるわよ」

と白髪の女性がマユミの発言を受けた。

「あの人は、ユーリン」

と小声でトシが教えてくれた。いちいち名前を教えてくれるのは助かる。ユーリンが、きれいなソプラノで続けた。

「それにしても早業ということになるわね。そんな早業ができて、部屋も荒らされていないということは、エスケーがもともと金庫のお金を狙っていたということにならない？」

「それはそうだ」

という声がして、頷く人がたくさんいた。

「じゃあ、何でシンチが狙われたの？　キクコ、あの女性は何か変なことを言っていなかった？」

マユミから矛先がキクコに向けられた。

「昨日、子どもを売ってからバスに乗ったと言っていました。子どもは高く売れるのだと」

「うーん、そういうことか。でも、子どもを抱えながら泥棒をすることはできないわよね。泥棒が先で、誘拐があとということになるはずよ。それに時間が経てば子どもだって騒ぎだすでしょう。寝ぼけているうちに連れ去る必要がある」

ユーリンは、声はやさしいが、探偵のようなところがある。

「つまり、行き掛けの駄賃で、さらって行こうとしたんだ」

とキータンが叫んだ。

「行き掛けの駄賃というのはキクコに申し訳ないが、そういうところだろう。まあ、事実関係はだいたい分かったが、この事件については、もっと大切な問題がある。そのことについて、議論をしておきたい」

とケンタが言うと、

「それはそうだよね。なにしろ現金をみんな持って行かれて、すっからかんになったのだから」

とキータンが言い終わるのを待って、ケンタが続けた。

「そのこともあるけれど、もっと大切なことは、エスケーがどうしてあんなことをしたのだろうか。私は、エスケーの内心が一番気になるのですよ。みんなは？」

まるで議長がキータンからケンタに移ったような具合になった。

12

ケンタは、続けた。

「エスケーが現金を持ち逃げしたと聞いて、瞬間ぞっとした。身の毛がよだつというのはこういうことなんだと思った。みなさんはどう思いましたか？」

「怖い！　と思ったわ。それにキクコの子どもがさらわれたのだもの」

マユミがそう言うと、その隣りに座っていた若い男性が、

「僕も、一瞬怖い！　と思った」

と言った。それを受けて、ユーリンが、

「私も怖いと思った。でもなぜだろう。どうしてあんなに怖かったのだろう？」

「あの女が怖かったんだ。女が一緒にいたと聞いて、それが怖かったんだ」

と、若い男性が言っている間に、トシがキクコに、

「あの若い人は、ヤンセン」

とささやいてくれた。ユーリンがヤンセンに聞いた。

「でも、ヤンセンはその女性を見ていないのでしょう?」

「見ていない」

「どうして見てもいないのに、怖いの?」

「それが怖かったのです。エスケーのことよりも先に思ったのは、その女が怖い!」

この言葉に、ほとんどの人が頷いた。

「どうして見てもいないのに怖いのでしょう。みんなヤンセンと同じ?」

また、ほとんどの人が頷いた。ユーリンが続けた。

「みんな見ていないのでしょう? 見てもいないのに、どうして怖いのだろう。誰かその女性を見た人いるの?」

この言葉に、トシがはじめて発言をした。

「私は見ました。昨日の当番だったから。暗くなってから玄関にびしょ濡れで入ってきて、タオルと作務衣を渡したら、ひったくるように私の手から奪い取って、奥の方に入って行くので、部屋の番号を言ったら、さっさと部屋に入って行ってしまったのです。それっきり見ていません」

「そうなんだ。何か話をしたの?」

ユーリンとトシの問答が続く。

「私は、『部屋はあちら』ぐらいのことは言ったけれど、あの人は、何も言わなかった。そう言えば

声は聞いていない」

「でも顔は見たでしょう？　どんな顔だった？」

「引き締まった長い顔で、細い眉が吊り上がっていました。肌の色は赤茶色」

「で、大きい人？　小さい人？」

「どちらかというと小柄。でも、びしょ濡れなのに身体中から精気のようなものが出ていて、両手で押されるような感じがしました」

「やっぱり怖いわね。でも、他に見た人は誰もいないの？」

みんなは顔を見合わせたが、見たと名乗りをあげる人はいなかった。

「そう言えば、キクコはどう？　同室だったから見たのじゃない？」

とトシが言った。みんなの視線がキクコに集まった。キクコは発言しないわけにはゆかなくなった。

「私が部屋に行ったときは、あの人は、すぐに寝返りを打って向こう向きになってしまいましたから、顔は一瞬しか見ていません。だけど、真っ暗闇になってから声をかけられました。低い声でした。はじめに『あんた』と声をかけられ、『身体を売ったことがあるか』と聞かれたので『ありません』と答えたら、『ふん、まだまだだね』と言われたので、空恐ろしくなりました。それからいろいろ言っていましたが、何も答えなかったら、『子どもは高く売れる』と言ったので、ゾッとしてシンチを抱きしめたのです。シンチをずっと抱きしめて寝ていたはずなのに、どうやって連れ出したのでしょうか。もう怖くて、怖くて」

「それは、やっぱ怖いなあ」

キータンがつぶやいた。しかし、みんなは黙り込んでしまった。

しばらくしてから、ケンタが決然として言った。

「怖い。たしかに怖いのだけれど、今は怪談をしているのではない。怪談をしている場合ではない。怖いということは、われわれが何かを恐れているからだ。何を恐れているのだろうか」

みんなは、ケンタが何を言い出したのか、よく分からないという顔つきをして、ケンタの発言の続きを待った。ケンタが続けた。

「さっきから考えていたのだけれど、その何かだけれど、それは何か分かる？」

「それが問題だということは分かるような気がするけれど、それが何かと言われると、うーん、分からない。ケンタが分かっているのだったら教えてください」

とマユミが言ったとき、頷く人が多かったが、頷かない人はケンタに視線を向けた。ケンタが話し出した。

「私もよく分かっているとは言えないけれど、その何かは、反貧困キャンペーン村に脆弱性があること、われわれ村民の心の奥に頽廃があることではないだろうか。頽廃と言っていいのか、頽廃の遺伝子というか、そういうものは誰でも持っているでしょう？」

かすかに頷く人がいた。ケンタが続けた。

「だってそうでしょう。あの女性は、たった一晩のうちに、エスケーの頽廃に火を点けたのだ。エスケーが誘惑されたのか、エスケー自身の意思で実行したのかは分からないけれど、エスケーの内心に頽廃があって、そこをあの女性が突いたわけさ。一緒にバイクに乗って逃げたということは、それをはっきりと証明している。たったひと突きですよ。たったのひと突き。そのひと突きで頽廃が爆発する。それほど大きな頽廃」

ケンタは、ひと呼吸置いて続けた。

「それにこの頽廃は、目立たない。一風変わった頽廃です。この村にいると少し質の変った頽廃になる。みんなに聞くが、エスケーはどんな人だった？　私の知る限りは、まじめ一方という印象だったけれど」

「一年前にこの村に来たのだけれど、経理もできるし、人当たりもいいし、とてもそんな頽廃を持っているなんて……」

ユーリンが答えると、キータンが、

「イケメンのやさ男だった」

と口を挟んだ。ケンタがまた話し出した。

「で、そのエスケーが金庫を開けて、現金を持ち逃げした。エスケーだって、冷静に考えれば分かるはずだよね。現金全部と言ったって、州都で暮らせば半年でなくなってしまう。エスケーがここに来たときは食うものがなくて、荒い息をしていた。村の金を持ちだしたら、ここにはもう戻れない。金がなくなったら、あとは野垂れ死にするばかりだ。そんなことは分かっているはずだ。しかし、頽廃に火がつくということは怖いものだね。理性なんか吹っ飛んでしまう。でも、これはエスケーだけのことではないと思う。みんなもこの村に住んでいて、そういう一風変わった頽廃を持っていないかなあ。正直に言えば、私は持っている。持っていることを、今度の事件で思い知らされた。それが怖いのだ」

あちこちからため息が聞こえたが、発言する人は誰もいない。

「それだけではない。エスケーに金庫の金を持ち逃げされたために、たちまちこの村の財政の見通しが真っ暗になった。つまり、反貧困キャンペーン村は、あの女性のひと突きで、いや正確に言えば、あの女性とエスケーのたったのひと突きで、いっぺんに財政難になるほど脆弱だというわけさ。これはこれでまた、恐ろしいことではありませんか」

みんなが頷いた。ケンタの話で、恐怖の由来が分かった。しかしみんなは、黙り込んでしまった。しばらく時間を置いてから、またケンタが口を開いた。

「でも、キクコの恐怖は、質が違うと思う。暗闇の中で女と話をして、子どもが拉致されたのだから、これは、被害者としての直接的な恐怖でしょう。しかし、その他の人は、女を見ていないのだから、見ていないのに怖いと言うのは、何なのだろう。それは、村の脆弱さと頽廃を内に持っている心の弱さが突かれて、さあどうしよう、どうしたらいいのか分からなくなった、という恐怖ではないだろうか」

みんなが頷くのを見て、ケンタが続ける。

「では、どうしようか。

こういうときには、ヒトは、道徳とか倫理とか、あるいは神とかを持ち出して、頽廃や弱さを追い払おうとしたり、引き締めようとしたりする。そのためにもっともらしいことを言う。しかしそういうやり方はうまくいかないのだよね。歴史上、うまくいったためしがない。そういうものはインチキだからね。だいたい神なんて頽廃の申し子だから、うまくいくはずがない。そういうやり方ではなくて、私は、人間が本来持っている頽廃傾向というか、頽廃の遺伝子というか、そういうれっきとした事実に正面から向き合わないといけないと思っています。

私がしゃべりすぎたけれど、そこのところをみんなで議論しておきたいのです」

13

「でもね。デカダンを売り物にしている小説家は別としてね。だいたい人は自分の内に頽廃があるなんて認めないものなんだよ」

と白髪の男性がはじめて発言した。顔の肌がツヤツヤしているから、まだ初老と言ってよいだろう。トシによれば、カワバという名だそうである。

「この村で起こった事件だから問題なのよ。この事件で頽廃が出てきてしまったのだから、もう逃げられないわよ。私だってあるわ。若いときみたいに、ディスコで踊り狂いたいなんて、ときどき思うもの」

ユーリンが反論すると、カワバは、

「そういう時代もあったなあ。だけどそれは、お年を召した方の郷愁というものではないですか」

と茶々を入れた。カワバとユーリンの議論がはじまった。

「もう！　もっとまじめに考えてよ」

「まじめに考えていますよ」

「ちっともまじめに考えていないじゃない」

「じゃあ、言いますけれどね。わが反貧困キャンペーン村は、ストイック過ぎるのだよ。ストイックが支配的な生活様式になっている。価値観はストイックということになる。皮肉なことにこれが頽廃の原因。難しく考えることはない。簡単なことですよ」

「貧乏だから、反貧困だから、ストイックにならざるを得ないでしょう！」

「何もストイックがいけないと言っているのではないんだよ。でも、過ぎると弊害が起こる。過ぎたるは猶《なお》及ばざるが如し、ということになってしまう。つまり、フラストレーションがたまってしまうのです」

そこまで言ったとき、キータンが高い声で割り込んできた。

「ワシは、フラストレーションなんかたまっておらんよ。何の不満もないから」

みんなはここでドッと笑った。カワバがキータンに突っ込みを入れた。

「だろうね。キータンはね」

ここでまた、みんなが笑った。座がなごんだ。思いがけず、ここでトシが発言した。

「私は、カワバの意見に一理あると思うわ。ストイックと頽廃は一体なのよ。ストイックが過ぎると頽廃が育ってしまう。ユーリンが言うとおり、この村は貧乏で、みんなも貧乏で、しかも反貧困が看板だから、ストイックにならざるを得ない。しかし、気づかないうちに裏で頽廃が大きく育ってしまう。会計担当のエスケーは、お金がないところをやりくりして、節約をして、フラストレーションがいっぱいたまっていたのだと思うわ。だから、頽廃が育ってしまうことを自覚して、いつも気をつけなければいけないと思うの」

「そうよね。表では愛や道徳を説いておきながら、裏では残虐なことをしている神父なんか、掃いて棄てるほどいるのだから」

とマユミが言うのを待って、トシが、

「だから私は、頽廃が育つものだということを自覚したうえで、それに対処する具体的なことをすればいいのではないかと思うの」

「そいつはいいなあ」

とキータンが言って、

「それで、何かいい方法はありませんか」

と言い、ここで議長に復活したようだ。

「何か娯楽があればいいのじゃないか」

これは、ケンタの左隣の男性の発言。ケンタと同じような年恰好である。するとそのまた左隣の太った男性が、

「じゃあ、歓楽街でもつくるか」

と受けた。するとまたその左隣の四〇歳ぐらいの男性が、

「歓楽街で、ロックでもやるか。反体制の」

と言った。

「ケンタの列の男性は、コウ、ヤス、シノブの順」

と、トシが小声でキクコに教えてくれた。

キータンとユーリンの間に座っていた女性がはじめて口を開いた。

「お金が流通していないのに、歓楽街をつくってどうするの？　そんな現実性のないことを言ったってしょうがないじゃない」

「何も無理することはない。この村にふさわしい身の丈に合うレジャーでいいと思いますよ」

この発言は、キータンの左隣のぶ厚い眼鏡をかけた老人。

「女性はハル、男性はカワタケ」

とまた、トシがすかさずささやいてくれた。どうやらトシは、発言の機会にキクコに名前を教え込もうとしているようだ。カワタケが続けた。

「エスケーのことはたしかに衝撃だったけれど、何もそれでガタガタすることはない。私たちの内心にともすれば頽廃が育ってしまうことを自覚しておけばいいことだと思いますよ。そして、その頽廃が刺激を受ければ危機に瀕するほどこの村はまだ脆弱だということもね。

そういうことを自覚したうえで、こういうときこそ原点に戻りましょうよ。

私たちは、頽廃した世の中に苦しんで、貧乏になって、生きるか死ぬかの瀬戸際でここにたどり着いて、世の中の頽廃に抵抗するためにこの村をつくった。この村をここまでつくり、生きてゆくことは何とかできるところまでこぎつけたが、まだまだ十分ではない。まだ貧困から抜け出してはいない。また、自分たちさえよければよい、この村さえよければよいというわけでもない。そういう利己的な考えが世の中に蔓延し、それによって死ぬほどの苦しみを味わったこと、だからこの村を作ろうとしていること、その原点を忘れてはならないと思うのです。頽廃を恐れて、それに妥協してしまったら、元も子もないと私は思っています」

「うん、それでは、その世の中の頽廃ということを考えてみたいと思います」

と、キータンが珍しく議長らしいことを言った。

「ハイ！」

とキクコの隣りとトシの隣りの女性が挙手をした。

「あなたの隣りがノブコ、私の隣りがヤスコ」

と、トシが素早く教えてくれた。ノブコが話し出した。

「世の中の頽廃を考えるということは、そのもとを考えるということですよね」

「そうだよね。元凶をね」

久々にケンタのひと言。ケンタとノブコのやりとりがはじまった。

「私はお金だと思います。お金がいけないのだと思います。六年前にビットコイン・ローンが破綻して、金融危機に陥ったでしょう。あれで世界中の経済が破綻して、三五か国もデフォルトを起こした。それでいっそう経済格差がひどくなって、各国は棄民政策をとったのです」

「その前に二〇〇八年にはサブプライム・ローンの破綻による金融崩壊、経済危機があった。その前にもその前にも、人類の歴史は信用を膨張させて世の中を壊してしまうという繰り返しなのだよね」

「私は一番の元凶は、ジョン・ローだと思うわ」

「私もそう思っています。みんなも知っている通り、一七一六年フランス国王ルイ一五世の摂政オルレアン公フィリップからバンク・ゼネラル設立の許可を得たジョン・ローは、さかんに紙幣を発行した。また彼は、インド会社を設立して株を乱発し、結局ミシシッピ・バブルを起こしてしまった。その後フランスはずっと財政難になって、一七八九年の革命ということになった」

「まだできてもいない価値を先取りしてしまって、経済や社会を壊してしまったのですよね。だから、世の中の頽廃を招いたのは、お金、貨幣だと思います」

「その轍を踏まないようにするために、この反貧困キャンペーン村の中では貨幣の流通をしないようにしているわけだ」

こんな話は聞いたことがない。キクコにとっては、話についてゆくことがやっとだった。キクコは、思わず隣りのトシに尋ねてしまった。

「ずいぶんみんな、いろいろなことを知っていますね」

「そうよ。でも、みんなこの村に来てから勉強したの。勉強会を開いたりなんかしてね」

待ちかねたように、ヤスコが発言した。

「私は、貨幣の他にというか、もっと前に大きな元凶があったと思っています。それは、宗教と戦争。なぜヒトという動物は、神をつくって宗教をでっちあげたのでしょうか。なぜ、武器をつくって戦争をするのでしょうか。とくに核兵器。こういうものは、ほんとうに頽廃の元凶だと思う」

「つまり人間はろくなことをしていなかったということだな」

とキータンがまとめるようなことを言った。しかし、議論はそれで終わったわけではない。議論はまだまだ長く続いた。ヤスコの隣りから男性の声がした。横の奥の席からだからキクコには見えないが、落ち着いたバリトンの声である。

「原点に戻るということだけど、この反貧困キャンペーン村は、歴史をやり直そうということが基本的な合意だったですよね。大袈裟に言えば人類の歴史のやり直し。だけれど、歴史をやり直すと言っても、すでに歴史は何千年、いや知っている歴史ですよ。縄文時代の歴史はほとんど知らないから四、五千年の歴史かな。その中にあって、この村は、いらないものは棄てることにした。だから、宗教も神も、武器も戦争も捨てた。つまり選択しなかった。問題は貨幣なのですよ。貨幣には、いろいろな機能がある。はじめは、交換の手段として発達していたのだが、価値を測る機能、価値を保存する機能もある。この三つが貨幣の機能だと言われていた。しかし、さっきのジョン・ロー以来、信用を膨張させる機能も顕著になった。ノブコが言ったように、貨幣が価値を先取りする道具として使われるようになって、弊害が大きくなった。価値を測る機能、価値を保存する機能も悪用されることがあるが、交換機能としての貨幣はあった方がいいのではないだろうか。この機能を使わないと、不便ではないだろうか。この機能を使うことを、そろそろ真剣に考えたらどうだろうか」

「あの人は、アキラというの」

とトシがささやくと同時に、カワタケの隣りの女性が話し出した。

「あの人は、スミエ、まだ発言していないカワバの隣りの女性がミズホ」

トシはキクコに名前を教えることにずいぶんと気を遣っている。スミエの発言。

「四、五〇〇〇年前からやり直すと言っても、何もゼロからスタートする必要はないのよ。何と言っても、人類はずっと歩んできて、文明を築いてきたのですから。だから、いいもの、役に立つものは使えばいいと思うの。神、宗教、武器、戦争などなどいらないものを棄ててしまう。それはそれでいいとして、役に立つものは使えばいいと思う。貨幣の交換の機能を上手に使うことはできないかしら。要は、選択の問題だと思う」

「人工知能なんかいらないな。だって、わしらけっこう賢いもの」

とキータンが言うと、カワバがまた、茶々を入れた。

「それをキータンが言うかね。まあ、私も今のところは人工知能はいらないと思うが」

みんなは、気をゆるめてホッと息をついた。ミズホが発言した。

「さっきから聞いていて、ずっと考えていたの。もとに戻るけれど、頽廃と言ってもこの反貧困キャンペーン村ではブレーキがかかっているのではないかと。何か自然にね。だって、みんな好きな仕事をして働いているのでしょう。それでけっこう満足して、頽廃にブレーキがかかっているのではないかと思うのですが、みんなの意見と少しずれているかもしれないけれど」

「ちっともずれていない」

と大きな声を出したのは、カワタケだった。

「スミエが言っていた選択だけれど、逆にこの村の外の世界が棄ててしまったものをこの村が選択したものがある。そういうものが頽廃の進行にブレーキをかけている。この村のシステムが自動的に頽廃の進行を止めている部分がある。その一つがミズホが言っていた労働だよね」

この発言に対して、ケンタが反応し、ケンタとカワタケとのやりとりがはじまった。

「たしかに労働は、州都では棄ててしまったよね。労働が価値を生むという労働価値説も否定されてしまった。価値を生むのはマネーゲームであって、そこでつかむあぶく銭こそ価値があると言って、他人の財布ばかり狙っている。だから、経済も社会も疲弊《ひへい》しきっている」

「働かないから、生き甲斐がない。生き甲斐がないから働きたいと思っても、今度は働く場所がない」

「だけど、労働というのは、曲者《くせもの》ですよ。奴隷にして強制労働をさせたこともある。無理やり労働させて搾取したこともある。人類は労働をめぐって暗澹たる歴史を持っている」

「だからこの村では、雇う人も雇われる人もいない、働きたい人は自分の好きな仕事をするということにしたのではないか」

「そこまではよしとしよう。しかし、この村で何もかも生産できるわけではない。自給自足にかなり近いが、完全な自給自足は無理だ。だから、現金はほしい。エスケーに持って行かれた金は痛い」

「なんだ、そこに戻るのか」

「やはり現実というものがあります」

ここまできて、ヤンセンが発言した。

「この村には、自動的に頽廃の進行を止めているシステムがある。その一つが雇う人も雇われる人もいない労働だということだけれど、それは私もそう思います。しかし、頽廃が育つことを自覚したうえで対処する具体的なことをすればいいというのがトシの意見でしょう？　さっきは歓楽街とか何とかという方向に行ってしまったけれど、何か一つぐらいはあった方がいいのではないですか。この際だから考えてみませんか」

「それはそうだね。具体的には何一つ出とらんね。トシが言い出したのだから、トシに名案はないかな」

とキータンが振ってきた。

「大川に鮭の稚魚を放流するのはどうですか。これならば身の丈に合うのではないでしょうか。もともとはエスのアイデアだけど」

「そう言えば、エスが何か言っていたな。それを組会議で提案してほしいと」

「なんで最初にその提案を議題に出さなかったの？」とユーリン。

「忘れていた。いや、忘れていたわけではないが」とキータン。

「そいつはいいなあ。鮭が成魚になって大川に戻ってくれれば、釣りができる。釣りはみんなの気晴らしになる。それに何と言っても、たんぱく質をとれる。ビタミンもミネラルも豊富で、一石二鳥だ」

とコウが言って、トシに聞いた。

「でも、稚魚の養殖は難しいのではないの？」

「昔大川に鮭が遡上していたころに作った採卵から稚魚を放流するための養殖設備が残っています。エスは大工だから、コツコツと修理して使えるように直しました。大川の水質も高度経済成長のころに比べるとよくなっています」

と、トシが答えると、ここで、キータンががっかりするようなことを言った。

「だけど、金はないよ。稚魚を買う金は。盗られちゃったから」

落胆するため息が聞こえた。トシが落胆の空気が行き渡るまで間を置いた。こういうときに間を置くのが、トシのくせである。トシとキータンとのやり取りがはじまった。

「エスは、稚魚は貰ってくると言っていました」

「誰から貰うの？」

「州都のマルマ教授から」

「マルマ教授？　あの人は、人類学者じゃないか？　何で、人類学者が鮭の稚魚を持っているの？」

「なんでも人類は魚が陸に上がってから進化した動物なのだそうです。だから、魚と人類は関係があると言っているそうです」

「そんなことを言ったって、鮭と人類とは関係はないだろう。それはこじつけだろう」

「私もそう思います。きっとエスと会いたいからそういうことにして、誰かから貰う段取りをつけたのだと思います」

「えっ、マルマ教授はその鮭を貰って、それをやるからと言ってエスを誘惑したの？」

「そうだと私は睨んでいます」

「何でそんなにエスに会いたいの？」

「自分のベーシック・インカムの理論をエスに聞いてもらいたいと思っていると言っていました。エスも同じことを考えているだろうと言っているのです」

「ベーシック・インカムって、聞いたことはあるけれど、説明してよ」

「それはあとで説明します。エスがマルマ教授と会って、意見交換をすると思います」

「じゃあ、エスはやっぱり会うんだ」

「それはそうですよ。鮭の稚魚を貰えるなら有難いと言って、エスも会いたいと言っているのです。ベーシック・インカムについても話をしたいと言っています」

「で、いつ会うの？」

「今日の各組会議の承認が得られれば、明日にでも州都に行きたいと言っています」

「そうか、そういうことか。それならば決議しよう。ねえ、みんないいよね。エスがマルマ教授から鮭の稚魚を貰ってきて、大川に放流すること。賛成だよね。まあ、念のために賛成の人は手を挙げて」

全員が挙手をした。キクコは、手を挙げる資格があるのかどうか分からないので少し迷っていたが、トシが手を挙げながらチラリとキクコを見たので、そっと手を挙げた。

「よし。で、エスは一人で行くの？」

「そうらしいけど……」

「トシ、あんたついて行ってよ。ついて行って話を聞いて来てよ」

「私がですか⁉」

「そうよ、マルマ教授の電話を受けたのはあんたでしょう」

「それは名案だ。一人で行くのはもったいないよ。トシが適任だよ」とケンタ。

「賛成！」という声がかかった。トシがきっぱりと言った。

「それならば、条件があります」

「条件って、なんじゃい？」

「私が行くなら、キクコも行くこと。キクコも一緒、これが条件です」

「えっ」

とキクコは思ったが、もう遅かった。

「賛成」、「異議なし」……

「これで決まりだな。では休憩」

とキータンが言うと、みんな音を立てて椅子から立ち上がった。

〈何で私が、何で⁉　もう！　トシという人は、驚かすようなことばかりするのだから！〉

とキクコは思ったが、みんながセルフサービスのお茶をとりに行ったので列のうしろに並んだ。

14

休憩が終わって会議が再開された。トシが、

「ベーシック・インカムというのは、政府がすべての国民に対して最低限の生活をするために必要とされる現金を定期的に支給する最低所得保障のことです」

と説明すると、キータンが、

「それはわしも知っている。しかし、それをやると人間が働かなくなるのじゃないの？」

と言った。すると、ケンタがすぐに反論した。

「それは心配ないよ。この反貧困キャンペーン村の人たちが、現金を支給されたからといって、働かなくなることは考えられますか？　この村の外の世界だって、働いていない人間が人口の八〇パーセントになっている、働いているのはロボットばかり、だから働かなくなるなんて、問題にする必要はない」

この発言に対して、

「それよりも、この村は自治村ですが、それでも支給されるのですか？」

とマユミが誰にともなく質問をした。

「ベーシック・インカムが導入されることになれば、反貧困キャンペーン村の人たちが除外されることはないでしょう。この村は自治村だけれど、この国から独立した独立国家ではないから。私たちがどこの国の国民かと問われれば、この国の国民だと答えるでしょう。ベーシック・インカムは、すべての国民というところがミソで、貧富、身分、老若男女を問わない」

とカワタケが答えると、ユーリンがそのあとを続けた。

「ベーシック・インカムの売りは、すべての国民に現金を支給すれば消費水準が高くなって景気が回復するということでしょう。それなのに、あれは除外、これは除外ということをすれば、売りがなくなってしまうじゃない。そんなのはベーシック・インカムではない」

「売りということでは、一番の売りは貧困対策だよ。それは、反貧困キャンペーン村の目的そのものだから反対する手はない」

これはケンタ。このケンタの発言について、トシが反応した。

「その売りとか何とかということは、これまでも一般に議論されていたことでしょう。ご存じのように、ベーシック・インカムをめぐる論議は、一六世紀末から行われていけます。だけど、マルマ教授がエスと意見交換をしたいと言っているのは、そういうことではないようですよ」

「どんな意見？」

と、キータンがトシに聞いた。

「さあ、分かりません」

「だったら、よく聞いておいてよ」

「はい」

「で、みんなに聞きたいのだけんど、ベーシック・インカムがはじまるとしてよ、もしものことだけどよ、みんなは現金はいらないなんて言わないよね」

この質問には意表を突かれた。そして、あちこちに笑いが起こった。大笑いでもなく、苦笑いでもない。どちらかというと失笑に近い。うれしい気持ちも混じった妙な失笑。表現の難しい複雑な笑いである。最初に大きな声を出したのは、コウである。

「それは、ないよ。エスケーに現金を全部持って行かれて、金がほしい、金がなくなった、大変だと思っているんだから」

また笑い声が起こった。今度の笑いは分かりやすい。つまり、同意の笑いである。

ミズホが発言をした。

「ベーシック・インカムのお金が入ったら、いっぱい楽しみがあるわね」

「州都に行って、いっぺんに使ってしまってはダメだよ。贅沢を覚えてしまったら大変だよ」

　このシノブの言葉に、スミエが反論した。

「でも、そんなにたくさんお金が支給されるわけではないでしょう」

「それはそうですよ。最低所得保障だから」

「最低所得保障だったら、そういうお金は必要ないわよね。ここにいれば、最低生活と言うよりも生活が保障されているのだから。必要ないからといっても、いらないとは言わないけれど。必要ないということといらないというのとは別よ。分かっているでしょうけれど」

「分かっているさ。必要ないけれど頂戴ということはありますよ」

「だんだん欲が出てきてしまうわね」

　ここで、ヤンセンが口を挟んだ。

「欲が出てきて、資本主義に戻ってしまったらおしまいですよ」

　その発言を受けて、カワタケが話しはじめた。

「ベーシック・インカムが導入されたら、そのお金をどう使うかが問題になる。それは、これからの議論だし、今の政府がベーシック・インカム政策を採用する見通しは立っていないが、もし導入されたら、そのお金の一部は、村でプールしておけばよいと思います。そのお金があれば、資金不足でできていない最先端プロジェクトを充実させたり、新しい最先端プロジェクトに取り組んだりすることができるでしょう。たとえば、私が参加している太陽光発電だけれど、光エネルギーを電気エネルギーに変換するスピードを超高速化することによって、大きなパネルを使わなくてもすむ方法がないかという研究をしています。今はお金がないから理論や設計しかできていないけれど、お金があれば実験設備をつくることができる。これはあくまでも私見ですけれど、ベーシック・インカムには夢がありますよね」

　みんなは沈黙した。この沈黙は、必ずしも反対の意思の沈黙ではないだろう。むしろ賛成で、カワタケが言った〈夢〉の中身を考えているのだろう。そうキクコが思っているとき、トシが挙手をしてから、

「今カワタケが言った新しい最先端プロジェクトのことですけれど、ヨシナミ先生と話をしていて、シンチ・プロジェクトという新しいプロジェクトに取り組んだらどうだろうという話が出たのです。シンチというのは、キクコの子どもの名前ですが」

　と言い、ヨシナミ、トシ、キクコの三人で話し合ったシンチ・プロジェクトを説明した。説明が終わると、隣りの席のノブコが発言したので、キクコはギクリとした。

「でも、そういう子どものデータは、母親の育児日誌なんかがあるのじゃないの？」

　この発言に対して、向かいのハルが、

「今どき、育児日誌をつけている母親なんかいないわよ」

　と、反論した。

「でも、ずいぶん気の長い話よね」

　と、今度はヤスコ。女性が消極的な意見を言うことが、キクコにとっては意外だった。

「気が長いからいいのです。このプロジェクトには副産物がある。ずっと長く続けるから、世の中を悪くすることができなくなる。そう私は信じています」

　とトシが言うと、アキラが、

「私は、賛成です。それにこのプロジェクトは初期費用がそんなにかからない。早速取り組んだらどうですか」

と言った。すかさず、キータンが、

「では、採決するよ。賛成の人は、手を挙げて」

というと、全員が挙手をした。ノブコもヤスコも高く手を挙げたので、キクコはほっとした。

「このプロジェクトはキクコに担当してもらうということでどうですか。それにエスケーが逃亡して欠員ができたから、キクコは事務の仕事をしてもらうのでは」

とトシが言うと、キータンが、

「それはいいよね。別に採決しなくても」

と言った。それを聞いて、キクコは、さっきからずっと気になっていたことについて発言した。

「そのシンチ・プロジェクトという名前ですけれど、私の子どもの名前をつけていただくのはおこがましいのではないかと思うのです。それにシンチの気持ちを考えると、それでいいのかどうかと思ってしまうのです。何か不自然なようで」

「でも、シンチのトラウマになるかどうかからはじまったプロジェクトだから、いいのじゃない」

と、ノブコ。これに対して、カワバが反論した。

「しかし、たしかにシンチの気持ちに影響が出ないとは言い切れない。データは自然がいい。データは歪《ゆが》まない方がいい。語感は似ているけれど、心理プロジェクトではどうでしょうか」

「じゃあ、やっぱ決をとろうよ、全部まとめて。名前は心理プロジェクト、キクコの仕事は事務。だからこの組に入ることになるよね。そして、心理プロジェクトの担当は、キクコ。あ、それからキクコは来たばかりだから、トシがよく教えてあげてください」

と、キータンが言うと、全員が挙手をした。

「では、これにて、本日の組会議は終了」

キータンが閉会を宣言して、長い組会議は終わった。

テーブルや椅子をもとの食堂のとおりに並び変えながら、キクコは、トシに聞いた。

「なぜ、エスケーやあの女性を探すとか、捕まえるとかという議論をしないのですか?」

「ああ、そのことね」

と言ってから、トシは面白そうに笑みをもらして答えた。

「この反貧困キャンペーン村には警察はないのよ。州都の警察だって、今どき容疑者を逮捕する力はありません。警察は機能していないから。それに、エスケーとあの女性の問題だから、それは自分で解決しなさい、という考えなの。あの人たちにはあの人たちの運命があるでしょう。だからその運命に委ねればいい。私たちはそんなことに関わっていられないのよ。重要なのは、この事件の意味を知って、これからどうするかということなの」

15

キクコは、玄関から外に出て背伸びをし、本館の建物の切れるところまで歩いてみた。

本館の裏手を流れる川の方が西の方向になるようで、遠くに見える山脈に太陽がかかるところだった。キクコの影が、道路の向こう端まで達するほど長く延びていた。風が爽やかだった。

〈ずいぶん長い一日だった。たった一日しか経っていないのに、昨日と今日は大違いだ〉

そう思っていると、後ろから足音が聞こえた。足音はトシのものだった。

「キクコ、そろそろ寮に帰ったら。シンチくんも帰るころよ」

と言って、来たときに着ていたキクコとシンチの衣類を差し出した。

「あ、そうそう、今日から自分で料理をすることになるのよね。食材は、キッチンの隣りに食材置場があって、そこに何でもあるの。好きなものを持ってお帰りなさい」

「タダで持って帰っていいのですか」

「そうよ。肉でも野菜でも何でもあるわ」

「何でもあるのですか?」

ここでトシは、少し得意そうな表情をした。

「肉なら牛肉でも、豚肉でも、鶏肉でも。主食ならパンでも、米でも。野菜もいろいろあります。それに牛乳もあるわよ。酪農もやっているから。それに川で獲れる魚もあります。鮭はないけれど淡水魚は何種類かあるわ。村には本部だけでなく、食材置場があちこちにあって、収穫したものをそこに置いておくことになっている。そして、みんな好きなものを持って行っていいことになっているのよ。だから、何でも好きなものを持って行っていいわよ」

「どれぐらい持って行っていいのですか」

「好きなだけ持って行けばいいのよ。寮の部屋には冷蔵庫もあるし、キッチン道具は、ひと通り棚の中にあるはずよ。でも今日は、持って行けるだけにしたら。いつでもあるから」

「本当ですか! 私は一か月間、竹の子だけを食べていました。それも硬くなって食べられなくなってしまって……」

「本当に決まっているじゃない。なにしろここは反貧困キャンペーン村ですから、まずは食糧。食糧がなければ反貧困にならないでしょう。だから、農業に力を入れているのよ」

キクコは、駆け足で玄関に飛び込み、キッチンに駆け込んだ。

食材棚には、野菜や果物が整然と並んでいた。大きな冷蔵庫を開けると、牛肉、豚肉、鶏肉、魚が区分けされて置かれていて、牛乳や豆乳のガラス瓶も並んでいた。

キクコは、何を食べようか、シンチに何を食べさせようか、何を食べさせたら喜ぶか、とシンチの喜ぶ顔を頭に浮かべながら、とりあえず今日と明日の分をと思いながら選んで行った。

〈やっぱり、昨日と今日は大違いだ〉

食材棚の横には紙の袋が重ねて置かれていたので、キクコは、選んだ食材を袋に詰め込んだ。欲張って重くなったが、まあいいか、いつでも、いくらでも持って行っていいと言うのだから、大目に見てもらえると思う……

寮のわが家に着いて、冷蔵庫を開けてみると、中が冷えていてびっくりした。そう言えば、前の家畜小屋を改造した家にも小さな冷蔵庫があった。しかし、マツリが失業した後では、中に入れるものがなくなった。電気を止められてからはまったく使うことがなかったので、冷蔵庫というものを忘れていた。さっきトシが「冷蔵庫」と言ったときは、思わずギクリとしてしまった。とても信じられることではなかった。

しかし、トシが言ったことは本当だった。たしかに冷蔵庫は冷えていた。食材を冷蔵庫に収めてから、キクコに妙な気持ちが起こってきた。

〈こんなことを信じていいのだろうか。トシに騙されているのではないだろうか〉

キクコは、薄暗くなった部屋の中で、ぼんやりとひとり思いに沈んでしまった。

〈私は人を信じることができない。だいいち、私を生んだ母親に棄てられたのだ。児童養護施設で育てられ、人を信じては裏切られた。人を信じたいと思って人を信じたが、その度に裏切られた。また裏切られるのではないかと思いながら信じてしまって必ず裏切られた。トシにも裏切られるのではないだろうか。何かの陰謀があって、酷い目にあうのではないだろうか〉

キクコは、生れたばかりに産院の前に棄てられ、それから数々の裏切りにあったことが大きなトラウマになっていることを自覚していた。そして、そのことがときどきフラッシュバックして、憂鬱な気持ちになることを知っていた。それが今やってきた。思いがけないラッキーなことが起こるときには、かえってフラッシュバックに襲われるものだ。

〈陰謀？　そうだ、シンチは大丈夫だろうか。だいたい話がうますぎる。何だかんだとうまいことを言って、うまい餌を与えて、シンチを売り飛ばしてしまうのではないだろうか。言われるままにシンチを保育園に預けてしまってよかったのだろうか〉

キクコにゾッと戦慄が起こった。そして、行方が分からなくなって、河原を探し回ったときの恐怖が蘇ってきた。その恐怖がトラウマになり、それがフラッシュバックしたのだ。

〈シンチがトラになって女性に嚙みついたおかげで拉致されないですんだ。心の底では、シンチがよく嚙みついてくれた、よくやってくれたと思っていたのだ。しかし、連れ去られていたらどうなってしまったのだろうか。私は狂ってしまう。河原で狂いかけていた。もし、シンチが保育園から帰ってこなかったらどうしよう〉

キクコは、もういたたまれなくなった。そして、表に出てシンチを探しに行こうと部屋の出口に行ったとき、道路の方から車の音がして、寮の玄関にマイクロバスが止まった。

マイクロバスから三人の幼児が降りてきた。その中にシンチがいた！

運転席から園長のサエキが降りてきて、シンチの頭をなでながら、

「シンチくんには、もうお友達ができたのよ。ねえ」

と言い、屈んでシンチをのぞき込んだ。

「うん、男の子はエイジくんとビンくん、女の子はシナちゃんとえーと……」

キクコはシンチの報告が終わらないうちに両手で抱きしめた。

サエキが運転席に戻って、車のエンジンをかけ、マイクロバスは行ってしまった。

〈いったい私は何を考えていたのだろう。トシがいろいろなところに連れて行ってくれたこと、それからあれこれ教えてくれたこと、これを冷静に考えれば、トシが陰謀を企ててシンチを売り飛ばすことなんかあり得ないではないか〉

キクコはシンチと一緒に部屋に戻り、電気を点けて、

「ここが新しいお家よ。どう？」

と言ったら、シンチは、

「うん、いいね」

と生意気な返事をして、リビングの窓際に行き、ゴロリと横になった。

〈さて、お料理でもするか〉

と思って、流しの下の棚を開けて鍋を探していると、部屋のドアを叩く音がして、ドアが開いて、

トシが中を覗き、ダイニングに上がり込んできた。

「はい、忘れもの」

とトシがキクコに、スコップが入ったビニール袋とビニール傘を差し出した。

「わざわざすいません」

「帰り道なのよ。私の住まいはこの先の第一家族寮」

「トシさんも家族寮なのですか」

「そうよ、私は、一〇歳の女の子と八歳の男の子がいるの。連れ合いもいるのよ。二年も行方不明になっていた連れ合いとここで会ったのよ。私が先にここに来て、その二年後にボロボロになって本部にあらわれたの。そのときは奇跡だと思ったわ」

「そうですか。私の連れ合いも失業してそれからふさぎ込んで、二年前に失踪したのです。マツリという名前です」

「マツリね。ここにはマツリという人はいませんね。残念だけど」

「私はマツリだけは信じているのです。マツリだけは裏切らないと信じていたいのです」

「私も二年間そう思っていた。でも、キクコと私は似ているところがあるのよね」

「二年というところも似ていればいいのだけど……」

「そうね。でも、似ているのは、それだけではないのよ。キクコは、児童養護施設の出身でしょう?」

「そうです。どうして分かるのですか?」

「だって、分かるじゃない。匂いで」

「いつ分かったのですか」

「最初に本部であなたを見た瞬間に分かったわ。でも、絶対に間違いないと思ったのは、ニバラ部落で、キクコが、こんなに賢いのに馬鹿だ、馬鹿だといじめられたと言ったでしょう。あのとき。児童養護施設で育てられる子どもは勉強に気持ちがいかないのよね。勉強どころではないのよ。だから成績が上がらないの。とくに低学年のときにはね。私もそうだったから」

「トシさんも児童養護施設の出身ですか？」

「そうよ。分からなかった？」

「ぜんぜん分かりませんでした。匂いがしないもの……」

「ここにいると、匂いがしなくなるのよ。トラウマもだんだん消えてゆくわ」

トシが突然、お茶目な表情をした。

「あなた、私のことを山姥《やまんば》か何かかと思っていたでしょう⁉　シンチくんを売り飛ばすのではないかって」

「思っていました！　騙してシンチと私を食べてしまうのではないかと。今でも思っています」

やっと、トシに一矢報いることができた。

ふたりは、腹を抱えて笑った。笑いながら、こんなに笑ったのは生まれてはじめてのことだと思った。

第三章　人類学研究室にて

1

ぐっすり眠って朝早く目が覚めた。シンチは、仰向けになってよく眠っている。

キクコはさっそく朝ごはんの支度をはじめた。

昨日は、本部の食材棚から味噌と卵を貰っておいたから、今朝は昨夜の残りの白米ご飯に味噌汁と卵焼きにしよう。このような朝餉《あさげ》の支度をするのは久し振りだ。何年振りのことだろう。

昨日の夕飯の支度もそうだった。久し振りにハンバーグを作った。久し振り？　何年前のことだっただろう。シンチが生まれる前だったか後だったか、いいえ、シンチに私の作ったハンバーグを食べさせたことがあっただろうか。それよりも、私がハンバーグを作ったことがあっただろうか。児童養護施設にいたときには食事にハンバーグが出たことはあった。学校の給食にもたまには出た。ビジネスホテルで働いていたときにもハンバーグは食事に出た。それにコンビニで貰った残り物の弁当にも小さなハンバーグが入っていたことがあった。だから、本部の冷蔵庫を開いたとき、とっさにハンバーグを作ろうと思って、牛のひき肉を選び、スープ用の鶏肉と一緒に袋に入れたのだ。卵や小麦粉や玉ねぎも忘れなかった。味噌だけでなく、ソースや胡椒や塩などの調味料も袋に入れておいた。それに、主食として白米もパンも。トシは「いつでもあるから持って行けるだけにしたら」と言っていたが、最初の日だから、かなりのボリュームになった。紙袋がパンパンに膨らんだから、二重にして食材を入れた。本館から第三家族寮まではそう遠くはないが、両手で引きずるようにして持ってこなければならなかった。

トシが言っていたように、キッチン道具は揃っていた。白米は鍋で研いでからその鍋を電気コンロで炊いた。

まな板や包丁もあった。さて、ハンバーグの作り方？　と思ったとき、ふと手が止まった。小麦粉でよかったのかしら？　と思ったが、本部の冷蔵庫や食材棚で夢中になって選んでいたときに浮かんだ作り方に従うしかない。まあ、自己流でいいか。そう思って、まず玉ねぎから取りかかることにした。

その玉ねぎをみじん切りにするときのリズミカルな音は、何と心地よいものだったろうか。子どものころに習った「村の鍛冶屋」のメロディーが思わず口をついて出てきてしまったではないか。

リビングのテーブルの上に並んだのは、ハンバーグと鶏肉スープと白米だった。卵は、ハンバーグの材料に使ったから、栄養は十分。竹の子だけの食事とは大違いだ。

シンチは、椅子の上に正座して、ものも言わずにきれいに平らげた。

〈何か言えばいいのに〉

とキクコが思っていると、最後に、

「ごちそうさまー」

と天井を向いて言った。

〈これでいい。美味しかった？　なんて聞く必要はない。それに、自分で言うのもどうかと思うが、けっこう美味しい〉

食事のあとの風呂がまた楽しかった。

風呂桶はユニットバスで、これならよく知っている。ビジネスホテルのバスと同じようなものだ。しかし、シンチとこういうバスに入ったことはない。マツリがいなくなる前は、たまに銭湯に行っていた。シンチと一緒に女風呂に入っていたが、マツリがいなくなってからは、銭湯に行くお金がなかった。台所で湯を沸かして、部屋の中で身体を拭くことがせいぜいだった。だから、風呂に入るのもほぼ三年振りだ。いちいち久し振りというのもくどいようだが、ほんとうに久し振りなのだから仕方ない。それにいちいち久し振りだと思ってしまうのだから、こういう気分を味わうのも、しみじみと嬉しい。

電気で沸かす風呂だから、ボタンを一つ押すだけで食事をしている間に沸いてしまった。キクコはシンチをお腹に乗せて、ゆっくり湯につかった。

シンチは、ガリガリに痩せてしまった。私も、骨と皮だけになってしまった。でも……

〈よし！　太るぞ！　料理を覚えて、美味しい料理を作って〉

昨日はたいへんな一日だった。見たこともない、聞いたこともないことを見聞きした。気が高ぶっていたから気づかなかったが、疲れていたのだろう。ベッドに横になった途端にコトリと寝入ってしまった……。

朝餉の支度をしながら、昨晩のことを思い出してしまった。

朝の食事が終わって、寮の前で保育園の送迎バスを待っていると、ピンクのワンピースを着た女の子を連れた母親が待っていた。キクコは会釈をしてから、ハッとした。

〈そうだ、弁当がいるのだろうか〉

女の子を見ると何も持っていなかった。

〈弁当はいらないのだ〉

と思ったが、念のために聞いてみた。

「きのうからここに来たシンチです。よろしくお願いします。弁当はいるのですか?」

女の子の母親は、

「給食があるから、弁当はいりませんよお。この子はシナ。よろしくね」

とシンチに向かって挨拶した。

右手の方からマイクロバスがやって来た。バスの窓から五、六人の子どもが座っているのが見えた。運転席にサエキのおかっぱが見えたが、今朝は降りてこなかった。シナとシンチがバスに乗り込んだ。後から男の子が駆けて来て、足を高く上げて乗り込んだ。

バスはゆっくりと走り出した。


食事の後片づけが終わるころに、トシがやって来た。

「今日は作務衣でなくて、洋服ね」

「これしかないので」

キクコは白いシャツにジーンズ姿である。ここにたどり着いたときにはシャツもジーンズも汚れていて、おまけに雨でびしょ濡れになっていたけれども、誰かが洗濯をしてくれたので、アイロンはかかっていないが、さっぱりした感じになっている。

「まあ、それでいいか。なにもマルマ教授に会うのにおめかしする必要はないものね」

そう言ったトシは、花柄のブラウスに紺のスカートで、どうみても昨日よりはおしゃれな姿である。

「でも、着かえたかったら着かえてもいいのよ。本部のクローゼットには、衣類がたくさんあるから、好きなものを持って行っていいの」

「えっ、この村で衣類まで作るのですか」

「織物は作らないけれど、布から衣類を作る人は少しはいるわ。でもほとんどは再利用しているのよ。みんないらなくなった衣類をクローゼットに入れておいて、必要な人が持って行くの。それに州都からは、棄てる衣服がたくさん出るわ。そういうのを貰ってくるのです」

「でも今日は、このままでいいです」

「ところでシンチくんは、虎のTシャツのまんま?」

「虎のTシャツが気に入っているようです。虎のTシャツで保育園に行きました」

「名誉のTシャツだものね。でも、いつまでも虎でなくてもいいでしょう。熊でもライオンでも、それにミッキーマウスだってあるわよ」


今日は、エス、トシ、キクコの三人で州都のマルマ教授に会いに行く日になっている。

キクコはトシと一緒に、徒歩で本館に向かった。

本館に着くと、トシは玄関に入らずに、駐車場に回った。

どういう車で行くのかと思っていると、トシは中型トラックのところに近づいて行った。これには少し意表を突かれた。ジープならば誰が運転するのだろうか。エスが運転するのならば、トシが助手席で私が後部座席だろう。トシが運転するならば、エスが助手席に座るのだろうか。それともエスと私が後部座席になるのだろうか。駐車場に乗用車があっただろうか。乗用車で行くのだとしても、座る位置は、ジープの場合と同じだろう。どっちにしても、車で行くのなら、車の中でエスと話をすることになると思う。そのとき、どんな話が出るのだろう。

キクコはいろいろ想像していたが、トラックで行くとは、思ってもみなかった。想像をたくましくしていた自分が滑稽に思えた。

トシは、

「あなたは、助手席に座って」

といって、サッサと運転席の方に回ろうとした。

「えっ、エスさんは？」

「もちろん一緒に行くのよ」

でも、座席は二つしかない。

「私が助手席に座ったら、エスさんの……」

「エスは、荷台に乗るの。荷台に大きな水槽があったでしょう。あの水槽のすきまに乗ると言っているのよ」

そう言えば、荷台に透明な大きな箱が乗っていた。

エスが、白い半袖シャツに洗いざらしのズボン姿でやって来た。そして、荷台の枠に手を乗せると、ひょいと飛び乗った。
トシが運転席に乗り、キクコも助手席に乗った。
中型トラックは駐車場を出て、左にカーブを切り、大通りを真っすぐに走り出した。
トシが何かおかしいのか、正面を見たままクスクス笑いだした。それから、
「今日は長いドライブになるわよ」
と言った。

2

中型トラックが大通りに出てしばらくすると、トシが真っすぐ前を見て運転しながら歌いだした。
トシと二人だけの車内で長い話を聞くのか、いろいろ教えてもらえるのだからまあいいか、と思っていたキクコは、トシがいきなり歌いだしたのでびっくりした。トシという人は、思いがけないことをする。この人にとってはふつうのことかもしれないが、キクコにとっては意外を通り越してカルチャーショックである。

森へ行きましょう娘さん　アハハ
鳥が鳴く　アハハ　あの森へ
僕らは木を切る　君たちは　アハハ
草刈りの　アハハ　仕事しに

ラララ　ラララ　ララーララ
ラララ　ラララ　ララーララ
ラララ　ラララ　ララーララ
ララ　ララ　ラララ……

首を右左に振って三番まで歌い切ると、トシはキクコを見て、

「あなたも歌わない？」

と言った。意表を突かれたキクコが、

「私がですか？」

と曖昧な返事をすると、

「そうよ」

とサラリと言った。

キクコは、とっさにどうしてよいか分からなかった。歌なんてずっと歌ったことがなかった。しかし、そうだ！　昨夜は玉ねぎを切り刻みながら「村の鍛冶屋」のメロディーが出てきた。でも、あれはハミングであって、歌ったわけではない。

「私、ずいぶん歌を歌っていないのです。歌を忘れているのです」

「歌を忘れたカナリアね」

「でも、きのうは『村の鍛冶屋』がつい口から出てきたのです」

「あら、何のとき？」

「玉ねぎをみじん切りしているとき」

「玉ねぎを刻みながら『村の鍛冶屋』？　それはいいわね。私も今度やってみよう」

トシと話をしていると、キクコは子どものときに歌っていた唱歌を一つ思い出した。

「じゃあ、歌ってみます」

　おおブレネリ　あなたのお家はどこ
ここまで歌ったら、トシが引き取った。
　わたしのお家は　スイツランドよ
　きれいな湖水のほとりなのよ
トシが意外なことをするのは、もう慣れっこになった。キクコも負けていられない。
あとは合唱になった。

　ヤッホ　ホトゥラララ　ヤッホ　ホトゥラララ
　ヤッホ　ホトゥラララ　ヤッホ　ホトゥラララ
　ヤッホ　ホトゥラララ　ヤッホ　ホトゥラララ
　ヤッホ　ホトゥラララ　ヤッホホ

これでおしまいと思っていたら、すぐにトシが歌いだした。

　おおキクコ　あなたのお家はどこ

ハッとしたが、これには答えなければならない。答えられる。

　わたしのお家は　反貧困村よ
　きれいな牧場のほとりなのよ

あとは合唱。

　ヤッホ　ホトゥラララ　ヤッホ　ホトゥラララ……

終わったと思ったが、トシは容赦ない。
「今度は二重唱しない？」
と言って、ハミングをはじめた。

　ンーウウ　ンウーウウウ　ンウウウウーウウー

「知っている？　タキ・レンタローの『花』」

「小学生のときに習いました。でも歌詞は忘れてしまった」

「歌詞ならあるわよ」

と言って、トシは、片手を延ばしてボックスを開け、歌集を取り出してポンとキクコに渡し、

「私が下を歌うから、あなたが上を歌って」

と言った。キクコが歌集をめくって「花」を探し当てると、キクコは、

「この曲はね。メロディーがいいからゆったり歌ってしまうの。でもそれではダメよ。もたれかかったようになってしまうから。リズミカルに歌わなくては楽しくないの」

と歌唱指導をした。


春のうららの隅田川……


一番は二、三度つっかえたが、何とかハモることができた。

二番にかかるとき、トシが早口で、

「二番は一人ずつ歌うのよ。前半は下の私が歌い、後半は上のキクコが歌うの」

と言い終わるとすぐに、

見ずやあけぼの　露あびて

われにもの言う桜木を

と歌い、「はい！」とキクコを促した。

見ずや夕ぐれ　手をのべて
われさし招く青柳を

とキクコが歌い終わると、すぐに三番の二重唱に戻った。

……げに一刻も千金の
ながめを何に　たとうべき

フルコーラスを歌い終わってひと息ついた。

「ずいぶん本格的なのですね」

「だって、私、コーラス・サークルのメンバーだもの」

「そういうサークルがあるのですか？」

「そうよ。合唱指導はユーリンがしているのよ」

「あのソプラノの声の人ですか？」

「そう、いい声でしょう。あの人は音楽の先生だったのだから」

「そういう人でも反貧困キャンペーン村に来るのですか？　貧乏になってしまったのですか？」

「先生でも貧乏になる人はたくさんいるわよ。板子一枚下は地獄というでしょう。誰だってこの世の荒波を乗り切ることは難しいのよ」

「じゃあ、みんな私と同じように、食べるものもなくなってここに来ているのですか？」

「大部分はそうね。でも、ボランティアで来て、そのまま居ついた人も少しはいるわ。それは、とても大事なことなの。だって、そういう人がいるということは、この反貧困キャンペーン村の外に、私たちと同じ考えを持っている人がいるということでしょう。資本主義でなくて共存主義でいこうという人がいるということでしょう。そういう人が増えれば、反貧困キャンペーン村のような村があちこちにできるかもしれない。それがいっぱいできたら、世の中が変わってしまうじゃない。だから、私たちは、そういう人を歓迎しているの」

　トシの話は、やっぱりスケールが大きくなる。しかし、これもトシにとってはふつうのことなのだろう。トシだけでなく、反貧困キャンペーン村では、これがふつうなのだろう。

　歌を歌ったり、話をしたりしているうちに、中型トラックは、高層ビルが林立する州都の中心街を通り抜け、閑静な学園街に入ってきた。そして、赤い門から構内に入り、銀杏並木の道をまっすぐ行くと、左に鬱蒼とした林の木の葉越しに大きな池が見えてきた。その池を半周回って、トラックは、古ぼけたレンガ造りの建物の前で止まった。

　入口の右手に「人文学部研究棟」という看板がかかっていた。

3

研究棟の入口から入ると、左右に向かう廊下があって、エスがさっさと右の廊下の方に向かって行った。トシとキクコは並んでエスを追った。

突き当りを左に曲がると暗い廊下が真っすぐに伸びていた。エスは、廊下の中頃の部屋のドアを軽くノックして、

「おじゃまします」

と言いながら、外側にゆっくりドアを引いた。

キクコがエスの背中越しに部屋の中を覗いてみると、本や書類がうず高く積みあがっているばかりではなく、その本やら書類やらが床に散乱して足の踏み場もないようだった。

エスもこれには当惑したようで、トシとキクコを振り向いて、苦笑いした。

部屋の中から丸い頭が立ち上がってきた。それがマルマ教授のようだった。つまり彼は、本やら書類やらの中に埋まっていたわけだ。それからどうするのかと思っていたら、彼は、ものも言わずにまわりの本や書類を両手で抱え上げて、すでにうず高く山になっている本や書類の上に伸びあがって乗せようとした。

エスが、

「マルマ教授ですね」

と言うと、彼は、エスに大きな目をむいて、黙って頷いた。そのとき、キクコは、教授の体型や容

貌をはっきりとらえることができた。

　短軀ではあるが肩幅が広くがっしりしている。頭髪は鳥の巣のようにぼさぼさで、濃いブラウンの髪に白髪が混じっている。顔中髭だらけなので人相はよく分からないが、額が高くおでこが飛び出ている。そして、目尻が長く目が細く見えるが、開けば大きな目になることは、さきほど見たから分かる。

　マルマはしばらく本や書類の積み替え作業を続けていたが、下の方から丸椅子が二つ出てくると、トントンと二つずつ手のひらでたたいた。それから来客に振り返り、三人いることに気づいたようで、ドアの外に出て、しばらくしてから小さな丸椅子を持って部屋に戻ってきた。そしてその丸椅子を、ドアの近くの本や書類を強引にかき分けて作った空間に置いた。

　どうやらこれで三人が座る場所を確保することができたようだ。

　マルマが奥の方に戻り、三人の方に向かって低い背もたれのついた椅子に座った。それでも何も言わないので、三人はそれぞれ黙って椅子に腰をおろした。

　マルマの足許には書類を詰め込んだ段ボールがあり、その段ボールを挟んでエスが座った。そのエスの横には、ぶ厚い専門書が二列に積みあがっていたが、その後ろにさっき出てきたもう一つの丸椅子があるので、そこにトシが座った。つまり、エスの斜め後ろにトシが座ることになった。そして、本や書類が膝の高さにつめ込まれた段ボールが二つあって、その後ろに教授が持ってきた丸椅子があるので、そこにキクコが座った。キクコはエスやトシの後ろに控えるような感じになった。居心地はよくないが、とにかく位置が定まったことにはなる。お互いの上半身は見えているので、話ができないことはないだろう。

それまでずっと黙して語らなかったマルマが、ようやく話しはじめた。声は低いが、聞く耳に心地よいやさしい声であった。ただし、挨拶なし、自己紹介なしのいきなりの本題である。

「ベーシック・インカムについては、いろいろ言う人間が多いがね。この議論は、一六世紀末のイギリスの救貧法からはじまったと言われている。しかし、そのずっと前から、たとえば古代ギリシャからはじまったという学説もある。それはともかくとして、二〇三三年の今日まで、少なくとも四〇〇年以上も延々とやっていることになる。要するに諸説紛々というところなのだ。だがしかし、肝腎の本質を論じる人はいない。いや、いないというわけではないが、非常に少ない。本質があまり論じられていないから、ベーシック・インカムのよさが浸透せず、したがって実施に踏み切れない。本質をしっかり押さえたうえで、こんなことでいいのか、ベーシック・インカムを実施しないままで人類が滅びていいのか、という危機感を持っているのは、おそらくエスと僕だけだと思いますよ。ねえ、みなさん」

エスは、手を膝に置いておだやかな姿をして座っている。しかし、頷くわけでもなく、返事をするわけでもない。そういえば、エスは「マルマ教授ですね」と言ったきり、あとはずっと無言である。

トシは、マルマが「エスと僕だけだ」と言ったときに大きく頷いた。その動作を、キクコは見逃さなかった。それに、マルマの話はキクコにとって刺激的である。とにかくマルマの話をしっかり聞こう。

「本質的でない議論について長い時間をかけてここで僕がしゃべることはないが、本質的でないことでも、それなりに本質に関わることだから、無視することはできない。それにこれまでの議論はなかなかいいところを突いているものもある。しかし、どうして人間は、本質的ではないけれども本質に関わりがないことはない、けっこういいところを突く、そういう議論はするが、肝腎の本質の議論をしないのだろう。本質というのは、俗に言うところの、そのものにとって欠かすことのできない最も大切な要素という意味でよかろうが、あらかたの人間、とくに学者や知識人は、もっともらしい面構えをしながら、そうした本質そのものの議論をせず、その周辺の議論ばかりするのだろうかね。これは、僕にとっては信じられないことですよ。いったい、本質を論じることは、タブーになっているのかなあ。本質を論じてはいけない、これが、学者や研究者や思想家の暗黙の了解事項になっているのかね。それとも本質が分かっていないのかな。ほんとうに僕には信じられない。とくにベーシック・インカムについての議論はひどい。いや、ベーシック・インカムだけではない。ありとあらゆるテーマ、とくに少し難しいテーマについては、まず本質の議論はしない。神についての議論は典型的だね。神は存在しないのではないか、というところをスタート地点にして議論をしない。だから、神とは何かという本質を避けて、それによって、人類は間違いばかりをしている。少し横道に逸れたかな」

マルマは、どんどんヒートアップして、まくしたてた。

キクコは横道に逸れたと思っていたのに、エスが首を左右に振ったのには、少し意外な感がした。

「でも、本質を論じない学者連中にも顔を立てておくか。

ベーシック・インカムのメリットとして言われているのは、貧困対策、少子化対策、地域活性化、社会保障制度の簡素化、行政コストの削減、労働意欲の向上。この労働意欲の向上ということに対しては、正反対に労働意欲が低下するというデメリットとしてあげる輩も多い。それにメリットとして景気対策。この景気対策についても景気はかえって落ち込むという反対論がある。まだまだメリットはあげられている。余暇の充実、経済活動の活性化、学生や研究者の安心などなど。これに対するデメリットもたくさんある。賃下げへの懸念、財政の不安などなど。面白いのは同じ問題で結論が正反対になることだ。さっきの労働意欲もそうだが、犯罪が減少するか、増加するかの論議もそうさ。生活苦がなくなるから万引きなどの窃盗犯が少なくなるというメリットをあげる輩もいれば、刑務所から出てきても生活ができるから刑罰の抑止効果がなくなり犯罪が増加するというデメリットをあげる輩もいる。しかし、こんなことを僕がここでだよ、エスに言う必要はあるかな。言う必要はないよね」

ここでエスは、首を縦に振った。ベーシック・インカムのことを何も知らないキクコは、ここで知識を得たいと思っていたが、エスが首を縦に振ったので、知識を得ることはかなわなくなりそうだ。どうやら、エスの首の振り方は、キクコの思いとは反対になるようだ。マルマ教授が続けた。

「ベーシック・インカムのメリット、デメリットについては、教科書にも出ているし、ネットで調べればぞろりと出てくる。だから、そういうものを見ればよい。ただここで、公平を期すためにひと言加えるとね。このメリット、デメリット論は、みんな正論なんだ。だから僕は、この論議を全部正しいとして扱っている。もっと正確に言うとすれば、正しいかどうか分からない。それはそうでしょう。まだベーシック・インカムを実施していないのだから。実施してはじめて検証し、正しいところは残し、間違っているところを修正すればよい」

エスが頷いた。ここはキクコも肯定である。見ると、トシも頷いている。

「もう一つ大事なポイントがある。それは言うまでもなく財政問題だよ。ベーシック・インカムの導入の是非については賛否両論があるが、その多くは財政的に成り立つかどうかにかかわっている。ベーシック・インカムの導入の賛成論者は、さかんにシミュレーションをして、大丈夫、財政的にやっていけると主張をしているが、それにいちいち反論する反対論者もいる。これから先は本質に関わることだが、ベーシック・インカムを導入することは、すなわち財政構造を変えなければならない。つまり、どういう財政構造を持つ世の中にするかということを見通しておく必要がある。だから、シミュレーションは絶対に必要だ。しかしそれは、経済学者や財政学者にまかせておけばよい。餅は餅屋だ。僕は人類学者だから、自らシミュレーションはしないが、そのシミュレーションがすぐれているかどうかは分かる。だからシミュレーション自体は、経済学者や財政学者に任せることにしたい。もちろん、僕は彼らにアドバイスをしたり、シミュレーションに必要なデータは提供したりする所存です。それに肝腎の本質論、ベーシック・インカムの本質に関する意見と言うか、まあ思想ですね。こういうものは、しっかりと伝える。そして、経済学者や財政学者はしっかり仕事をしてほしい。

あらためて言うまでもないことだが、僕は先端的で強烈なベーシック・インカム賛成論者だよ。エスも同じと考えていいよね」

マルマ教授の大演説に一区切りがついた。ここで、エスが声を出して、

「もちろんです」

と言うと、マルマが、意外にも、

「女性陣は？」

と振ってきた。トシが、

「そうでなければここに来ません」

と力強く言うと、マルマはキクコを見て、

「あなたは？」

と言った。油断していたキクコは、不意を突かれてあわてたが、

「私も同じです」

と答えてしまった。

〈何も知らないくせに、調子のいいこと言っちゃって！〉

と心の中で自分を揶揄《やゆ》したものの、少しも嫌な気持ちはしなかった。むしろ面白くなってきたと思った。

4

「でも教授、貧困対策こそベーシック・インカムの本質ではないですか。私は、仕事がなくなり、食べるものもなくなり、住む家も失い、貧困のどん底からやっとのことで反貧困キャンペーン村にたどり着きました。あ、私はトシといいます。ここにいるキクコもそうです。反貧困キャンペーン村に来る前は、竹の子ばかり食べていたそうです。貧困対策が本質でないというのは納得がゆきません」

と、トシが切り出した。キクコもここで何か言わなければならないという衝動に駆られた。

「トシさんが言った通り、私も勤めていたビジネスホテルの仕事をロボットに奪われて職を失いました。職安に行っても今どき仕事はないと言われ、生活保護の申請に行っても窓口で門前払いです。連れ合いも人工知能に仕事を奪われ、とうとう家を出てしまいました。残された私と三歳の子は、食べるものもなく、最後の一か月は神社の裏に竹の子掘りに行って、竹の子だけを食べていました。その竹の子も硬くなって、困り果てて雨に打たれてバスを待っていたら、ようやくバスが来て、反貧困キ

ャンペーン村にたどりついたのです」

いったん話はじめてみると、案外話しやすかったので、思いがけず饒舌になった。

マルマは、目を丸くしてキクコを見ていたが、すぐに反応した。

「貧困対策が本質だということは、僕もその通りだと思っています。しかし、言葉が足りんかったんだな。うん、言葉が足りなかったんだ。

僕も貧者だから、貧困は身にしみているのですよ。大学の予算が削減されてね。給与は極端に減らされ、まあ、食うや食わずというところです。それなのに、書籍は買わなければならない。だいたいのものはネットで間に合うと言いたいところだが、御用学者がはびこっていて、ろくでもない内容なのに装丁ばかり立派で高いのよ、そういう本は。始末に負えないことには、大学では書籍の購入が管理されていて、誰が何を買ったかが分かってしまう。そして、買わなければ研究費を削られてしまう。たいていのことは無視するのだけれど、この大学に籍を置いている限り、そういうものをまったく無視するというわけにはゆかない。だから、買うことは買う。しかし、中身は読まないで無視する。こんなことをしているから、この研究室は、本でいっぱいなのです。じゃあ、棄てればいいじゃないかと思うでしょう。しかし、それもできない。棄てれば読まないことがばれてしまうから。そういうところまで監視されているのです。だいたい僕は、大学から白い目で見られているから、奴らはチャンスがあれば首を切ろうと思っている。だから僕は、すでに貧者であり、今は反貧困キャンペーン村の方に向かって歩いている。いや、思わぬグチが出てしまって、恐縮、恐縮」

グチはこれで終わるかと思ったら、まだ先があった。

「だから、大学は腐っている。腐りきっているからどうにもならない。世の中が悪くなると同時に大学も悪くなる。世の中が悪くなるからこそ研究者が頑張ろうとしなければならないはずだが、そういう気骨のある奴は滅多にいなくなった。残っているのは御用学者ばかり。この大学でまともなのは、僕と生物学のウイン助手ぐらいだ。彼に対する処遇はひどいものですよ。環境保護問題に手を出したばかりに、いつまでも身分を助手に据え置かれたままなのだから。でも、彼が立派なのは、助手の方が気が楽だと言って開き直っていることです。その彼が鮭の稚魚をどこからか調達してくれたから、今水槽に入れるように手配しています」

グチから話が鮭の稚魚の方に流れて行ったが、これには、エスとトシが異口同音に、

「有難うございます」

と言った。そのあとすぐ、トシが質問した。

「さっき教授は、貧困対策が本質であるということについて、言葉が足りなかったと言われましたが……」

「ああ、それそれ。これまでの論者が言っている貧困対策は、矮小化されていると言うか、近視眼的なのだよね。たとえば、人工知能が発達し、二〇四五年には人工知能が人間の脳を超えるシンギュラリティに到達するから人間の仕事がなくなる、だからその対応としてベーシック・インカムを導入するとか、そういうことを説得の材料にしている。たしかにそれはそうだ。僕もそういう理論はその通りだと思う。しかし、そういう理論は、いかにも近視眼的なのよ。

だけど、考えてごらんよ。シンギュラリティ、つまり技術的特異点に達すると言われている年の約一〇年前の今日、すでに人間の仕事の多くは、ロボットや人工知能に奪われているのですよ。つまり、人工知能やロボットが発達しようと発達しまいと、ヒトが貧困に脅かされる社会であるならば、そこ

にはベーシック・インカムが必要だということです。

誤解を恐れずに言うけれど、ベーシック・インカムは、その名の通りベーシック、つまり土台ということだ。もともとヒトがつくっている社会に、貧困があるということは、いったい何だ⁉　このスタートの地点を認識させる事実が貧困の現実なのであって、ここに貧困対策を位置づける必要がある。

貧困には、絶対的貧困と相対的貧困がある。絶対的貧困とは生きてゆくことができないほどの貧困で、相対的貧困とは貧富の差があるときに他者と比べて生活に困窮している貧困である、と僕は定義している。相対的貧困は、ヒトが貨幣を使うようになってから分かりやすくなったよね。なにしろ計る尺度があるのだから。では、絶対的貧困はどうか。おそらく太古の時代からヒトが貨幣を使うようになるまでは、絶対的貧困が切実だったのだろうね。しかし、そこのところはよく分からない。縄文時代に絶対的貧困があったか、それはいつ、どこで、どの程度だったか、ということは人類学者の僕でもお手上げだ。しかし、相対的貧困は、ヒトが貨幣を使うようになるまではなかった。いや、あってもたいして大きくなかった。もとより食糧に欠乏することはあっただろうが、そういうときはみんな等しく欠乏した。だいたいにおいてね。一方に富があり、一方に貧困があるという富の偏在は、ヒトが貨幣を使うようになってから起こってきたことだ。つまり、富の偏在によって、貧しい層が絶対的貧困に陥っているということなのだ。貨幣があるために、というか貨幣が介在しているために分かりにくくなっているが、うーん、何と言うか、相対的貧困のように見えて、実は、絶対的貧困に直面しているのが現状と言うことができるのではないだろうか。

こうしてみるとベーシック・インカムは絶対的貧困と深く関連している。人類は、絶対的貧困を回避することによって生き延びて来たのだから、ベーシック・インカムがないということは、むしろ変則的なシステムなのだ。それはそうでしょう。縄文時代の一万年の間には、等しく食べるものは与えられていたのだから」

「教授、いまいちよく分かりません」とトシ。

「そうか。分からないか。じゃあ、方程式にしてみよう。方程式というよりも不等式かな」

と言って、マルマは、机の上に山積みになっている紙をヒョイと取り、マジックペンでサラサラと何か書いて、エスに渡した。エスが目を通してトシに渡し、トシからキクコにその紙が回ってきた。

「分かりやすい俗な言葉でやってみよう。Ｉはインカムで収入のことだが、ここではヒトが獲得する財、これはエネルギーを単位にしてもよいし貨幣を単位にしてもよい。この際、貨幣を単位にすることはやむを得ない。なにしろわれわれは貨幣に毒されていてそれゆえに分かりやすい。残念なことだが。Ｃはコンサンプションで消費のことで、ここではヒトが生活するために使う財、これも単位はエネルギーでも貨幣でもよしとしよう。Ｍはミニマムでヒトが生きるために最低限必要な財、これも単位はエネルギーでも貨幣でもよいが、Ｍは要するに絶対的貧困との境界である。そこで、ペーパーを見てくれ給え」

ペーパーを見ているのは、キクコだけである。エスとトシの頭の中には、すでにきちんと入っているのだろう。

「一番上の、

Ｉ≧Ｃ≧Ｍ　①

という式は、貧困でない健全な状態をあらわしている。簡単な式だから説明する必要はないだろう。もちろんヒトは、この式を成り立たせようとしてＩを増やそうと努力する。しかし、失業などでＩ

が減少すれば、辛抱をしてCを減らす。Cを減らしても、この①の式が成り立っていれば、相対的貧困は起こっても、まだ絶対的貧困とまでは言えない。

ここで、注意を要することは、社会全体としてはこの式が成り立っていても、個人にこの式が成り立っていなければ、その個人は貧困だと言うことになる。要するに全体と個の問題だね。政府は、この式が成り立っているから豊かだなんてぬかしよるが、とんでもない言い草だ。一人でもこの式が成り立たなくなってしまったら、その社会はもはや「豊か」と言う資格はない。

余計なことだが、仮に借金すると、

I+D≧C+D+i≧M　②

という式になる。Dはデットで借金、iはインタレストで利子。時間差があるからこの式が成り立つように見えることが多いが、長期的に見ると、

I+D≦C+D+i　③

頑張ってIを増やさなければ、③のようになってしまう。政府は国債を乱発しているので、いずれは③になってデフォルトを起こすだろう。

これは、やや余談になったきらいがあるが、貧困は、Iが限りなくMに近づき、ついに不等号が逆転した状態で、式で表せば、

I<M　④

となる。こうなるともはや生きてゆけない貧困状態だ。これは極めて単純な式であるが、いったんこの状態になると、日々この式を実感させられ、苦しめられる。しかし、I≧Mの状態にある人間からみれば、その貧困状態にある人々の絶望感、恐怖感が身に沁みて分かるということはない。これは

ほんとうに恐ろしいことなのだ。つまり、I＜Mという単純な式にまつわるもろもろの貧しい生活、悲哀、疎外感は言語に絶するものであって、そうでない人間には分からない。しかし、当人にとっては生きるか死ぬかの問題なのだ。しかも、日を追うごとに、Iが小さくなりMが大きくなってゆき、貧困から脱することはできなくなってしまう。こうしたI＜Mの状態にある人は、今や圧倒的多数になってしまったのだ。こんなことに目をつぶっていてはいけないという気持ちになるでしょう？

そこで、ベーシック・インカムの登場となる。ベーシック・インカムをBとして、IにBを加えるとすれば、①は、

I＋B≧C≧M　⑤

となります。ここまでは、中学生でも理解できる簡単な式だから分かるよね。そして、Bが絶対に必要だということも分かるよね」

トシとエスが頷いた。しかし、キクコは頷くことができなかった。それでも、少しは分かる。このペーパーを持って帰って復習しようと思ったとき、マルマが言い切った。

「そこでね。ベーシック・インカムを導入することは、常に⑤の式を成り立たせよう、絶対に不等号の向きを逆にしないという思想を実現することなのだ。つまり、④の式を成り立たせないという決意なのだ。式にしてしまえばあきれるほど単純なことだが、人類はこれに踏み切ったことはない。それを今こそやろうと僕は言いたいのだ」

トシが頷き、手を目に持って行った。エスが小さく頷いた後で斜め上を向く姿勢をとった。キクコは、やっぱりこのペーパーを持って帰って復習しようと考え、

〈いったい「絶対に不等号の向きを逆にしない」ということはどういう意味なのだろう。トシに聞け

ばすぐに分かるだろうが、意地でも自分で考えよう〉
と、心に決めた。

5

ひと呼吸置いて、トシが切り出した。

「きのうの早朝のことですが、反貧困キャンペーン村で、これまで経験をしたことのない事件が起こったのです。事務の会計担当者が金庫の中の現金を全部持ち出して、おとといの夜雨に打たれて村に来た女性と一緒に逃亡したのです」

このベーシック・インカムの本質には関係のないような話題をなぜトシが持ち出すのか、キクコには理解しかねたが、マルマがまともに反応したので、重要な関連性があるのかと思って聞き耳をたてた。

「それは大事件だ。たいへんな問題だ」

「反貧困キャンペーン村は自給自足をモットーにしています。ですから、村の中では通貨は流通していません。だからといって、物々交換ではないのです。教授はご存じだと思いますが、村民は、生産物を村のあちこちにある置き場に置いておきます。そして、必要な人がその置き場から持って行きます。もちろんみんなタダです。こういう流通システムですから、反貧困キャンペーン村の中では通貨がなくてもいいのです」

「知っています」

「しかし、生活に必要なものをすべて村の中で生産することはできません。二十一世紀の三分の一まで来ると、いくら貧困でも物質文明の洗礼を受けています。それに歴史をはじめからやり直すと言っても、鍋を作るのにまず溶鉱炉を作り、鉄鉱石を掘り出してコークスと一緒に炉の中に入れて銑鉄にして、それを圧延して鋼板にし、その鋼板から鍋を作るなんていうことをしなくても、州都の金物屋から鍋を買ってきた方がいいのです」

「それはそうだよね。分かる、分かる。つまり、原始の昔から今日までの歴史の中で、いらないものは取り入れないで、いるものは取り入れようという魂胆だね」

「魂胆と言われてしまうと……でも、たしかに魂胆です」

「いい根性じゃないですか！　いいとこ取りで」

「いいとこ取りなんて……でもやっぱりいいとこ取りです」

「僕はね、したたかで立派だと言っているのだ。貧乏人は、それでなければ生きてゆけないものさ」

「金庫の中の現金を盗まれてしまって、骨身にしみてよく分かったのです。やはり、現金は必要だということが。何も贅沢をするほどはいりません。贅沢なものを買うために現金がほしいと言っているのではないのです。たとえば、自動車は州都では文字通り運転手のいらない自動運転の車ばかりですが、私たちは中古でハンドルを操作する車をタダ同然で州都で買ってきて、何人かでシェアして乗っています」

「それは素晴らしいことではないですか！　賢明なやり方ですよ。だいたい資本主義が前提としている所有権の絶対性は崩壊しつつある。所有から使用へ、そして共同所有。だから、入会権が見直されている。それはむしろ先端的だ」

「だから、私たちはニバラ部落と連携しているのです」

「そのことはよく知っているさ」

「反貧困キャンペーン村は資本主義でなく共存主義ですから、ニバラ部落のシステムを取り入れているのです。

　でも、教授、必要最小限度の現金はほしいのです。ベーシック・インカムが実施されれば、村民も必要な物資を買えますし、そのうちのいくらかを村の運営資金のために拠出してもらえるから助かるのです」

　トシとマルマのやり取りを黙って聞いていたエスがようやく口を開いた。

「この現金盗難事件で思い知らされたことがいろいろあるのです」

「？」

「金庫の現金がそっくり盗まれたとき、このニュースはたちまち全村民に伝わりました。それを聞いた瞬間に、ほとんど例外なくみんな恐怖に襲われました。なぜ恐怖に襲われたのか、これはなかなか複雑であって、ひと言でいうのは難しいけれど、これで反貧困キャンペーン村が立ち行かなくなるのではないかという不安に襲われたのではないかと思います。

　不安というのは、次々に連鎖反応を起こして、どんどんエスカレートします。反貧困キャンペーン村がなくなる、また前のように貧困に陥る、食べるものもなくなる、生きてゆくことができない、死ぬしかない、というように不安は悪い方に悪い方に向かっていきます。ここではっきり分かるのは、言うまでもないことですが、貧困は死と隣り合わせだということです」

　トシとキクコは、ここで大きく頷いた。つい一昨日には自分の身に起きていたことだ。キクコは、もう一度頷いた。エスが続けた。

「どこからか雨でずぶぬれになった女性があらわれて、事務の会計担当者が金庫を開けて現金を盗み出し、そして一緒に逃走した。たったそれだけのことで、村民全員が恐怖に襲われ、反貧困キャンペーン村がつぶれてしまうと思ってしまう。たったそれだけで反貧困キャンペーン村が持続できなくなると思ってしまう。それほど脆弱だったのだ。そういうことを思い知らされました」

「うーん、そうか。でも、何とか頑張ってほしい。反貧困キャンペーン村がなくなっては困る」

と言うマルマに対して、エスは、

「もちろん頑張ります。村民の総力をあげて、今回の大波は乗り切ります。州都に稼ぎに行ったり、間もなく収穫する麦を売ったりして」

と言った。この言葉を聞いて、キクコはホッと胸をなでおろした。エスの言葉が続く。

「しかし、ベーシック・インカムがあれば、こういうときに助かるのですよね。持続性を維持できますから。持続性があれば不安に襲われることはない。さっきの連鎖は、次の月にベーシック・インカムの現金が入るから反貧困キャンペーン村はなくならない、前のように貧困に陥ることはない、食べるものがなくなることはない、生きてゆくことができる、死ななくてよい、というように逆転する。つまり、簡単に言えば、ベーシック・インカムによる持続性の保障は、人々を死の淵から救い出すことができる。ここにベーシック・インカムを導入するのっぴきならない必然性があると私は思っています」

「その通りだ。しかし、この筋はもっと大きなところに繋がっている……」

とマルマが言いかけると、トシがマルマに先を言わせないで、言い出した。

「もっと大きなところに繋がっているということは、社会全体に繋がっているということですよね」

「その通り」とマルマ。

「じゃあ、私に言わせて」

「どうぞ」

まるで、教室で先生が話そうとすると「ハイ、ハイ！」と手をあげてしゃべり出す生徒みたいだ。それに大きい話になってくるとトシの出番である。そう思って、キクコは可笑《おか》しくなった。

「貧困は人を不安に陥れる、不安は人を劣化させる。人が劣化すれば社会が劣化する。そして社会が崩壊する。社会が崩壊すれば人が貧困に陥る。こういう悪循環が……」

そこまで言うと、今度はマルマが全部を言わせなかった。

「では、なぜ貧困がここまではびこっているのか。経済現象、社会現象、いろいろ貧困の原因はあるが……」

「社会現象としては、セーフティネットがなくなった。人は働いて稼いでいた。しかし、働く場がロボットや人工知能に奪われてなくなった。家族が崩壊してまわりに助ける人がいなくなった。予算が削減されて社会保障が風前の灯《ともしび》になった……」

マルマとトシは、まるで張り合っているようで、果てしがない。ここでエスが、柔らかい口調で割り込んだ。

「ヒトが武器を使うようになってから、侵略したり、戦争をしたり、そういうことをずっとやってきた。しかも、神を担ぐ宗教がそれを認め、ときに支援し、ときに自ら武器を取って戦争をした。そういう〈他人は死んでもよい〉という思想や行動を許している限り、貧困はなくなりませんよ。貧困をなくすという反貧困のキャンペーンは、〈他人も自分も死んではいけない〉という思想と行動なのです。だから……」

「ベーシック・インカム！」

とマルマ、トシ、エスが示し合わせたように、一緒に叫んだ。

キクコは、タイミングを逃して、

〈しまった！〉

と思ったが、その表情をマルマは見逃さなかった。

「キクコは？」

「もちろんです。絶対にベーシック・インカムです。私は、一文無しでしたけれど、反貧困キャンペーン村に来るときに神社でコインを拾ってバスに乗ったのです。そのコインがなかったらもう死んでいます。シンチと一緒に死んでいます。ですから、ベーシック・インカムの現金が入れば助かります。そうすればシンチにもう一枚、虎のTシャツを買ってあげることができます」

「虎のTシャツならまだあるわよ。本部のクローゼットの中に」とトシ。

「その虎のTシャツって、何？」

このマルマの質問にはトシが答えた。

「キクコの息子さんのシンチくんが着ている虎の顔が印刷されているTシャツです。例の雨の女性が逃げるとき、シンチを拉致しようとしたのです。そのときシンチが虎になって、女性の手を噛んで自分を助けたのです」

「それはすごい！　シンチくんっていっぱしの勇者じゃないか！」

6

全員の笑いが弾けた。

ひとしきり笑いが続いたあとで、マルマが話題を切り替えた。

「貧困対策は、ベーシック・インカムを導入する論拠として重要な柱であることはたしかだ。しかし、ベーシック・インカムは、貧困対策だけでなく、歴史的な大きな問題であることをしっかり認識する必要がある。逆に言えば、ベーシック・インカムとは何か、これをはっきり知ることによって、ベーシック・インカムの歴史的な意義を認識することができる。そして、歴史的な意義を認識することによって、貧困をなくす意義も分かってくる。ここに巷であれこれ論じられていることと、これから僕たちがここで議論することとの違いがあるわけだ」

〈えっ、これから議論がはじまるの⁉〉

とキクコは驚いたが、マルマは、

「本論に入る前に、その前提として言っておかなければならない」

と、早口で続けた。早く本論に入りたくて焦っているようだ。

「歴史的と言うと、あと約一〇年で人工知能が人間の脳を超えるシンギュラリティに到達するから人間の仕事がなくなることをあげる輩が多い。それはたしかに歴史的事件だから、僕も否定しない。しかし、ベーシック・インカムの歴史的意義はそれだけではない。シンギュラリティに気を取られていると、ほんとうの意義を見失ってしまう。

また、ベーシック・インカムを導入することが可能かどうかについては、経済学者や財政学者がさかんに論じている。しかし、その問題は、現在の財政状態における可能性を論じるという意味では歴史的であるが、長い人類の歴史の中では、歴史上の一点に過ぎない。だいたいベーシック・インカムを導入することが可能かどうかなんていう問題には、必ず『解』はあるさ。そんなことは、それこそ人工知能を使って、経済学者や数学者が計算すればいいことだ。もし『解』を出すことが難しければ、変数を変えればよい。変数というのは予算項目、つまり福祉とか戦費とかAI関連予算とかのことだが、変数を変えるということは、予算編成のあり方を変えるということであって、場合によっては大幅に変える必要がある。福祉予算はある程度削減されるだろう。世のベーシック・インカム導入論者は、福祉予算がいらなくなることを説得の根拠にしているが、ここには落とし穴がある。あまりこのことを強調するとセーフティネットがなくなってしまう恐れがでてくる。やはり、ベーシック・インカムを導入してもなお心身の病気や不慮の災害で苦しむ人は必ずいる。ベーシック・インカムを導入することによって、その他のセーフティネットを撤廃する口実にしてはならない。しかし、戦費やAI関連予算を思い切って削減する必要はある。つまり変数を変えるということは、財政構造を変えることになる。政府や御用学者は変数を変えることが嫌だから、『解』がない、つまり財政上ベーシック・インカムを導入することは無理だと言っているわけだ。

こういうときには、『解』を先に出してしまって、変数をその『解』に合わせればよい。そうすれば、きれいに『解』が出てくる。当たり前だよね。先に『解』を出しているのだから。そして、逆算すればきれいに計算は合う」

「教授はいろいろなことをいっぺんに言うから分かりにくいです」

とトシが発言した。キクコは、〈トシでも分かりにくいのか〉と思って安心した。

「でも、僕が何を言いたいのかは分かるでしょう?」

「『解』というのは、ベーシック・インカムを導入するときの金額でしょう?」

「何だ、分かっているじゃないか」

「つまり、ベーシック・インカムを導入する、その毎月の金額をいくらにする、と先に決めてしまって、福祉やらAI関連予算やらをあとから出せばよいということですよね」

「そうですよ」

〈なんだ、やっぱりトシは分かっているんだ〉

とキクコはいささか拍子抜けがしたが、

〈あとでしっかり復習しなければ〉

と自分に言い聞かせた。トシが、

「財政構造を変えることになるということは、それこそ歴史的な意義ではありませんか?」

と言うと、マルマは、目を大きく開いて、二、三度頷き、

「うん、ここでようやく本論に入ることができる」

と言った。

7

マルマは、ここまでも饒舌だったが、さらに輪をかけて憑かれたように滔々と論じはじめた。

「さて、ベーシック・インカムの本質だが、ベーシック・インカムを導入すれば、そのときに、人類には、これまでとまったく違う世界が見えてくる。それはもはや、資本主義などという、歴史のうえで特殊な制度が支配している世の中ではなくなるということだ。ヒトは、まだ資本主義の世の中だと思っているが、人類の歴史から見れば、絶対的な制度ではない。ごく限られた時期の制度に過ぎない。

考えてみ給え。ヒトの歴史は、得られる糧と糧を得る手段との距離が近いか遠いか、という流れとして見ることができる。もともとは、つまり狩猟採集時代には、ヒトは糧を自然からタダで与えられていた。自然の中にあったものを、労力を使って、しかも人々の力を合わせて獲得していた。狩猟によって獲得した獲物をインカムというのには若干違和感があるが、得られる糧と糧を得る手段との距離が近かったから、獲物というインカムを平等に分け合った。つまり、ベーシック・インカムは保障されていた。僕が言っているヒトというのは、ホモ・サピエンスのことだが、ホモ・サピエンスが出現したのは二〇万年前と言われているから、農耕や牧畜がはじまった一万年前までの間は、ずっと狩猟採集時代、つまりベーシック・インカムが保障されていた時代だったということになる。こうしてみると、ベーシック・インカムは、ヒトにとっては文字通りベーシックすなわち基本なんだよね。ヒトにとって自然な姿なのだ。こういうときに権利という言葉を使うのはあまり好きではないが、ベーシック・インカムはヒトにとって当然の権利なんだ。天賦人権説を唱えるのならば、それに天賦ベーシック・インカム説をつけ加えたいところだ。

しかし、そういうことが見えにくくなったのは、農耕牧畜がはじまった以降の社会制度、つまりシステムのせいなのですよ。僕たちは、農耕牧畜以降のシステムしか見ていないから、ベーシック・インカムがもともとの姿であることを忘れているのだよ。

そして、ヒトが農耕を知り、牧畜をし、土地を囲い込み、工場を作り、生産手段を特定の人間が独占するようになった。つまり、糧を得る手段に近い人間と遠い人間に分離されて、偏りが出てきた。さらに、労働力がいらない分野が大きくなり、労働に価値がなくなり、糧を得る手掛かりさえない人間が、極端に多くなってきた。そのうえさらに、人工知能やロボットは、この歴史の趨勢に拍車をかけたものであることは確かだが、人工知能やロボットの発達がなくても、糧を得ることの困難さははっきりしている。この糧を得ることの困難さこそが、さっきから議論していた貧困の問題につながるのだよね。

少し時代を遡るが、信用を媒介にして、まだ生まれてもいない価値を先取りするようになった一八世紀以降から、どんどん得られる糧と糧を得る手段との距離が遠くなってゆく。先取りが起こると『糧』なんていう概念自体の影が薄くなってゆく。見えているのはマネーだけで、しかもそのマネーのほとんどは実体のない空っぽのものさ。

今はこういう幻のようなマネーに支配されて経済が動いている。だから、資本主義はとっくの昔に終わっているわけよ。僕はいつ終わったかと言われれば、二〇世紀末から二一世紀初頭まで、かなりの時間をかけて終わったと思っているが、それは、市民革命と同じように時間をかけて終わったのと同じことだよ。フランス革命がバスティーユ襲撃の一七八九年と言うのと同じように、あえてその年を問われれば、リーマン・ショックの二〇〇八年と言うことにしているがね、僕は。

それでもまだ今現在も資本主義の時代だとみんな思っているよね。なぜ、そう思っているのか、答えは簡単ですよ。資本を独占している側とそれを支えている権力が、資本主義であることにしておいた方が都合がよいからだよ。この資本を独占している側とそれを支えている権力を、『独占権力機構』

と言うことにしよう。

こういう言葉を使うと話を進めやすい。つまり、人類史は、農耕以降は、つねに独占権力機構を持っていた。この独占権力機構こそがベーシック・インカムをつぶしてしまった農耕牧畜以降のシステムだ。ところが、ヒトは、度々その独占権力機構をガラリと更新した。このガラリと更新することを革命と言ってきた。しかし、独占権力機構を更新しても、つまり独占権力機構の担い手が変わっても独占権力機構そのものは維持された。『相手変われど主変わらず』ということだよね、まさに。

ところで、ベーシック・インカムだ。もう分かるよね。ベーシック・インカムを導入するということは、この独占権力機構に手を突っ込んで、解体、いや解体と言ってしまえばきつすぎるよね。穏やかに、うーん、何と言えばいいのかなあ。まあ、独占をやめて質を変えてしまおうということさ。ここにベーシック・インカムの本質的な意義があると僕は思っております」

トシが小さく手をあげて発言を求めた。マルマが刮目してから頷いた。

「今度の話はよく分かります。つまり、ヒトがもともと自然から与えられているものをすべての人が享受できるようにすることが、ベーシック・インカムの本質だということですよね」

「その通り、ベーシック・インカムこそが、ヒトが新しい扉を開ける鍵である。人類は、このベーシック・インカムという鍵で扉を開け、次のステップに踏み出すべきだと、僕は思っているのです。そうすることによって、ヒトはまったく新しい世界を見ることができる」

キクコは、みんなの気持ちが高揚していることを肌で感じ取った。自分の気持ちもたしかに高ぶっているが、しかし、さきほどから何か心にひっかかるものがあって、そこだけは醒めている。ここは、どうしても聞いておかなければならない。

「もともと自然から与えられているものを享受するということですが、それはどうやって受け取るのですか。私は、反貧困キャンペーン村にいるだけで生活ができるのです。それだけで生きてゆけるのです。シンチと一緒に。反貧困キャンペーン村にいるだけで生きてゆけるようになった私が言うのは厚かましくて申し訳ないのですが、これが本当の人間の生き方ではないかと思われてきたのです。そのうえお金をもらう根拠はどこにあるのですか」

このキクコの質問を聞いて、マルマが「あっ」という小さい声をあげた。その声を打ち消すように、トシが、

「あなた、おととい来たばかりなのに、そんなことまで気がついていたの！　それに、そんなに大事な質問をいっぺんにしちゃって！」

と叫んだ。

エスが頷いて、振り返ってキクコを見た。

8

「その質問が出た以上は、本質論をもっと突っ込んでしておかなければならないね」

とマルマが言って、

「さっき僕が天賦ベーシック・インカム説と言ったけれど、じつは、ベーシック・インカムは人間の生まれながらの権利だという説は二五〇〇年前からあったのですよ」

と続けた。

「また、万人が同じ分け前をもらうという分配の基礎は、人間の人間であるところにあるという思想もすでにある。だから僕の新説ではない。しかし、問題は、それから先のことであって、権利とか分配とかという概念から一歩踏み出さなければ、ベーシック・インカムを現実に実践することができない。さっきキクコが『それはどうやって受け取るのですか』と言ったが、僕はこの質問には痺《しび》れてしまったよ。これはこれで大問題だが、権利とか分配とかという概念から一歩踏み出すという問題、これも大きな問題なので、こちらから先に取り組もう」

トシが敏感に反応した。

「権利とか、分配とか、そういうところが間違っているというのですか」

「僕は、そうだと思っている。権利だと言って国に対する請求権と構成したり、他者から分配を受けたりするものというのは、どこか違うのではないかと思っている」

このマルマの発言にエスが賛成し、エスとマルマとのやり取りがはじまった。

「その通りです。キクコさんが『反貧困キャンペーン村にいるだけで生きてゆける』と言ったのは、まさに核心を突いているのです。権利でも分配でもない、存在自体に価値があると言っていることなのだから」

「その存在自体に価値があるというところは、非常に重要なポイントなのだ。そのことは、キクコの『それはどうやって受け取るのですか』という質問とも関連しているので、併せてあとで考察したいと思うが、忘れないことにしよう。ああ、あまりもいろいろな要素が複雑にからみあっているので、さすがの僕も混乱しそうだ。今言おうとしたことは何だっけ?」

「『反貧困キャンペーン村にいるだけで生きてゆける』という言葉はまた、働かなくても生きてゆけるということも意味しているから、そういう意味でも核心を突いている。つまり教授が言いたかったことは、ベーシック・インカムと『労働』との関係ではないですか」

「そうだ。その通り。なんでエスは、僕が言いたかったことまで分かるの？」

「同じことを考えているからですよ。先ほどの教授の話の中に、労働力がいらない分野が大きくなり、労働に価値がなくなったという言葉がありましたが、ベーシック・インカムが導入されるとすれば、『労働』はいったいどうなるのかということが大問題になりますよね。ここもまた、議論をしておかなければならない問題ですよね」

「うん。万人が同じ分け前をもらうという分配の基礎は人間の人間であるところにあると言った一九世紀末の作家は、二〇〇〇年のユートピアの世界で統制された『労働』を描いている。ここには貨幣はない。この貨幣というのも、存在自体に価値があるということと関連しているので、あとでまとめて考察するが、このことも忘れないことにしよう」

「その二〇〇〇年のユートピア、この二〇〇〇年という年は今やとっくに過ぎていますが、そこに描かれている世界には貨幣はなく、まさしくベーシック・インカムの世界ではあるものの、しかし、価値を生むのは、労働ということになっています」

「二〇〇〇年という二〇世紀の最後の年を過ぎてしまった今の現実では、『労働』に価値がなくなっている。いや労働に価値がなくなったと言うと言い過ぎであって、労働も価値を生んではいるが、価値を生むものは労働だけではない」

　キクコは、自分の漠然とした質問が、深いところにどんどん突き進んでゆくことにびっくりしてしまった。難しい話になってきたが、こうなったらついて行くしかない。

マルマが続けた。

「労働が価値を生み、労働が商品の価値を決めるという労働価値説は、アダム・スミスからカール・マルクスの剰余価値説まで、いやそれ以降も支持されていたが、限界効用理論などが出てきて、今や労働価値説は少数派になっている。しかし、経済学上の議論はともかくとして、資本主義社会の富の端緒的な形態は商品であって、資本制経済は商品交換で成り立っている。では、その商品はといえば、原材料に労働力を投入して機械を稼働することによって生産されるものである。したがって、労働力もまた商品であって、労働者はその労働力を資本家に売って生計を立てるわけだ。この行動は、たしかに実感としては、そのとおりだと思われていた」

「つまり、働いて稼いで暮らすということがヒトの生き方の基本的なパターンだった」

「しかし、人工知能やロボットの出現によって、働いて稼ぐということができなくなった」

「だから働かなくても暮らすことができるようにベーシック・インカムを導入しようという理論がさかんに唱えられているが、これは何か短絡的でどうもしっくりしないのです。その前に、考えておかなければならないことがあるのではないかと思うのです。だいたい『働く』とか『労働』というものは何なのだろうか。『働く』ということと『労働』という言葉とは、使い分けしなければならないのではないだろうか」

「たしかにそうだ。『労働』の『労』は、激しい仕事と疲れ、つらい仕事をやり遂げた苦労という意味がある。したがって、歴史的に見れば、奴隷に労働をさせる、強制労働をさせる、領主が農奴に労働させる、雇用者が被用者を搾取するというような事実が延々と続いている。しかし、ベーシック・インカムを導入すれば、こういう労働の暗黒からは解放される」

「とくに資本制社会になると、経済は商品交換によって成り立っているから、労働力は貨幣と交換される。それは、生活のために貨幣と交換するのですが、ベーシック・インカムが導入されれば、生活のために労働力を売ることが必ずしも必要ではなくなる。ということは、ベーシック・インカムが資本主義の根底をひっくり返すことになると思っているのです」

「その通りだよ。そういう意味でも、ベーシック・インカムは、体制の大変革ということだ。そういうところもまた、ベーシック・インカムの本質としてカウントしておかなければならない」

「しかし私は、『働く』という観点からも考えておかなければならないことがあると思っています。いったい人間は働かなくても生きてゆけるのだろうか。ベーシック・インカムが導入されれば、働かなくても生活はできる。そのとき、どうやって生きてゆくのだろうか。つまり、一生ですよ。八〇年から一〇〇年の長い人生。働いて稼ぐということがなくなってしまって」

「ヒトが労働から解放されて、働いて稼いで暮すという生活の様式がなくなるときに、では、どのような生活様式になるのか、このことは、働かないで暮らす有産階級やリタイアした高齢層ではこれまでもあったことだが、これが社会全体として普遍的な生活様式になったとき、ヒトはそれに満足するのだろうか。あるいは耐えられるのだろうか」

「それは『働く』ことが人間の本能なのかどうかということになると思いますよ。働くことが遺伝子に組み込まれているのか、あるいはヒトの脳の仕組みになっているのか。『働く』という文字は、人偏に動くと書くように、ヒトは肉体的に身体を動かしたり、脳を動かしたりしなければ、身体や脳が衰えることはたしかです」

「そのことと関連があると思うが、働いて稼ぐということが、人間の生き甲斐になっている。だから働かなければ満足できないし、それが進むと耐えられなくなる」

「ベーシック・インカムは、『働いて』ということと『稼ぐ』ということを分離させることになる。しかし、稼がなくても、つまり実入りがなくても、働くだけで満足することもあるし、耐えられることはあり得る」

「ということは、ベーシック・インカムが導入されれば、稼がなくても暮らすことができるのだから、ボランティアをすればいいということになる。しかし、ベーシック・インカムを導入しても、働いて稼ぐことは否定しないのだから、働いて稼いでもいいし、ボランティア活動をしてもいいということになる。あるいは、ベーシック・インカムが導入されれば稼がなければならないために使っていた時間が余るから、芸術や創作活動をすればよい、あるいは科学研究に時間を使えばいいと言う連中もいる。これも『働く』ことの範疇に入ることだが、こういうものに関心がない人も多いだろう。こういうものは他人から言われてするものではない」

「はっきりしていることは、労働によって価値が生まれるとしていた人類の歴史が、労働の意味が変わると、『価値』の意味も変質するということですよね。つまり、価値は『働く』こと自体にあり、必ずしも貨幣によって表現されるものではなくなる」

「だから僕は、ベーシック・インカムは人類の歴史を変えてしまうと考えている。そのことに関連して言うならば、労働が商品の価値を生むとされてきた理論や歴史的事実が変革されるということになる」

「その理論なのですが、労働が価値を生むという労働価値説に代わるものとして、私は、人間の存在自体が価値の源であるという、いわば存在価値説というものを考えているのです」

「僕も同じようなことを考えていた。人間自体が価値を生む、すなわち、人間の存在自体に価値の源泉があるというところに、歴史を変革する鍵があるのだ。過去三〇〇年にわたって人間を支配していた資本や貨幣の桎梏《しっこく》から解放されて、人間はほんとうの人間になる」

「そして、『働かざる者食うべからず』という戒律からも解放されます。そういう意味からしても、人間はほんとうの人間になります」

「そこのところは、じつに大きな意味がある。だいたい『働かざる者食うべからず』というのは、強者が弱者を切り棄てるときに自分を正当化する論理だ。『働かざる者食うべからず』という一見もっともな戒律の裏にある残忍さに人は気づかなければならない」

「飛躍だと思われるかもしれませんが、『働かざる者食うべからず』という戒律から解放されるということは、人間を支配していた神からも解放されることになります。その意味からすれば、過去二〇〇〇年の桎梏から解放されることになります」

これを聞いて、トシがひと言口を挟んだ。

「でも、神は、弱者を切り捨てておきながら、神を信じれば救われると言うのではないかしら」

すかさずエスが答えた。

「神を信じようと信じまいと、ヒトは無条件で救われなければならない。救われるという言葉は適切でありませんので言い換えれば、ヒトは誰一人、社会から切り捨てられてはならない。ベーシック・インカムは、それだけですべてが解決するわけではありませんが、ヒトが貧困や苦役から脱出する扉だから、神が恐怖や恫喝によって人間を支配することはできなくなる」

マルマが、両手をあげて伸びをし、天を仰ぐようにして言葉を放った。

「ここでようやく、キクコが言った『それはどうやって受け取るのですか』という質問と、存在価値説と、それに貨幣、この三題噺《ばなし》にとりかかることができる」

キクコは、自分の名前が出てくるたびにいちいち首をすくめるような気持ちになってしまう。でも、ここまで全部理解できたかどうか自信はないが、何とか話についてくることはできたのではないかと思う。これからもっと難しい話になるに違いないが、それならそれでどこまでも食らいついていこう。背後からトシを見ると、両手を膝に置いて、身を硬くしている。トシも一所懸命に話を聞いているのだろう。

マルマが正面に向き直って、珍しくエスに質問をした。

「存在価値説を唱える以上、人間存在の価値を、何かのスケールを使って評価するのでしょう？」

「それはやむを得ないと考えています。価値評価をしなければ、キクコさんの言う『それはどうやって受け取るのですか』ということに答えることができません」

「やっぱりそうだよね。それで、その価値評価は、貨幣あるいは通貨でせざるを得ないと思うが、どうだろうか」

「貨幣という物体は、今は現実的ではありませんよね。電子マネーでやり取りすることになるでしょう。その電子マネーはどこでも通用するものでなければいけないので、通貨であることは確かですね。人間の存在自体を価値評価することに通貨を使うというのは、何かしっくりしないところがありますので、私は、通貨ではなく、『通価』と言いたいと思っていますが……。通価の『価』は『あたい』の『価』です」

「それはいい考えだと思う。今日は、『通価』ということにして、話をすすめて行こうよ」

「では、そういうことで」

「しかし、『通価』であろうと、何であろうと、単位というものがあるでしょう？　それは現在この国で通用しているヴァリでいくの？」

「この際だから通価単位も変えたいところですが、それはあくまでも単位に過ぎないから、とりあえずはヴァリのままでいいと思います」

「それならば、それでよしとしよう。それに、存在価値説は、ベーシック・インカムを権利だと言って国に対する請求権と構成したり、他者から分配を受けたりするものではないという考え方とも整合する」

「それに、キクコさんの質問の中に、『お金をもらう根拠はどこにあるのですか』という質問がありましたよね。そのことも考えておかなければなりませんよね」

「ああ、それそれ。何か忘れていると思って、さっきから引っかかっていたが、そのことだよね。その根拠については社会的資産や自然資源であるという学説がある。つまり、ジョブの報酬の中にはこれまで蓄積された社会的資産や自然界にある資源が含まれているのだから、それを税金として吸い上げて分配するという考えだ。ここでいう『ジョブ』とは、お金を稼ぐ仕事だけではなく、ボランティアや芸術活動や家事労働も含むのだが、いずれにせよジョブというパイプによって社会とつながりを持ち、そのジョブによって獲得した価値のうち、社会的資産や自然資源によって獲得された部分を再配分するという説になる。しかし、存在価値説はその説とも異なる」

「その通りです。なにしろ存在価値説は、国に対する請求権でもなく、他者から分配を受けるものでもなく、存在自体に根拠があると言うのですから」

「だから、キクコ、あなたの『お金をもらう根拠はどこにあるのですか』という質問に答えるとすれば、『あなた自身がそこにいるから』ということになる」

キクコは、こうマルマから呼びかけられたことに対して、何か言わなければならないと思った。

「じゃあ、私が反貧困キャンペーン村にいるだけで生きてゆけるようになったのと同じように、私がここにいるだけでお金が貰えるのですか」

じっと聞いていたトシが、ここぞとばかりに大きな声を出した。

「そうよ、そうなのよ。それが本当の人間の生き方なのよ。人間にはそれだけ値打ちがあるのよ」

「ずいぶん回りくどい話をしたが、煎じ詰めればそういうことになる」

と言ったマルマに対して、トシは、容赦がなかった。

「でも、『貰う』というのが何かしっくりこないのです」

「たしかにね。分かるね、その気持ち」

「それに、さっき教授は、財政構造を変更すると言われましたけれど、ベーシック・インカムが導入されれば、当然戦費や防衛予算は削減しなければならないことになりますよね」

「当然そういうことになる」

「つまり、財政構造を変えて、予算を削減する、それをベーシック・インカムの財源にするという構想だと思いますが、存在価値説をとるとしても、財源はどうなるのですか。それだけで足りるのですか。『貰う』という言葉にはひっかかるけれど、財源がなければ貰うにも貰えないじゃないかということにはなりませんか」

9

「やれやれ、やっぱり財源論は避けて通れないよなあ」

とまた、マルマは大きな伸びをした。

「だけどね。僕ははなから財源論を避けて通るつもりはない。だって、ここからが実務の本番だものね」

とトシに向かって言ったので、しばらくはマルマとトシとのやりとりになった。

「僕は、さっきどういう財政構造を持つ世の中にするかを見通しておく必要があるのでシミュレーションが必要で、それを経済学者や財政学者にまかせておけばよいと言ったよね。そして、経済学者や財政学者はしっかり仕事をしてほしいと言った」

「言いました」

「で、経済学者や財政学者は、しっかり仕事をすると思う？」

「教授に言われればするのではないですか」

「ところがそれがうまくゆかないんだよ」

「どうしてですか？」

「財源がなくて躓《つまず》いてしまうのさ」

「戦費や防衛予算を削減するのではだめなのですか。さっき教授は、『解』を先に出せばよいと言ったではないですか」

「あれには、もっと先がある」

「福祉予算の大部分はベーシック・インカムに代替できる。年金予算はいらなくなる。それでもだめですか」

「それでも財源は不足する」

「では、増税ですか。消費税はこれ以上無理だとしても、所得税の累進性を高める。相続税や法人税を高くする。金融取引税を取る。これではどうですか」

「それを全部やっても、ベーシック・インカムの財源は出てこない。ベーシック・インカムは、老若男女を問わず、一定額を定期的に、人間が生きて行くために必要な最低限度の費用を保障するということだよね。ここできちんと押さえておかなければならないことがある」

「それはどういうことですか」

「人間が存在するだけで価値があるという存在価値説を通価に化体するのであるから、どんな人でも平等で同額でなければならない。胎児の段階でということも考えられるが、それはとりあえずさておくとして、とにかくオギャーと生まれた瞬間から心臓が止まるまでの一生涯、一定の額ということになる。それはつまり、少なくとも近代に入ってから通奏低音のようにずっと続けられていた、そして今やけたたましく奏でられている棄民政策に終止符を打つことになる。ここではじめてヒトはヒトとして等しく生きることが保障されるわけだ」

こういう言葉に敏感に反応するのがトシである。

「それを言うならば、人類は有史以来の生存競争をやめることになるのではないですか」

マルマは、トシを睨《ね》めつけるような表情をして、しばらく沈黙した。そして、

「その通りだ。有史以来の生存競争をやめる。これもベーシック・インカムの狙いなのだよね。大きな狙いなのだ」

と噛みしめるように言って、先を続けた。

「しかも、ベーシック・インカムを実施するとしても、社会福祉政策を全部廃止するわけにはゆかない。心身の病気や不慮の災害に苦しんでいる人には、ベーシック・インカムとは別の手当てが必要だ。そうだとすれば、頑張って予算を削減したり増税をしたりしても、とても追いつくものではない。そこまで考えて計算すると、国によって多少の凸凹があるが、ざっと計算すると、ベーシック・インカムだけで、歳入の八割ほどになってしまう。国によっては、歳入を超えてしまうところがある」

「『解』を先に出せばよいなんて教授が言ったので、私は安心していました。さっきの話と違うじゃないですか」

「うん。ちょっとね。だから、経済学者や財政学者に、ただシミュレーションをしてほしいと言ったって、増税や予算の節減を財源にしてベーシック・インカムを導入しようとすると、壁にぶち当たってしまって、彼らは絶望的になるのだよね。そこで、財源がないから無理だと言ってベーシック・インカムに反対する輩もいれば、何とか無理矢理に数字をこねくり回して、最低限度の生活にはとうてい及ばない金額をはじき出す輩もいる」

「何でそんなことになってしまうのですか?」

「視野が狭いからだよ」

「視野が広い教授には名案があるのでしょうね」

「あるさ。そうでなければ、エスと話がしたいなどと言わないさ」

「それはどんなことですか」

「視野を通貨の成り立ちに広げるのさ。ああ、今日は『通価』だった」

マルマは、「カ」の音で少しアクセントを変えた。

ここで、エスが、口を挟んだ。

「視野を通価の成り立ちに広げるのならば、先にひとこと言っておきたいことがあります」

「何を?」

「財源の問題にするから出口が見えなくなるのです。ベーシック・インカムは、もともとは価値とその移動の問題なのです」

「その通りだよ。だからここで通価を論じる必要があるのさ」

「それに通価の成り立ちだけでなく、社会の成り立ちにも視野を広めたいですね」

「そうこなくてはね。ところで、今日は『通価』にすることにしたが、『通価』はできたてのほやほやだから、成り立ちからはじめるとすれば、しばらく『通貨』でいきたい。それでいいかな」

「いいです」

とエスが答えると、トシが、

「何がはじまるのか分からないけど、私はかまいません」

と言った。

キクコは、黙って聞き続けるしかなかった。

マルマは一同を見まわして、ここからまた得意の長丁場に入った。

10

「ベーシック・インカムを導入しようとすれば、財源はどう逆立ちしても足りない。これが、ベーシック・インカムのネックだよね。ベーシック・インカムが唱えられ出してからかれこれ四〇〇年もの間、膨大な研究がなされ、ときどき実験が試みられているものの、実際に導入して成員の全部に実施した国家なり共同体なりは一つもない。それは、ベーシック・インカムの財源がないと思われているからであって、しかも、そのネックを乗り越える知恵に到達していないからである。これは人類の歴史からすると、ある意味驚くべきことなのだよね。僕に言わせれば。

しかし、このネックを何とか乗り越えようという知恵はまったくなかったわけではない。

その代表的な意見は、通貨発行益を財源にすればよいというものだ。通貨発行益とは、政府や中央銀行が発行する通貨の額面からその製造コストを差し引いた発行利益のことだが、英語ではシニョリッジという。その語源は古フランス語で中世の封建領主を意味するシニョールで、シニョリッジとは領主が持つさまざまな特権を指していた。言葉の問題はどうでもいいが、ここで重要なポイントは、政府がこの特権を握っていると言うことだ。そこで例えば、一万ヴァリ札の製造コストは二五ヴァリに過ぎないから、差し引き九九七五ヴァリが通貨発行益になるわけだが、この九九七五ヴァリを政府がせしめようというわけだ。この通貨発行益をベーシック・インカムの財源にすれば、増税や予算の削減などを心配する必要はないということになる。なにしろ政府がどんどん通貨を発行しさえすればいいのだから」

トシが、ここで横槍をいれた。

「ちょっと待って！　それってあまりにも虫のいい話ではないですか？」

「それがそうでもないのさ。はじめてそれを聞いたときには、だれでも『エー、そんなのあり⁉』って思うけど、よくよく冷静に考えてみればあり得ることだと気づく。ただ製造コストなんて言うから誤解が生じる。通貨をつくるときには僅かな製造コストがかかることが事実だが、金の含有率の高い金貨ならばともかくとして、印刷された紙幣やら電磁的な記号の電子マネーなら、通貨の額面に比べれば製造コストなんてごく僅かなものさ。だから製造コストなんてもっともなことを言うから通貨発行益はおかしな理屈だと思われてしまう。今は金の含有率の高い金貨なんてどこにも流通していないから、通貨発行益なんていう言葉は使わない方がいい。端的に政府なり共同体なりが発行する通貨と言ってしまって、その政府なり共同体なりが発行する通貨をばら撒《ま》けばいいという発想が出てくるのだ。

　これをヘリコプターマネーというのだがね。あたかもヘリコプターから現金をばら撒くように、政府が対価をとらずに大量の通貨を市中に供給する、ベーシック・インカムにあてはめれば、国あるいは共同体の成員全員にばら撒く。こうやれば、財源の問題はあっという間に片付く」

「それって、ずいぶん抵抗があります。ヘリコプターからお金がばら撒かれる。そのばら撒かれたお金を人々が拾い集めるなんて、人を馬鹿にしているじゃないですか！　だいいち存在価値説の思想にはマッチしないじゃないですか！」

　トシが鋭く反応した。

「それはそうだよね。ヘリコプターマネーとかばら撒くとかなんて、いかにもイメージがよくない。

だけど、こと財源の問題に限定するならば、私は、この案に賛成なのだ」

キクコは、マルマの話が意外な方に向かっていることに驚いてしまった。

〈ヘリコプターからお札がばら撒かれたらどうしよう。急いで拾い集めなければならないが、うまく拾えるだろうか。拾えなかったらどうなってしまうのだろう〉

などと想像して、われながらあさましいと思った。そう思うと、なぜか胸がドキドキしてきた。

「私は嫌だわ。いくらベーシック・インカムがいいなんて言ったって、ばら撒かれたヘリコプターマネーを受け取るなんて惨めじゃないですか」

トシは引き下がらなかった。

「うん。その気持ちは分かる」

「だいいち、今のろくでなしの政府の連中が発行するヘリコプターマネーなんて、頂戴したくないわ」

「その気持ちも分かる。でも、実際にヘリコプターからばら撒くわけではない。それは比喩だよ」

「それだって嫌よ。ちっとも分かっていないじゃないですか。さっきから私が怒っているのに、教授はニヤニヤして、まるで嬉しそうじゃないですか」

「そうかなあ。嬉しそうにしているかなあ」

「嬉しそうですよ。私は怒っているのですよ！」

「だから僕は、こと財源の問題に限定するならば、と言っているじゃないか。ヘリコプターマネーなんて言うからあらぬことを想像して誤解を生むが、政府が、うん、政府がなんていうのもよくない。ここでは仮に共同体が、と言うことにしよう。その共同体が、対価なしに発行する通貨をベーシック・インカムの原資とすることはいいアイデアだと思っている。ただし、それには条件がある」

「その条件って？」

「その条件を議論するときには、第一次世界大戦後のドイツで起こったような急激なインフレーション、つまりハイパーインフレーションが起こらないようにせよ、などとよく言われる。それはそれで大切なことだが、私が考えているのは、もっとのっぴきならない壮大な条件だよ」

「そののっぴきならない条件とは何？　早く聞かせてください」

トシは、まるで〈聞いてあげるわ〉というような口調で言った。まだ、怒りがおさまらないらしい。

マルマは、黙って聞いていたエスに向かって、

「エス、ここまではいいかな」

と聞いた。エスは、さらりと、

「私も教授の考えに賛成です」

と答えた。これには、トシとキクコが同時に声をあげた。

「エッ⁉」

トシもキクコも、無意識のうちでは、エスが賛成するはずはないと思っていたわけだ。

エスは、二人の言葉の余韻が消えるのを待って、

「問題はそののっぴきならない条件ですよね。トシさんは、その条件を早く聞きたいようですが、その前に、通貨とは何か、ということを押さえておかなければならないでしょう？　ヘリコプターマネーにこだわりがあるのだから」

と言った。それを聞いて、教授はますます嬉しそうな表情になった。

「そうこなくちゃね。じゃあ、もう一席ぶたせてもらうよ」

11

「通貨というのは、世間で通用しているお金のことだよね。通貨という言葉ではイメージしにくいから、貨幣と言った方がいいかな。『貨』というのは金属を鋳造した鋳貨で、コインと言えば分かりやすい。『幣』というのは、紙に印刷された紙幣のことだが、今は、もはや物理的な形を持っている貨幣は通貨の主流ではない。通貨の主流はコンピュータの記憶装置に電磁的に書きこまれた電子マネーだから、それを含めて、通貨と言った方がよい。だからここでは、貨幣と言わずに『通貨』ということにしよう。それはそうだよね。貨幣と言えば、金貨、銀貨、銅貨を思い浮かべるかもしれないが、ものの本によれば、大昔まで遡るとこれまでに、青銅、鉄、鉛などの金属の他に、黒曜石、石の円板、ガラス玉、陶片、指輪、塩、矢、刀、斧、鉄砲、木材、樹皮、小麦、大麦、トウモロコシ、米、ココナッツ、ココア、アーモンド、ヤム芋、砂糖、茶、ラム酒、ジン、タバコ、笛、太鼓、毛布、麻布、綿布、絹布、羽毛、毛皮、皮革、牛、羊、水牛、豚、トナカイ、干し魚、バター、子安貝、法螺貝、カタツムリ貝、鯨の歯、犬の歯、豚の歯、蜜蠟、そして人間の奴隷といったありとあらゆるものがお金として流通していたという。僕は、子どものときにこれを聞いて信じられなかった。それならば、海辺に行って貝殻を拾い集めてくれれば大金持ちになれると思ったが、いかんせんそのときには、貝殻がお金として流通していなかったのだから、一瞬にして夢は破れてしまったわけだ。

しかし、何で貝殻のようなものがお金として通用していたのだろうか。それは、みんなが貝殻をお金として認めていたからだよね。つまり、貝殻が他のあらゆるものと交換することができると認め、それがいつまでも続くと信じていたからだ。

人類は、金本位制を採っていた歴史を持っているから、お金という言葉が象徴しているように、通貨と言えば金貨だというイメージがかなり長く続いていたが、それも一九七一年八月に金《きん》と米ドルの兌換《だかん》が停止され、以来お金と金は関係がなくなった。あ、金本位制や金をめぐる争奪の歴史については、これもしゃべり出せば長くなるが……」

「それは省略でいいです。だいたい知っています」

とトシが、言葉を挟んだ。

キクコは、〈私は何も知らないのだけれど〉と思ったが、省略してもかまわないものらしいので、マルマの話の流れに従おうと考えなおした。マルマが続けた。

「うん。その一九七一年八月の金と米ドルの交換停止によって、通貨は、本来の姿に戻ったわけだ。いや、本来の姿に戻ったと言うよりも、本来の姿をあらわしたのだと言った方がいいかもしれない。それまでは、通貨は金と交換できるものだった。つまり通貨イコール金だったが、金と交換できるものでなくなったら、いったい通貨とは何なのだろうか」

キクコは、まるで見当がつかず、前かがみになってトシの顔を覗き込んだ。しかしトシは、硬い表情をして黙っている。マルマが、

「通貨が通貨であるのは、それが通貨であるからだ」

と言うと、間髪を入れず、トシが切り込んだ。

「それじゃあ、単なるトートロジーではないですか」

「そう。まさしくトートトロジー。同じ言葉を反復するだけの同語反復。しかし、あらゆる真実は、トートロジーなのだよ。

つまり、通貨が通貨としての役割をはたすためには、それに対する社会的な労働の投入や主観的な欲望というような実体的な根拠は何も必要でない。ただこれは、いろいろな弊害ももたらした。民間銀行が信用を梃子《てこ》にしてお金を創造したり、マネーゲームが横行して架空の取引をさかんにしたりして、実体経済はもはや崩壊してしまった。そして、格差が広がり、社会全体も崩壊の危機に瀕している。しかし、それでも通貨は通貨として生き残っている。通貨として社会的な信認を受けていれば、それだけで通貨としての機能をはたしていることになっている」

「問題は、その信認ですよね。信認とは、信頼して認めるという意味ですから」

と珍しくエスが短く発言した。

「その通り。ここから先は奥が深いわけよ。だいいち信認すると言ったって、何を信頼するのだろうか。何を信じるのだろうか。通貨を受け取る、通貨を持っているということは、これから先も通貨が通貨であると信じていなければ、そんなことはできない。お札が通貨でなくなれば、絵と字が書いてあるだけの紙切れになってしまうし、電磁的に書きこまれた電子マネーは単なる数字だけになってしまう。つまり人々がこれからもずっと通貨であり続けると信じるから、通貨は通貨であり続けることができるわけだ。しかしいったい、この国で通用している通貨が未来永劫に通貨であり続けることを信じられるかね」

「そう言われれば、この国の政府が発行している通貨が未来永劫に通貨であり続けることを信じていいのかどうか、分からなくなってしまう……」

トシがすばやく反応した。

「通貨は、政府が発行するものもあれば、中央銀行が発行するものもある。また、共同体が発行している通貨もある。ここでは、ひとくくりに言うときには共同体が発行するものとしよう。また、政府や中央銀行が発行するものは、国が発行すると言うことにしよう。

さて、通貨を通貨として通用させるために、国は手を拱《こまね》いて何もしないわけではない。国は、その国の通貨を通貨として通用させるために手を打っている。この手にはさまざまなものがあるが、ここで見逃せないのは基軸通貨のドルを支えている軍事力だ。

国の通貨を通用させているのは軍事力だと言えば、極端すぎて分かりにくいかもしれないが、国の通貨の流通を保障しているのがその国の国力だと言えば理解できるだろう。つまり、その国の国力が担保になっているわけだが、国力を測る目安は、経済力もあれば政治力もあれば文化力もあれば民度もあり、その総合を国力と言ってよいと思うが、通貨の流通に絞ってみれば、その中で最も端的で露骨なのが軍事力だと僕は思っている。米国が軍事力をたえず増強し、核兵器を手離せないのは、もちろん政治的な理由もあるが、ドルを世界中にばら撒き、基軸通貨として通用させ続けるための必要性からでもある。この国のヴァリだって、ドルほど露骨ではないが、軍事力に支えられて流通しているという点では同じようなものさ。

ところで、トシ。こんな通貨をベーシック・インカムとして受け取るのでもよいのかね」

「なんだか嫌な気がしてきたわ」

とトシが答えると、マルマは、ニヤリと笑って、

「しかし、トシは嫌な気持ちを持ち続けることはできない。なぜならば、通貨を流通させるためには、

莫大な軍事予算を計上しなければならない。とてもベーシック・インカムどころではないわけさ。だから、トシが心配することはない。もともとベーシック・インカムは導入できないのだから」

「ですから戦費や防衛予算を削減して、財政構造を変える必要があるのでしょう⁉」

「戦費や防衛予算を削減すれば、ヴァリの信認を失わないかな。ヴァリに値打ちがなくなったら、せっかくベーシック・インカムとしてヴァリを受け取っても、紙くずやインターネット上の数字になってしまう。つまり、ここに大きなジレンマがあるわけだよ。平たく言ってしまえば、このジレンマを乗り越えられないから、今までベーシック・インカムを導入できなかったのだよ。さあ、どうする？」

「教授が、いったん共同体と言いながら、国に置き換えて論じるから壁にぶつかってしまうのですよ。これを共同体に戻して、つまり共同体が通貨を発行することにして、そのときにそのジレンマを克服する道があるかどうかですよ」

このエスの指摘に、マルマが、

「ばれたか」

と照れ笑いをすると、すかさずトシが割り込んで、

「戦費や防衛予算を削減しても通貨を通用させる。そういう力をもった共同体をつくれるかどうかの問題でしょう？　それができれば、ベーシック・インカムは可能になるはずよ」

と言い、晴れ晴れとした表情になった。

「その通りだよ。ではいったいどうやってその共同体をつくるのかな。なにしろ、核兵器に匹敵するだけの力を持った共同体だよ。言うは易く行うは難し。ああ、僕もさすがにしゃべり過ぎた。ここから先はエスにバトンを渡すよ」

「そうね。私もエスの話を聞きたいと思っていたの」

トシはそう言って、また顔を難しい表情に戻した。

12

エスが、

「ここまでくると、やはり個と全体のジレンマに取り組まないわけにはゆきませんよね」

と言い出すと、マルマが、

「その通りだ。そこのところを存分に聞いておきたいよ。エスから」

と答えた。少し間を置いて、エスが語り出した。

「個と全体のジレンマというのは、各個人が幸福になると考えて選択した結果が、社会全体にとって望ましい結果にならない、かえって社会は悪くなるというジレンマです。このジレンマは、逆もまた真で、社会全体が望ましいとして選択した結果が、かえって個々人を不幸にする。したがって、各個人が幸福になると同時に社会もよくなるということは、このジレンマを克服しない限り実現できないということになります。たしかにこの国の歴史を二〇〇〇年ほど繙《ひもと》いてみても、各個人が幸福で同時に社会もすばらしいという時代があったかというと、それは見当たらない。逆に、各個人が不幸でひどい社会だという例はいくらでも見つけることができます。通貨を基軸通貨として通用させて莫大な戦費や防衛予算を計上している国、つまり全体は、個々人に幸福をもたらすベーシック・インカムを導入できない。それどころか、その国の在り方は、貧富の格差を広げ、棄民政策をとり、人々を不幸にするばかりか、社会の土台を腐らせて、社会そのものを崩壊寸前にまで至らせている。ですから、莫大な戦費や防衛予算を計上しているから、かえって社会を脆弱にしていると言うこともできると思います。

さっきトシさんが、戦費や防衛予算を削減しても通貨を通用させる力をもった共同体をつくれるかどうかと言いましたが、そういう共同体をつくることは、なかなか難しい。しかし、個と全体を対立するものとして考えるから難しいのであって、そうではない仕組みはできないものだろうか。どこかにそういう共同体をつくるための手がかりになるものがないだろうか。

それには所有権の概念から入ってゆくのがいいのではないかと思います。もともと資本制経済では、すべての財貨を商品として扱うことが要請され、したがって、原則としてすべての財貨に私的所有が成立します。そして、所有権の絶対性と言って、所有権は、財貨に対する排他的な完全な支配をすることになっています。もとより、一つの財貨に対し複数の所有者がいる共有がありますが、共有は所有者が複数であるためやむなく拘束された状態にあるだけで、各共有者は所有権を具体化する権能を留保しており、いつでも共有物の分割を請求する自由があります。この所有権の絶対性をおしすすめてゆくと、所有権の担い手である各個人と共同体は分離され、共同体、たとえば国は、各個人から何らかの形で、分かりやすく言えば税金という形で、各個人が所有する財貨を吸い上げ、それを再分配するという構図になります。つまり、個と全体は、近代的所有権をめぐって分離されている。言い換えれば、近代的所有権によって、個と全体が切り離され、対立せざるを得ない。これでは、いつまでたっても、個と全体のジレンマを克服することができません」

「だから、個イコール全体、全体イコール個というシステムがあればいいわけだ」

マルマが口を挟んで、何か言いたそうな表情をした。しかし、ここは我慢したようだ。

「まあ、ここはエスに任せよう」

「個イコール全体、全体イコール個というシステムと言うならば、やはり入会権ですよね。入会権というのは、村落共同体あるいはこれに準ずる共同体が慣習に基づいて山林や原野や漁場などを共同で所有して、それを管理し、収益する権利であって、総有と言われる所有形態です。これは共有とは違って各構成員は分割請求ができません。その慣習にはさまざまなものがありますが、分割請求できないとか、入会集団というべき共同体は独立で平等な構成員で構成されるとか、構成員全員の合意がなければ入会権の対象となっている財産を処分できないとか、そういう重要な部分についての慣習は共通しています。私は、ニバラ部落の慣習について古文書を調べたり、聞き取りしたりしましたが、そのような重要な慣習は、まったく絵に描いたようにその通りでした。

つまり、入会権の対象となっている財産は、村落共同体が全体として、しかも個々の構成員が同時に所有するということになっているのです。ですから、個と全体は一体であって、個と全体は分離されていない。これならば、各個人が幸福であれば、ということは、各構成員は平等ですから一人が幸福ならば全員が等しく幸福であることになりますが、そうなれば全体としての共同体もよくなります。私は、この入会のシステムを共同体に応用するのがいいのではないかと思っているのです」

「問題は、その共同体の具体的な在り方だよね」

と、マルマが割り込むと、すかさずトシが、

「入会権の対象となる財産を共同体が全体として所有するということは、財貨は何から何まで公有財産になるのですか？」

とエスに向かって質問した。エスが、

「もちろん個人が消費する食糧や衣服などは、その個人が所有します。そのためのベーシック・インカムなのだから」

と答えると、マルマが、

「でも、その所有権だってゆるいだろうね。兄貴の服を弟が勝手に着たって、大喧嘩になることはなかろう。窃盗などという概念は消えてしまうのではないか」

と茶々を入れたのを無視して、トシがエスに質問を続けた。

「個人が消費するものは分かりますが、それ以外の社会的資産や工場の機械設備や知的財産や自然資源などは全部共同体の公有財産になるのですか？　それはかつての共産制の社会のようにそれらのものを国有財産にしたことと同じになってしまいませんか？」

「公有財産とは違うのです。もとより共産制社会の国有財産とも違う。入会権の対象となる財産を共同体が所有するという一面だけをみれば、公有とか、国有とかという考えに傾いてしまいそうになりますが、もう一面では個々の構成員が同時に所有しているのです。だから入会権は、公有財産ではなく私有財産なのです。もっとも、その私有財産を公的用途に使用することはありますが、あくまでも基本は私有財産なのです」

「それはとても分かりにくいです」

トシの難しい表情を見て、またマルマが茶々を入れた。

「分かりにくいかどうかなんて関係ないよ。入会権は、事実としてそうなのだから。入会権はそういうものだと頭にたたき込んでおいてよ」

トシが、表情を締め直して、エスに質問を続けた。

「じゃあ聞きます。工場の機械設備や知的財産や生産手段を誰がどうやって使うのですか。国有財産とか公有財産だったら、国や共同体が主体になって使うことがイメージできますが、構成員の全員が集まって使うなんてできないじゃないですか」

エスがすぐに答えた。

「そこは昔からの知恵があって、入会といっても、いつも全員が一緒に利用するのではないのです。あ、それもあります。ニバラ部落では、原野に牛を放牧して、みんなで酪農をやっています。それを直轄利用形態といいます。つまり、入会団体が全体として入会地を利用し、その入会地の生産物を所得する形態です。ニバラ部落では、酪農に関する特別の会計を設けて、生産した牛乳を販売してその会計に売上金を計上します。そして、年度末にその収支を出してニバラ部落全体の会計に繰り入れます。しかし、すべての財産をそのように利用しようとしても、それは物理的に不可能ですよね。したがって、入会権に基づく利用の形態は、他にもいろいろあります。

その一つは、個別的利用形態と言われるものです。それは入会地を個々の入会権者の利用のために割り当てることなく、入会権者が共同して入会地に立ち入り、茸、下草、用材、木材等の一定の産物を採取して自己の個人所有とするという利用形態です。これは、入会権の最も普通の利用形態であったので、古典的利用形態と言うことができますが、二一世紀の三分の一を過ぎた現在では、この古典的利用形態は、影が薄くなってきたことは否定できません。

そこで、もう一つの分割利用形態ですが、これは、入会地を分割して個々の入会権者に割り当てて、その個別利用を許す形態です。この利用形態においては、利用行為は個々の入会権者が個別的に行ない、利用の結果である利益、とくにその産物の取得は、個々の入会権者に私的に帰属します。ニバラ部落は、昔から二二戸の入会権者で構成されていますが、毎年の初寄合のときに、畑地を割地して、個々の成員が耕作する畑を抽選で決めます」

ここで、トシが発言を求めた。

「知っています。私に説明させて！　ニバラ部落は、大根の特産地で、ニバラ大根といえば州都でも人気のあるブランドです。だけど、大根は連作障害があるので、畑地をあらかじめ四四区画に分割して、その区画に番号をつけてあります。そのうちの半分の二二区画は休ませることにして、その年の耕作可能な区画についてくじ引きをして、二二戸の構成員が当たった区画を耕すことになっています。あ、これって応用がききますよね。共同体が大きくなったときには全員にくじ引きというわけにはいかないでしょうが、希望者を募って社会的資産などの利用者を割り当ててゆくことはできますよね」

エスがやわらかく引き取った。

「私が知恵と言ったのは、そういうことを言いたかったのです。しかし、知恵はまだあります。それは、契約利用形態です。これは、入会団体が個々の入会権者もしくは入会権者でない者と契約を締結して入会財産の利用を許す形態です。これは原則として利用に対する対価を支払ってもらいます。ここで大切なポイントは、入会権者でない者と契約することができることです。入会権者でない者のほとんどは法人でしょう。つまり営利事業を営む企業もしくは教育や福祉や研究などを目的とする社団が契約の相手になるわけです。そしてその企業や社団を経営、運営する人はたいていは共同体の構成員です。法人は入会権者ではありませんが、法人を営む人は入会権者であることが普通です。もともとそうでなくてもかまわないのですが、入会団体は契約によって相手の企業や社団の在り方に注文をつけることができます」

トシという人は、そういう言葉を聞いて黙っている人ではない。

「その入会権の契約利用形態は、大きな共同体にも応用できるということですね。社会的資産や工場の機械設備や知的財産や自然資源などを利用したい個人なり法人なりが、共同体と契約すればいいということになりますね。公有でも国有でもなく、全部を共同体が所有してあとはさまざまな利用形態を使って利用方法を決めることで解決するわけですね。よく分かりました。ようやく納得しました」

マルマもこういうときには黙っていない。

「その対価というのもミソだね。対価は、ベーシック・インカムの財源になる」

これに対して、エスが答えた。

「ベーシック・インカムの財源にもなるでしょうが、まずは共同体の財政の歳入としてかなり重要性があるものになると思います。それはそれとして、ここでやはり押さえておかなければならないことは、もとに戻りますが、共同体が所有するという意味が、共同体かつ個々の成員の総有だということです。ということは、総有財産を利用する過程で、どういう共同体をつくるかという問題を避けて通ることができないことです」

「それは、さっき僕が言ったとおり、どうやってその共同体をつくるのかの問題だよ。結局この大問題に集約されるわけだ。ベーシック・インカムを導入することも、ベーシック・インカムの財源として通貨を発行することも、その通貨を流通させることも、ろくでなしの政府がばら撒くマネーなどは嫌だと言うことも、みんな総有財産の主体である共同体かつ各構成員の在り方に関わるものであり、その在り方によって解決するものだと僕は思っている。で、僕も言いたいことがあるが、ここまで続けたのだから、引き続きエスに任せることにするよ」

キクコは、エスの話の続きを聞きたいと思っていたので、賛意を表したいと思ったが、トシが暗黙の了解をしていたようだったから、何も言わなかった。少し間を置いて、エスが、

「では」

と言って、話を続けた。

13

「個々の成員が全体の共同体とイコールという意味が分かりにくいかもしれませんが、その中核的な部分は、個々の成員の意思が全体の共同体の意思と一致しているところにあるのですよね。そうは言っても、なかなかそれは容易に実現できるものでないことははっきりしていますが、それを可能な限り、大袈裟に言えば人智の及ぶ限り、ギリギリまで追究することが求められます。つまり、追究するべきことは、共同体の意思を決定する方法です。人類は、だいたい過去二五〇年にわたって、代表者を選んで国なり共同体なりの意思を多数決によって決める議会制を採用してきましたが、これだと個々の成員と代表者の意思が乖離して、どこもかしこも政治的無関心がはびこっています。その結果、共同体の意思がとんでもないところに暴走して、それが社会的な衰退をもたらしていることは、私がここで説明する必要はありませんよね」

「それは分かりきっている。その説明はしなくてもいいから、個々の成員の意思が全体の共同体の意思と一致するような方法について、話を進めてほしい」

マルマがそう言うと、トシが頷いたので、キクコはあとで勉強をしなければならないことがまた増えたと思ったが、そのまま聞き耳をたてることにした。

「そこで参考になるのは、ニバラ部落の慣習です。みなさんがご存じの通り、ニバラ部落では、というよりもあらゆる入会団体の共通の慣習では、大事なことを決めるときは、必ず全員一致でなければなりません。全員一致になるまで徹底的に話し合い、その過程で原案を修正したり、追加したりして、解決策を練りに練ります。はじめは全員が一か所に集まって話し合うのではなくて、少人数の組に分かれて協議し、次にその結果を組親といわれる少人数の組の代表たちが集まって組親会議をします。その組親会議でも徹底的に話し合い、全員一致で全体の意思を決定します。これが通常の意思決定の方法ですが、全員が一堂に集まって、十分に協議し、ニバラ部落の意思を決めることもあります。これを総寄合と言いますが、総寄合では、次年度の総代を決めることも毎年の重要な決議事項です。前年の総代と当年の総代と次年の総代を三役と言っています。ここで重要なポイントは、組親も総代も、みんな輪番制だということです。だから部落の成員は、みんな部落全体の問題を常に頭に入れておき、常に解決の道を考えていなければならない。共同体全体のことに無関心などと言っていられないし、現実に無関心な人は誰もいません。これがニバラ部落の意思決定の方法で、反貧困キャンペーン村では、この方法をそっくり模倣しています。もとより、反貧困キャンペーン村はニバラ部落よりも人口が多く、規模が大きいのですが、小規模な組のつくり方を工夫すれば、同じことができるのです」

　ここからマルマとエスのやり取りがはじまった。

「たとえその共同体が国というほど大きな規模になったとしても、小規模の集団をつみ重ねてゆけば、同じようにできるということか」

「そうです。要は、時間をかけて徹底的に話し合うことです。話し合いを徹底すれば、個々の成員の意思と全体の共同体の意思が一本の太い筋で繫がります」

「それで個イコール全体になるわけだ」

「難しいことですが、私は、このことによって個と全体という難問に肉薄できると思っています。しかし、どこまでも粘り強くやることが肝要です。反貧困キャンペーン村では、それを心がけて実践しているつもりです」

「ベーシック・インカムが導入されれば、働く時間が減ることはたしかだろうから、話し合いをする時間はたっぷりあるはずだ。ということは、ベーシック・インカムは、人類の最難問である個と全体の問題の解決に寄与することになる」

トシが、明るい声で、マルマとエスのやり取りに参加した。

「人々が幸せになると同時にいい社会ができるというわけね」

このトシの言葉に、マルマが水を差すようなことを言った。

「しかし、だね。しかし、ですよ。そんなけっこうな社会は、よそから狙われないかな。うん、これはいかにも愚問だよ。ここまで聞いたら必ず反問をする奴がいる。断っておくが、僕はそうじゃないよ。そうじゃないが、ここであえてそういう愚問を発することにする。つまり、とんでもない奴がその共同体に潜り込んできて、そいつに共同体が乗っ取られることはないか。あるいは、他国に攻められて乗っ取られることはないか」

ここでエスは、ニコリと笑って答えた。

「当然そういう反問は予想されますよね。私は、それに対して、反復囚人のジレンマゲームの理論によって反論できると思っています」

〈反復囚人のジレンマゲーム？　それは、どこかで聞いたことがある。そうだ！　ヨシナミ先生のところに行ったとき、トシさんから聞いた〉

　キクコがそう思い起して、少し嬉しい気持ちになるとすぐに、エスが言葉を継いだ。

「まず、裏切り者がその共同体に潜り込んで乗っ取られるという恐れですが、話し合いによる合意によって成り立っている強固な社会に裏切りをもって闘おうとしても、そういう裏切り者は弾き飛ばされてしまいます。早々に逃げ出してしまうでしょう。それは、反復囚人のジレンマゲームの実験によって証明されています。また、他国に攻められて乗っ取られるという心配ですが、それは外交交渉の問題で、外交的には、まず、ベーシック・インカムの実践国を侵略することは許されないという国際的コンセンサスを醸成することです。そして、そういう共同体を武力によって奪っても、何のメリットもないということを知ってもらうことが外交交渉の目玉です。少し考えれば分かることですが、その共同体は成員全部と一体になっているのですから、他者がそれを丸抱えにするには膨大なコストがかかります。とうていそのコストに見合う利益は出てこないことが分かりるはずです」

「しかし、経済的な問題は避けて通ることはできないだろう。そうなったら、ヴァリは強くなるだろう。為替相場でヴァリがつぶされ、経済的に追い込まれることはないだろうか」

　愚問だと言いながら、マルマは食いさがる。

「国内であっても海外取引であっても、このシステムはマネーゲームと相容れません。したがって、外国為替取引は、実体経済の裏づけがある実需原則を厳守すること。これは変動為替制に移行する前のルールです。外国為替の予約取引には、輸出や輸入などの実体経済の裏付けを証明することを義務づける。したがって、単なる貨幣の売買は認めないから、貨幣の投機取引はできなくなります。ベーシック・インカムを導入するほどの信認という裏づけが必要なのですから、実体のない通貨の流通は認められません。ついでに言えば、民間銀行による信用創造は禁止。つまり、部分準備制度を廃止して一〇〇パーセント準備制度にする。また、金融商品の投機的取引も先物取引も禁止です。共同体だけが通貨を発行することができるというのが、信認のキモです。共同体が発行する通貨そのものがベーシック・インカムの財源である以上、これは当然のことです。したがって、銀行業務、証券業務は大幅に縮小し、ひいては不要なものになります」

とエスが言うと、マルマが一転してエスの論理を補強するようなことを言った。

「通貨は、ヒトの存在価値を化体すると同時に、社会的資産、自然資源などというハードだけでなく、社会的制度や法システムや文化や幸福度などのもろもろのソフトも含めて社会全体の富を化体するものであって、それを最も抽象化した数値で表したものである。つまり、その総体であるから信認されるる。しかし、信用部分が膨張すると歪んだものになり、ありもしない偽りの価値が創造されてしまう。共同体が通貨を発行することによってベーシック・インカムを実施しようというのであれば、通貨はヒトと社会の全体を正しく化体しなければならない。そうでなければ、通貨の信認が崩壊してしまう。逆に言えば、エスが言ったような共同体をつくり、それを脅かすような危険に対処できる制度にすれば、通貨の信認は揺るがないものになる」

これに対して、エスが、まるで逆転させるようなことを言い出した。

「しかし、心理的な問題として、存在価値説の罠というべき危険があるのです。それは、人間存在が等価の商品と同じだと思われてしまうのではないかということです。つまり、例えば一か月の金額が一〇万ヴァリだとすれば、人間の価値が一〇万ヴァリの宝石と同じだと誤解されてしまうのではないかということです」

　すぐにマルマが答えを出した。

「それはまさしく心理的な問題であって、ものの考え方によって解決するさ。ヒトという個は、社会という全体と一体で、その社会は無限大である。したがって、全体が無限大ならば個もまた無限大ということになる。毎月受け取る額は、その全体から汲み取っているものだから、ヒトの存在価値が限定されるわけではない。宝石などという物質に閉じ込められるものではない」

　エスが、

「まあ、そうですね」

と言ってニコリとしたので、キクコは、ホッと胸をなでおろした。

〈でも、どれだけ自分は理解できたのだろう〉

と思うと、少し不安になった。

14

　しばらく黙って話を聞いていたトシが、ここで発言した。

「私、いろいろなことを考えてしまうのです。反貧困キャンペーン村では、その個イコール全体を意識して実践しているところですけれど、反貧困キャンペーン村からさらに広げて、州都とか国とかいう範囲にこれを広めることは難しいのではないかと思うのです。でも何とか頑張って、州都や国まで広めたりしたとしても、それを世界中に広めることはできるのかしら。そんなことまで考えてしまいます」

マルマが、トシを援護した。

「世界中に広めることが肝要なのさ。何しろ資本主義の時代が終わって、共存主義でゆこうというのがわれわれの、つまりエスと僕の考えだし、トシだってそうでしょう？　キクコだってそうだよ。間くまでもなく」

キクコは慌ててしまったが、

〈聞かれれば、そうです、という答えしか出てこない〉

と思った。マルマが続けた。

「ベーシック・インカムという入り口の鍵を使ってその世界に入ろうとしているのだから、トシが弱気になったら困るじゃないか」

「別に弱気になっているのではありません。でも……」

と言って、トシはエスの顔を覗いた。エスが、それを引き取った。

「共同体を各地につくって、その共同体が連携して新しい世界をつくるしかないと私は思っています。ボトムアップで世界中に共同体をつくり、その連合体で世界中が共存する、これが共存主義の大枠です。前世紀の中頃、ある作家が世界連邦を提唱しましたが、それはトップダウンで世界連邦をつくるという構想でした。しかし、私たちが構想しているのは、ボトムアップによるものです」

「うん。その方が現実性がある。トシの懸念は分からないことはないが、実現に向けてやってみる値打ちはある」

230

マルマのこの言葉に対し、エスが言った。

「そこで残る危険は核兵器の存在です。方向性としては、ボトムアップ方式によって共同体の連合体ができるか、できる前に核兵器が先に使われるか、私たちは岐れ道に立っている。私は、悲観もしていないし、楽観もしていません。だからまず、ベーシック・インカムの導入に力をそそぎ、次の世界の扉を開きたい」

みんな沈黙した。

しばらくして、トシが声を発した。

「少し違う話になるのですけれど、さっきキクコが反貧困キャンペーン村にいるだけで生きてゆけると言いましたが、キクコはヨシナミ先生と会って話をしたり、組会議に出席して発言したり、今こうして話し合いに参加したりしています。ここにいるだけと言えばその通りかもしれませんが、じつはキクコはここにいるだけというのとは少し違うのではないかと思うのです。キクコは、ここにいる存在意義をちゃんと持っているのです。で、ベーシック・インカムは、存在意義があるから受け取ることができるのでしょうか。それとも、存在意義がなくても受け取ることができるのでしょうか」

これに対して、マルマが反応した。

「それは全然違う話ではない。さっき僕が共存主義でゆこうと言ったでしょう。それから世界だの核兵器だのの大きな話になって、いわばマクロ的な流れになったが、共存主義をミクロ的に考察するとすればその問題に行き当たる。そして、その答えは簡単だ。それは、存在すれば存在意義がある、ということです。存在に何の条件付けもない。それがたとえキクコのように適切な質問をする人でなくてもいいのだよ。心身を病んで何も役に立たないようにみえる人でも、あるいは犯罪者であっても、存在するだけでいいのさ。まさにそれが共存主義の真髄なのだ。つまり、有史以来通奏低音のように続き、今や臆面もなく騒音を奏でたてる棄民政策を地上から消して、ただの一人も社会から切り捨てさせないというのが共存主義の思想なのだよ。ねえ、エス」

「そのとおりです」

とエス。マルマが続ける。

「さっきエスが言った通り、社会的資産や工場の機械設備や知的財産や自然資源などは全部共同体と個々の構成員の総有になる。その総有財産を人々や企業や法人がさまざまな利用形態によって使用する。その総体の価値を通貨、いやここでは通価に戻ろうね」

とマルマはアクセントを変えて、あわてて言葉を継いだ。

「その通価を共同体が必要に応じて発行する。通価は、もともとは共同体と構成員全員、そして総有財産の全部を化体するものであるから、ベーシック・インカムは上から与えられるものではない。つまり、もともとは自分のものであるから、ただ受け取るだけということになる」

エスが、微笑んで冗談のようなことを言った。

「ということで、誰ひとり切り捨てられることはない。棄民政策よ、ハイ、さようなら」

マルマが、ギロリとエスを睨んでから言った。

「さっきから言おうと思っていたことを、忘れないうちに言っておくよ。僕はさっきどういう財政構造を持つ世の中にするかについて、経済学者や財政学者にシミュレーションをしっかりやってもらいたいが、財源がなくて躓いてしまうので、なかなかうまくゆかないと言ったよね。しかし、そのシミュレーションは、共同体が通価を発行することを織りこんでやってもらうことにすればうまくゆくはずだ。つまり、ここで懸案の『解』に到達できる。通価の発行額は、インフレーションやデフレーションを起こさないように配慮することはもとよりのことだが、肝腎なことは、さきほどから延々と続けていた共同体の在り方や構成員の存在の意味などというもろもろの要因を、経済学者や財政学者が理解したうえでやってもらうことだ。これからそういういい経済学者や財政学者を鉦《かね》や太鼓で探さなければならない」

トシがやや大きな声を出した。

「シミュレーションをするときには、絶対に戦費や防衛予算をゼロにしてほしいわ」

マルマは、今度はトシをギロリと睨んで言った。

「いいこと言うね。だいたい、ヒトが武器を持ってヒトを殺しはじめたのは農耕牧畜以降のことだよ。ヒトを殺す武器などというものは狩猟採取時代の遺跡からはほとんど出土されていない。つまり、農耕牧畜以降になってはじめて戦争がシステムの中に組み込まれた」

ここで、マルマとトシの短いやり取りがあった。

「でも、今となっては戦争なんてやっていられないはずですよ」

「その通りだよ。今は、戦争をして独占権力機構を守ろうとしても無駄だという時代になっている。多くのヒトが死に絶えてしまったら、独占権力機構は維持できなくなる。それに、ベーシック・インカムを導入すれば戦争をする必要がなくなる。なにしろ、ベーシック・インカムによって、得られる糧と糧を得る手段との距離が極めて近くなるのだから」

「ということは、ベーシック・インカムの中には不戦が組み込まれているということですよね」

「それはご名答というべきフレーズだよ。しかし、武器を作ったり、武器を使ったりしたい連中は嫌だろうね。金儲けができなくなるから」

　マルマがホッとしたように表情を緩めた。

「僕はこういう話ができるのはエスだけだと思っていて、エスと会って、ベーシック・インカムの基本的な考えのすり合わせをしたいと思っていた」

「私も教授と会って、よく話し合いをしたいと思っていました」とエス。

「それが今日実現したわけだ。しかも、こんなに美しくて聡明な二人のご婦人にも参加してもらって望外の喜びだ。こんなひどい世の中になっても、人間を続けてみるものだ。こんな日があるのだから」

　不意に矢が飛んできて、キクコははっとしたが、トシは、こういうときに黙っている人ではない。何の表情も変えずに言ってのけた。

「美しくて聡明という点は否認ですが、望外の喜びという点は認めます。私もこの場に立ち合えて幸せです」

　それを聞いてキクコも黙っていてはいけないと思ったが、いい言葉が出てこない。しかし、

「私も同じです」

とだけは言うことができた。不思議なことに、その短い言葉を言った後で、目に涙がにじんできた。

　ここでまた、エスが話題を変えた。

「私は、ベーシック・インカムが導入されると、必ず反動が起こるのではないかと懸念しているのです。革命のあとに反革命があるように。だから、働いて稼いで暮すという生活様式が変わることをよほど深く認識し、『働く』ことの変革にきちんと対応しなければ、もとの暗闇に放り込まれることに

なりかねない」

「つまり、ベーシック・インカムを導入するのならば、よほど覚悟を決め、生活様式の変更のところまで対応策を考えなければならないということだよね」と、マルマ。

「そうです。しかし、そこまで考えたうえで、私は、またもとに、というか原点に戻る。

私たちは、生きてゆけなくなって反貧困キャンペーン村をつくった。反貧困キャンペーン村にたどりついた。つまり、生き残りをかけて反貧困キャンペーン村で生活している。この村では、共存主義でなければやってゆけない。資本主義なんていう制度にしたら、たちまち反貧困キャンペーン村は崩壊してしまいます。

この実践を通じて、はっきり見えてきたことがあります。

それは、ヒトが生き残るためには、ヒトが地球上に共存して生きている事実を尊重し、互いに助け合って生存し続けようという共存主義しかないということです。ベーシック・インカムは、共存主義を実践するための最初の具体的な方策であり、共存主義社会のベースです」

このエスの言葉に、キクコは納得した。この言葉だけはしっかりと理解できた。理解したうえで納得した。そして、ここに連れてきてくれたトシに感謝した。

15

エスが話題を戻すようなことを言い出した。

「さきほどの教授の話の中で、『独占権力機構』という言葉が出てきましたよね。資本を独占している側とそれを支えている権力を『独占権力機構』と言うことにする、と」

「そう言いました」とマルマ。

「『独占』というのはごく限られた少数の支配者が権力を掌握するという意味で、『独占権力機構』とは、その少数が圧倒的多数の被支配者を支配するメカニズムだと理解していますが」

「厳格に定義すればややこしいことになるが、それでいいでしょう」

「そのややこしい話ですが、独占権力機構は、政治面と経済面との両方から見ておかなければならないと思います。政治面を仮に独占政治権力機構、経済面を仮に独占経済権力機構と言うことにしますが、歴史的に見ると、独占政治権力機構と独占経済権力機構は、たいていは癒着していましたが必ずしもいつも一体となっていたわけではない。教授は、資本を独占している側とそれを支えている権力と言われましたが、これは、資本を独占している独占経済権力機構とそれを支えている独占政治権力機構ということですよね」

「そういうことになる」

「これは、現在のこと、まあ、だいたいこれまでの約二〇〇年間のことではないですか」

「まあそうですね。この間は資本主義の時代だし、共産主義という制度をとっていた国だって、この定義の中に入る」

「ところが、市民革命の少し前は、独占政治権力機構と独占経済権力機構の担い手は、分離されていました」

「そういう見方ができないことはない。資本主義の勃興期から市民革命までは、だいたいのところ、独占政治権力機構は王宮にあったが、独占経済権力機構は市民の資本家が握っていた。しかし、実際の政治と経済との関係は簡単に図式化できるものではない。大航海時代がはじまった一五世紀半ば以降に限ってみても、独占政治権力機構と独占経済権力機構は互いに利用し合い、極めて複雑な動きをしている。しかし、市民革命の少し前に限定すれば、独占政治権力機構と独占経済権力機構とが分離されていたところもあるので、分析の方法として、独占政治権力機構と独占経済権力機構とを分けて考察することはよいと思う」

「そこで市民革命ですが、実際にそうなったかどうかはともかくとして、建前の上ではそれまでの独占政治権力機構が解体されて、権力の担い手は市民に移された。つまり、市民に平等の政治権力が移った」

「まあね」

「しかし、まだ独占経済権力機構は解体されていない。共産主義は、一部の官僚が独占経済権力機構を握っていたから、共産主義によって独占経済権力機構が解体されたとは言えません」

「僕もそう考えている」

「さて、ベーシック・インカムですが、これによって独占経済権力機構を解体することになりませんか。話が戻ると言うか、別の角度から見ると」

「独占経済権力機構の解体をやり遂げることはベーシック・インカムだけでは難しいと思うが、ベーシック・インカムがきっかけになることはあり得ると思う」

「ベーシック・インカムを導入するならば、財政構造も変えなければならない。スタートのところからすれば、それは、経済を被支配者層に開放する足がかりになる。経済面で平等化が促進する。貧富の格差がなくなるという方向に進みませんか」

「そういう方向が望ましいし、そういうプロセスを経る可能性はある」

「その可能性ですが、なかば自動的に経済の平等化に進むシステムをつくることができないか。独占経済権力機構ではなくて、経済面で平等になるメカニズムがないものか、と私は考えているのです。独占共産主義でなくてね。共産主義は、独占経済権力機構であり、かつ独占政治権力機構ですから、もはや役に立ちません。私は、経済面で平等になりかつ権力機構ではないメカニズムを共存主義のもう一つの側面だと思っているのです。反貧困キャンペーン村では、その共存主義のプロセスを踏まえているつもりです」

「なるほど、それが反貧困キャンペーン村における共存主義か。それは大事なポイントだよね。

いずれはベーシック・インカムを導入し、新しい世界がくるに決まっている。これは、市民革命が歴史の必然であったように必然なのだ。反貧困キャンペーン村の歴史のやり直しを実践すればこうなるという世界を見たいものだ」

「ただし、時間に余裕があればのことですよ、それは。その前に馬鹿なことをやって、人類が滅びてしまうようなことがなければという条件つきです」

「それはそうだよなあ。環境破壊、核兵器の存在、地球上には新しい世界の到来をブロックする危険がいっぱいある」

「そこで、最初の一歩としてのベーシック・インカムですが、これを政策に採用させる手立てはありませんか」

「そうだよね。あれこれ考えても将来を読み切れない。とにかくベーシック・インカムを導入すれば助かる人がたくさんいる限り、早く政策として実現することだよ。やけに俗っぽくなってしまうが、政治運動を起こさなければね。だからと言って、エスが議員に立候補するわけにはゆかないだろう？

えっ、僕？　僕はダメだよ。人類学という学問を究めなければならないからね」

長いエスとマルマのやり取りを、ときどき頷きながら聞いていたトシが、マルマに質問した。

「先生は、なぜ文化人類学とか、社会人類学とか言わないで、単に人類学と言うのですか」

「それは簡単だよ。人類学は範囲が広いからさ」

「それでは、政治も学問の対象になるのですか。それで政治運動なんていう言葉が出るのですか」

「当然でしょう。政治は重要な人類の営為だから。まあ、空間軸でいえば、政治の他は、経済、地政、環境、文化、科学、宗教など、人類に関わる森羅万象はなんでもかんでも入る」

「時間軸はどうですか」

「ホモ・サピエンスが出現されたとされている二〇万年前から今日まで」

「さっき縄文時代のことは分からないと言ったじゃないですか」

「そう、分からないことを含めて学問の対象に入れている。だいたい、空間的も時間的にも人類学の対象は膨大なものだけれど、その大部分は分からない。つまり、分からないことだらけだ」

「そうですか。何でも分かっていて自信満々なのかと思っていました」

「それに今日までと言ったが、正確に言えば将来まで。つまり、将来を予測することまで入れているのだが、将来の予測は難しい。下手にやるとノストラダムスの大予言のようになってしまう。そういうことは恥ずかしくて僕にはできない」

「教授の辞書にも、恥ずかしいという言葉があるのですか？」

「それはありますよ。だいたい僕はシャイなのだから」

ここで、マルマ以外の人は、全員が爆笑した。

16

トシの質問で中断されたが、かえってその質問をきっかけにして、話題は政治運動に突っ込むことになった。マルマが言い出した。

「ベーシック・インカムを実際に導入するということになれば、今の現実では、どうしても立法機関が法律を作ったり、行政機関がその法律を実施したりしなければならない。ここでいくら議論してもはじまらないというわけだ。さて、今の政権与党がベーシック・インカムを導入するかね？」

「それは無理ですね。金持ちばかりを優遇して、貧乏人を切り捨てる政策ばかりに走っている今の政権がベーシック・インカムを導入することはあり得ないと思います」

トシがすぐに答えを出した。マルマとトシのやりとりがはじまった。

「僕もそう思っている。しかし、頑迷な保守政権がこんなに長く続くのはどういうわけだろうか？」

「それは国民が政治にそっぽを向いているからではないですか」

「つまり無関心、政治的アパシー。これは、政治を考えるうえで最初のテーマだ。だいたい政治に関心がなければ、それから先の議論はできなくなるからね。しかし、一方ではベーシック・インカムは社会を根底から変革するようなテーマだ。それにベーシック・インカムが導入されれば、助かる人がいっぱいいる。それなのに政治的アパシーが蔓延しているために、ベーシック・インカムを導入する方向に政治を動かすことはできない。いったいどうすればいいのだろう」

「二〇世紀の初頭ならば、エリートが先導して暴力革命を起こすのでしょうね」

「あの暴力革命というのは、政権と革命勢力の武器と兵力が拮抗しているときにはじめて可能になる政治現象であって、今のように政権が核兵器まで持つようになると、まずは太刀打ちできない」

「じゃあ、世論を喚起して政治運動を起こすといっても、政治的無関心の壁によって阻まれる。とても世論の力でベーシック・インカムを導入されるところまでは行かないでしょうね」

ここでエスが割り込んできて、エスとマルマのやり取りに切り替わった。

「私は、多数決というのはよい制度ではないと思っているのですが、それでも現在は代表民主制をとっているのですから、それを前提とする限り、ベーシック・インカム導入を推進する政党に政権をとってもらうしかないのではないですか。野党の中にはベーシック・インカムに関心を持つところがあるのではないでしょうか」

「今のところは本気で導入しようと言っている党はないが、持って行き方によっては乗ってくるかもしれない。それに任期満了による下院の選挙は半年後に控えている」

「さきほどの政治的無関心のことですが、たしかに直近の下院の選挙では、投票率が三五パーセントで、六五パーセントの国民は投票所にゆかない。この六五パーセントのほとんどは若者と貧困層でしょう。この人たちは、長期保守政権で自分が投票所に行っても世の中が変わるわけではない、政党のマニフェストを見ても自分には関係がない、と思っている。しかし、ベーシック・インカムとなれば、無関心層を掘り起こすことができるのではないだろうか。ベーシック・インカムは自分にとって身近な問題であり、しかも生活の基盤ができるのだから、投票所に行ってベーシック・インカムに賛成の意思表示をするのではないだろうか。やや楽観的かつ希望過多のところがあるとは思いますが」

「たしかに希望的観測のきらいはあるが、それに賭けるしかない。そうなるとどの政党に持ちかけるかということになる。今の政権与党の保守党はひとり勝ちではあるが、世論調査によれば支持率は二五パーセントに過ぎない。対する野党第一党の進歩党の支持率は一〇パーセントだ。野党は分裂して、下院に議席があるのは、進歩党を除けばあと五つある。その五つの野党の支持率は、どれをとっても〇パーセントから二パーセント。全部合わせても五パーセントというところだろう。あとの六〇パーセントは支持政党なしだ」

キクコは、マルマが急に現実的になったのにいささか驚いたが、そこはやはりマルマであって、理屈をつけ加えることを忘れなかった。

「だいたい議会制民主主義というのは、政党が機能しないと成り立たない。政党というのは、パーティという語のとおり、部分なのだよね。何の部分かというと、それは政治的システムの中の部分なのだ。そして、政党は政策決定過程に参加し、あるいは参加をこころざす。政権与党になれば政策決定はできるが、野党であっても次に政権与党となろうと頑張るし、政権与党にならなくても、政策決定過程に影響を及ぼすことができる。具体的に言えば、法案を野党が提出することができる。

それから政党の本質的な役割は、政治的システムと社会の媒介装置であるということ。政治的システムという言葉がイメージしにくかったら、とりあえず法律をつくる立法機関と考えればよい。そして政党は社会にある『声なき声』を声にして、それを立法機関に発声する。それと同時に、社会にある声を集約する。つまり、ベーシック・インカムを導入すべきだとか、いや反対だという声は当然社会の中にあるが、それを一本に集約してまとめる。これも政党の重要な役割だ。この発生装置と集約装置を持っているのが本来の政党だが、与党も野党もこの装置が衰えているよね」

トシが切り込んだ。

「その発声装置と集約装置が衰えたということが政治的無関心の原因なのでしょうか」

「それが政治的無関心の大きな原因の一つだろうね。だから僕は、政党がだらしないと思っている。とくに野党がだらしない。まるで政党の役割を果たしとらん。だから議会制民主主義は形骸化している」

ここでエスが食いさがった。

「だとしても、議会制民主主義のもとで法律を作っている以上、私たちが声を大きくして、それをベーシック・インカム導入という政策に一本化して、議会で声を出してもらわなければならないでしょう？　まだ入会方式を応用した共同体はできていないのだから、今はとにかくどこかの政党の集約装置と発声装置を活性化させるしかない。それにどうやって取りかかるかということになりませんか」

「とにかく今の政権与党はダメだよ。だとすれば、野党ということになる。僕は、六つの野党の党首とは、みんな面識があるが」

「面識というのはどの程度ですか。もうベーシック・インカムのことは言ってあるのですか」

これはトシ。

「面識というのは、いろんなことをここに聞きにくるのよ、政治家がね。与党の連中は来ませんよ。僕が過激な平和主義者だということが分かっているから」

キクコは、政治家が資料の山のこの研究室に来るのかと意外な気持がした。マルマが続けた。

「ベーシック・インカムのことはまだ何も話していません。まず、エスと話をしてからにしようと思っていたから。だから今日は、秘中の秘を披露したわけだ」

「それにしては大きな声でしたね。秘中の秘なんて思ってもいませんでした」

ここで、一同は笑い声をあげたが、それは長く続かなかった。マルマが言った。

「さて、野党党首にものを言うとすれば、やはり野党第一党のメアリ進歩党代表ということになるかな。彼女はなかなかいいよ。僕とだいたい同じ考えを持っている。ということは、ここにいるみなさんとだいたい同じだと思っていいよね」

同席の三人が頷いた。

「それに彼女は根っからの平和主義者だ」

キクコは、それを聞いてほっとした。こんなに貧乏をして、そのうえ戦争が起こったら、シンチも自分も生きてゆけない。それは、よく分かっているつもりだ。

「しかし、政治的な動きとなると真っすぐにはゆかないかもしれない」

それを聞いて、トシが大きな声をあげた。

「そんなことを言ったって、やってみなければ分からないでしょう！　メアリ代表が一番いいということなら、誰かが実際に鈴をつけに行かなければならないのでしょう‼」

「誰が猫に鈴をつけに行くか、なるほど、これは危険を伴うことだよね。下手をすれば猫に食われてしまうから」

とマルマが言ったあとで、珍しく小さな声でつぶやいた。

「ああ、そうか。彼がいるか。彼なら食われる心配はない。彼ならやってくれるだろう。ああ、そうだったんだ。灯台下暗しだった……」

17

「その彼というのはね。今ウイン助手と一緒に鮭の稚魚を受け取りに行っている。その受け取った稚魚を、エスが持って来た水槽に中に入れておくことになっている。その鮭の稚魚のことだがね。今日のところは一万尾しか用意できない。それでいいでしょう？　最初の試験的な放流だし」

　と言うマルマに対して、エスが、

「それは有難うございます。トラックに積んできた水槽に一万尾なら満員ぎゅう詰めでしょう。村に帰ったらすぐに放流します。四年間大海を泳ぎ回って、大川を遡上してくれるのは一万尾のうち一〇〇尾くらいでしょうが、楽しみです」

　と言うと、マルマが、

「うん、しかし、一〇〇尾というのはいかにも淋しいなあ。また手に入り次第、追っかけ反貧困キャンペーン村に届けますよ」

　と言うのに対して、トシが、

「是非お願いします。それで、その彼というのは、どんな人ですか」

　と聞いた。ここで、マルマの説明がはじまった。

「その彼？　有能な男だよ。僕の助手ということになっている。

　助手と言ったって、大学からは正規の辞令は出ていない。大学が正規の辞令を出せば給料を支払わなければならないが、予算がないから辞令は出せない。しかし、教授の研究を補佐する助手が必要なことは分かっているから、教授が助手にすることは黙認する。因《ちな》みに、正規に辞令を出す助手もいるよ。ウイン助手には、正規に辞令が出ている。ややこしいかな」

「ややこしいです」とトシ。

「そのややこしいということがミソなのよ。これほど世の中が腐敗してくると、何事もややこしくして誤魔化すことが流行してくる。大学における助手のダブルスタンダードはその格好の事例だよね」

聞いていて、キクコは話が横道にそれてゆくような気がしたが、マルマは続ける。

「その黙認と言うのは、学食、つまり大学内の学生食堂だが、そこでの飲食はタダとし、学内に寝る場所があればそこに住み着くこと、それを黙認する。それで彼は、三度の飯を学食で食って、守衛の宿直室に住み着いている。予算が足りなくなったので、守衛もいなくなったから、宿直室が空いていたわけさ。それでも、生活のためには金はいるでしょうが、僕に甲斐性がないので小遣いも渡せないわけよ。それで彼は、小中学校の補講の手伝いなどに行って多少の収入を得ているようだ。詳細は知らないが」

一同は、黙ってマルマの説明を聞くしかない。

「二年以上も前のことかな。その日は研究が長引いて帰りが深夜になった。研究棟の外に出ると、暗がりでよく見えなかったが、出てすぐそばの石畳の上に、何か丸い塊《かたまり》が見えた。よく見ると、男が背中を丸めて横になって倒れているわけよ。僕は、叩き起こしたのだが、ウンともスンとも言わない。しかし、しっかり息をしていたから、生きていることは確かだろう。それに薄目を開けて目を動かしていたから眠っているわけでもないことは分かった。僕は、研究室に運び込もうとしたが、痩せこけてはいるものの背丈があって僕の手に負えるものではない。ただ、腹を空かせていることはひと目で分かったから、研究室に戻って、そこにあったカップ麺に水を入れて彼のところに持って行った。そして、横になった身体を縦に起こして、そのカップ麺を渡した。そのとき彼は僕の目を見てね、目で頷いた。目で頷くというのは分かるかな。分かるよね。僕は何とも言えないその目を忘れない。と思った瞬間、麺を食うための箸を忘れたことに気づいた。しかし、何も懸念することはなかった。彼は、カップの中に手を突っ込んでね、するすると器用に麺を食ってしまった。そして食い終わるとまたその場に横になろうとした。そこで僕はね、夜は冷え込んでくる季節なのだから、ここで寝るのはよくない、僕の研究室に行こうと言って、彼を立ち上がらせた。カップ麺で少しは元気がついたのかな。しかし、ものを言う元気はなかったのだろう。ふらふらと黙って僕について来て、研究室の中に入るや否や、どっと倒れるように横になって、そのまま寝てしまった。そのまま二昼夜寝続けた」

「研究室って、この部屋でしょう？　本や資料がこんなにあってどこに寝る場所があるのですか？」

とトシ。

「そこがよくしたものでね。本や資料は格好の布団になる。寒ければ、そこらにある紙を身体にかぶせればいい。で、二昼夜寝たあと、腹が減っているようなので、僕は彼を学食に連れて行って飯を食わせた。見ていて気持ちいいほどよく食ったね。カレーライス、かつ丼、ラーメン、まあ学食にあるメニューはその程度だが、それを黙々と平らげた。そして、ようやく落ち着いたところで、僕は、自動機でコーヒーを入れて、彼と一緒に飲んだ。そこで、彼がどうやってここに来たのかと聞いたわけよ」

どうやらここから本題になりそうだ、とキクコは思った。

「彼が言うには、自分の仕事がロボットに取られてしまって失業したということだった。まあ、そこまでは、どこにでも転がっている話だよね。ところが、彼の話の特異な点はね、この失業は誰にでも降りかかってくるものであるから、受け入れなければならないことかもしれない、しかし、自分の感情がどうしても受け入れてくれない、なぜ受け入れられないのかと考えると、どうしても理不尽だというところに行きついた、というのだ。そこで、どこが理不尽なのかを考えはじめた。それを何日も何日も考えたが、どうもよく分からない。人間として生まれたのに人間として生きてゆけないのは理不尽だというところまでには行ったが、それから先がよく分からない。理不尽だ、理不尽だというところを堂々巡りするばかりだ。それである日、図書館に行こうと家を出たが、近所の図書館は廃館になっていた。もう少し向こうにも図書館があったはずだと思って行ってみたが、どこでどう迷ったか、道が分からなくなってしまった。そうしたら大きな道に出て、そこにバス停の標識があった。ろくな飯も食っていなかったので、もう歩けなかった。そのバス停のところでへたり込んでいたら、ちょうどバスが来たので、とりあえず乗ってみたが、すぐに眠ってしまって、気がついたら終点で、そこが州都だった。それで、図書館を探していたのだから大学に行くのがいいだろうと思って、歩きに歩いてようやく大学にたどり着いたが、そこで力尽きて倒れてしまった、ということだった。そのことを聞いて、僕はこの男を助手にしようと決めた。そして、その理不尽を解明するには、僕の研究室がもってこいだ、僕の助手になり給え、と言った。そしたら彼は二つ返事だった。命まで助けてもらったうえに、助手にしてくれるなんて有難いと言って涙を流すのだよ」

「それはいい話ですね」とエス。

「このいい話には続きがある。そのあと彼は、猛烈に勉強した。だから今は、もはや僕の右腕ですよ。だいたい僕は、よくしゃべるが、論文は書かない。論文がない、だから業績はない、と言って大学は僕を追い出そうとしている。実のところ、頭が目まぐるしく回転して、それをすぐ言葉にしてしゃべるのは得意だが、それを論文にするのは苦手でね。それでも、一つぐらいは論文にしておこうとは思っていた。しかし、なかなか着手できないのを彼が見かねて、下書きぐらいは私が書きましょうかと言ってくれた。それに僕が乗った。そこで、どうせ書くのならやっぱりベーシック・インカムだということになった。だから、ベーシック・インカムについては、彼としょっちゅう議論している。つまり、さっきから僕がしゃべったことは、すでに彼の下書きはできている。もっとも今日話し合ったことがあったよね。こんなに中身の濃い話になるのなら彼にも参加してもらえばよかった」

「それは、しかし、残念なことでした」とトシ。

「残念だが、過ぎたことは仕方がない。まあ鮭の稚魚の方も大事だから。今日のことは僕から彼によく話しておくし、このことも論文につけ加えればよいことだ」

「その彼を？」とエス。

「そう、その彼を進歩党のメアリ党首の秘書に送り込もう。彼ならやってくれるよ。ベーシック・インカム導入にはことのほか熱心だし、彼を失業に追い込んだ理不尽を解消する方策がベーシック・インカムだということはよく知っているから。進歩党には金がないから給料は出ないだろうが、飯ぐらいは食わせてくれるだろう。身分は僕の助手のままにしておけば、飯は学食でも食えるし、住まいがなければ大学の宿直室のままでもよい。こういうところは、いいかげんであいまいなところがかえって便利だ」

「論文の方はいいのですか？」とトシ。

「それはほとんどできあがっています。だから、彼にメアリ党首に張りついてもらおう。そろそろ選挙がはじまるから」

　このマルマの推薦に、エスもトシもキクコも異存はなかった。どう見ても変わり者のマルマがここまで言うのだから、よほどいいのだろうと思っていたら、マルマ自身の口から自認の言葉が出てきた。

「僕のような変わり者が言うのだから間違いない。だいたい僕には助手が居つかない。頭に浮かんだことをワーッとしゃべるのだから、とてもついてきてくれる奴はいない。まあ、みんな辟易してしまうようだね」

「ちっとも辟易しません。面白かったです」

　とトシが、みんなの気持ちを代弁した。マルマがニコリと笑った。

「そういうことを言ってくれるのは、トシが二人目ですよ。一人目は彼。彼は、僕がワーッとしゃべることを面白がって聞いて、時には合いの手を入れたり、時には反論したりして、結局全部吸収してしまう。じゃあ、これで決まりだよ」

　聞いていた三人は、しっかり頷いた。

18

　キクコの背後でドアが開く音がして、空気が動いた。

　そして、背中のうしろから、

「水槽に稚魚を入れておきました。きっちり一万尾で、みんな元気に動いています。酸素ボンベをトラックに積んで水槽に酸素を入れるようにしておきました」

と言う男性の声が聞こえた。

その声を聞いて、キクコは、ギクッとした。この澄んで爽やかな声こそ、この二年間、耳の奥で鳴り響いていたあの声ではないか！

ならばこの声の主こそマツリ⁉

キクコは、身体を回転させて、ドアの方に向き直った。

声の主は、黒い長袖のシャツを着て、黒いゴムのだぶだぶのズボンをはいて突っ立っていた。しかし、マスクをしていたので、肝腎の顔は分からない。それでも目だけははっきり分かる。その目はいっぱいに開いてキクコを見ていたが、これこそマツリの目だ！

「あなた、マツリ⁉」

男は、まだ黙って目を見開いている。目だけの表情だが、男がびっくりしていることははっきりと読み取ることができる。

「あなた、マツリでしょう⁉　マスク取って！」

男は、瞠目したまま、マスクをはぎ取った。

「マツリ！　生きていたのね⁉」

キクコは、すぐにマツリの胸に飛び込んで行きたかったが、本や資料に邪魔されて行くことができない。両手をマツリの方に差し出すのが精いっぱいだ。

「キクコ！　何でここに⁉」

マツリがなるように大きな声を出した。

「何でって、エスさんと一緒に来たのよ！」

マツリもキクコの方に駆け寄ろうとして足を上げたが、書籍に躓いて、つんのめってしまった。

驚いたのは、キクコとマツリだけではない。その場にいたマルマも、トシも、エスも、これにはびっくりした。まずマルマが声になった。

「どうして⁉　君たち知り合い？」

キクコがキリッとして言った。

「知り合いどころか、連れ合いです！」

「そうか、それは気づかなかった」

このマルマの間の抜けた言葉に、すぐトシが反応した。

「気づくはずはないでしょう！　だいたい教授は彼、彼と言うばかりで、名前を言わないのだから」

「まさか彼がキクコの亭主だとはね。気づくはずはないじゃないか。こんな偶然があるなんて！」

「単なる偶然ではありません！　こういうのを共時性というのです」

「失敬、失敬。たしかに単純な偶然ではなくて共時性だ。意味のある偶然の一致、シンクロニシティ。どこに意味があるかと言えば、ベーシック・インカム導入にみんなで取り組むこと。だとすれば、メアリ党首に鈴をつけに行くのはマツリだけれど、僕らも協力しなければならん」

マルマとトシのやり取りで、肝腎のキクコとマツリが置いてけぼりにされそうになったが、そこはエスが救った。

「キクコさん、マツリさん、ほんとうによかったですね。こういう超弩級の共時性には滅多にお目にかかれません。私もこの場に居合わせて幸せです」

「そうだ。僕も率直に言って嬉しいよ。あまり嬉しくてぶっ倒れそうだよ。なあ、マツリ⁉」

「嬉しくてぶっ倒れそうです」

マルマに問われたマツリの答えを聞いて、みんな声を出して笑った。

トシがキクコに質問した。

「聞くのも野暮だけれど、キクコは？」

「嬉しいなんて言うと、この嬉しさが逃げてしまうような気がして……でも、絶対、嬉しい！」

何とも言えない安らかな空気に包まれ、それぞれが黙ってこの気分にひたった……

しばらくして、マルマが、

「マツリとキクコは、二人になりたいだろう？　積もる話があるだろう？　マツリ、この大学をキクコに見てもらったら？　君の宿直室も見てもらったら？」

と、意外にも、気の利いたことを言った。

19

研究室の小さい丸椅子に長い時間腰かけて足を動かさなかったために血行不良になったのか、足がパンパンに腫《は》れていて、キクコは研究室を出た途端にふらついてしまった。

研究棟を出ると、外は陽《ひ》に照らされていて、銀杏の緑が眩いほどだった。なま暖かい風がゆるやかに吹いてきて、キクコはマツリの髪が揺れるのを見た。しかし、ふらつきはおさまらなかったので、研究棟の入口の前の石畳に屈んで、ふくらはぎの膨らみを手でもんだ。

マツリは、キクコを見下ろして、最初に、

「シンチは元気か？」

と聞いた。

キクコは、

「うん、元気。今保育園に行っている」

としゃがみながら答えた。

このマツリの最初の言葉は気に入った。やっぱりマツリは、いい人だ。安心した。マツリは、キクコの所作を黙ってみていたが、キクコが立ち上がるのを見ると、大股で歩きはじめ、道幅の広い銀杏並木に入って、すぐに右に曲がった。

マツリは、大きなゴム長をはいていた。そのゴム長を小気味よく右、左と動かしながら、早足で歩く。そのマツリをキクコはあとから追うようについて行った。

銀杏の並木は　午後の柔らかい陽射しを浴びて鮮やかだった。そのまっすぐに続いている並木のど真ん中を、マツリはなぜか足を速めてスタスタと進んだ。まさか逃げているわけではないだろうが、もしかしたら照れくさいのかもしれない。いったいどんな気持ちで歩いているのだろう。

キクコ自身は、現実でないようなふわふわした気持ちだった。さっきから自分でないような気持ちがしていた。嬉しくてどうしようもない、それはたしかにそうだが、声になったのは逆の言葉だった。

キクコは、マツリのあとを小走りに追いながら、斜めうしろから大きな声で問いかけた。

「マルマ教授は理不尽の原因を考えていたと言っていたけれど、それは本当なの？」

「うん」

「どうして私に何も言わなかったの？」

「ごめん」

「どうして黙って家を出たの？」

「ごめん」

「どうして二年間も連絡しなかったの？」

「ごめん」

――とっくに許しているのだから、まあ、この辺でいいか、キクコはゆったりとした気持ちになって力が抜けてゆくのを感じたが、それでもまだ、どこかに引っかかる感情が残っていることに気づいていた。

銀杏の並木道が終わり円形の広場に出て、視界が広くなった。目の前に、中央に時計台のある赤いレンガ造りの講堂が建っていた。全体は斜めからの陽に照らされて眩いほどであったが、真ん中のアーチ型の入口だけは、黒々と口を開けていた。

マツリの歩みがゆるやかになってキクコが追いつき、キクコがマツリの腕に手を回した。ふたりは広場をまっすぐに渡り、講堂の入口に吸い込まれるように入って行った。

入口を入ると、そこは広いロビーだった。ロビーの天井はドームになっていて高くせりあがっていた。そして、正面に背の高い金属製の扉があった。

マツリは、その重々しい扉を手前に引いて、キクコの腰を押し、講堂の中に導いた。

講堂の中には誰もおらず、ほとんど暗闇だったが、マツリが入口付近のスウィッチを入れると、サッと中が明るくなった。正面には演台があり、その演台に向かって、半円形に数えきれないほどの椅子が規則正しく並んでいた。

「マツリ！　こんなところで働いていたの⁉」

「うん、下働きだけれどもね」

キクコにマツリを誇らしく思う気持ちが起こってきた。

マツリは、講堂の中の通路をゆっくりと左にまわり込んで、左手にあった大きな鉄の扉を押した。そして、キクコが廊下に出るのを見届けてから、扉の脇のスウィッチを押して照明を消した。

廊下を少し行ってから、ふたりは出口から講堂を出た。その出口は講堂の裏口のようであったが、外に出るとまた眩いばかりの陽光と爽やかな風に迎えられた。

まっすぐ行くと、突き当りに四角いレンガ建ての茶色の建物があった。その建物の入口に入ってすぐ右の部屋のドアの前にきて、マツリがキクコに言った。

「ここが教授の言っていた宿直室。俺の住まい」

マツリがスルリと部屋の中に入り、キクコが続いた。

キクコは、中をよく点検するつもりだったが、マツリはその余裕をキクコに与えなかった。

マツリは、部屋に入るとすぐに、ゴム長を乱暴に脱いで、それから黒いゴムのズボンを脱いだ。ゴムズボンを脱ぐと、すぐその下はグレーのトランクスだった。このトランクスには見覚えがある。そしてキクコは、トランクスの真ん中がふくらんでいるのを見逃さなかった。そのときキクコには、なぜか怒りに似たような感情がムラムラッと湧きおこってきた。

マツリはそんなキクコにかまわずに、両手でキクコのジーンズのボタンをはずしはじめた。キクコはマツリを突き放して、自分でジーンズと下着を脱いだ。そして、ベッドの上にマツリを上向けに倒して、馬乗りになった。

マツリが引き寄せようとしたとき、キクコはマツリのかすかな体臭を嗅いだ。あの懐かしい私だけが知っているマツリの体臭。しかし、キクコの口を突いて出てきたのは、自分にとっても意外な言葉だった。

「馬鹿」

一度この言葉が出ると、もう止まらなかった。

くやしさ、なつかしさ、そして嬉しさ……ありとあらゆる感情が塊りになってどっと胸にあふれてきた。

「馬鹿！　馬鹿、馬鹿、馬鹿、馬鹿！」

馬乗りのまま、キクコは両手で、マツリの胸を太鼓打ちした。

マツリは、胸を叩かせながら、両腕をキクコの腰に回して引き寄せた。そして、棍棒のように固くなった男性を女性の海綿にきっちりと押し入れた。

キクコは、叩くのをやめて、両手をマツリの両脇にまわし、顔をマツリの胸に埋めた。両の乳房は胸板のうえで平らになり、ふたりは、隙間のない一つの塊りになった。そして、キクコは小さな声をあげた。

第四章　地に播かれた種

1

マツリは、翌日、進歩党のメアリ党首に会うために地下鉄に乗った。

地下鉄のドア際に立って、ガラス窓に映る自分の顔を見ながら、さまざまに思いをめぐらした。

ベーシック・インカムを政策として実施させるために、野党第一党のメアリ党首に働きかけるという、いわば猫に鈴をつけに行く役割をマルマ教授に押しつけられたことについて、自分のいないところで決められた欠席裁判であったことは釈然としないが、しかし、この役割はまんざら悪くはない。まるで降って湧いたような話であるが、落ち着いて考えれば、マルマやエスからバトンを渡してもらったことになる。こうなった以上、面白く劇的にやってやろう。

キクコに会うことができてよかった。シンチも元気だという。二人が反貧困キャンペーン村で暮らしているということは何より安心だ。それにしても、二年間も連絡をしなかったのはまずかった。なぜ連絡をしなかったのかと詰問されても、うまく説明ができない。もう少し先に行ってから、もう少し先に行ってから、と思っているうちに二年が過ぎてしまったのだ。それでも「何で⁉」と問い詰められると、何も説明ができない。もとより弁解することもできない。ただ謝るしかない。キクコにはほんとうに済まないことをした。しかし、キクコに会えてよかった……。

キクコとシンチを州都に呼んでも無給の自分では家族三人が暮らして行くことはできない。二人ともが失業して家畜小屋を改造した借家の中で重苦しい生活をしていたところに戻るだけだろう。それならば自分が反貧困キャンペーン村に行けばよいのだが、メアリ党首にベーシック・インカムを実施させる役割を与えられてしまったのだから、すぐには反貧困キャンペーン村に行くことはできない。そこで、当分の間は別居ということになった。別居ということになっても、キクコに会いたければいつでも会える。早くシンチに会いたいが、それも遠い先のことではないだろう。それにしても、キクコに会えてよかった……。

轟音を立てて疾走する地下鉄のガラス窓に映る自分の頬が緩んでいるのを見て、マツリは、メアリ党首に会う役割を思い起こし、表情を引き締めた。

議事堂下駅で地下鉄を降り、長い階段を上がってゆくと、目の前に政権与党の保守党の一三階建ての大きなビルがあった。しかし、進歩党の党本部は、議事堂の裏手にまわって坂を下り、薄暗い路地に面した三階建ての古ぼけた建物の一、二階である。建物の大きさで政党の価値が決まるわけではないが、進歩党が保守党に大きな差をつけられていることは、党本部の規模によって一目瞭然である。
しかし、
〈ここからひっくり返すのが面白いのだ〉
党員でもない、政治家でもない自分が、ムキになってそう思っている。マツリは、われながら少し可笑しくなった。

ドアもないフロントの中に入って、無人のカウンターの台の上にあった鈴を鳴らすと、奥の方から、

「どうぞ！」

という女性の声が聞こえた。

声の方に行くと、正面に大きな木の机があって、恰幅のいい女性がこちらを向いて座っていた。

それが、進歩党党首のメアリだった。

メアリは還暦を迎えたばかりだということだから、マツリは年齢を知っている。テレビでよく見るとおり、半分ほど白髪が混じっている黒い髪を無造作に頭に載せている。ご面相は頬骨が高く口の大きい丸顔で、目がギョロリとしている。そのメアリが、

「あなた、前に会ったことがあるわよね。マルマ教授の教室のマツリさんだよね」

と言いながら、机の前のソファーに座るように、マツリに勧めた。

マツリは、小さなテーブルを挟んで、メアリと向き合ってソファーに座ってから答えた。

「今日で二度目です。マルマの意見を聞きにお見えになりましたから」

「そう。世論調査の選挙民に対する影響力について、教授の意見を聞きたかったから。でも、あの教授って変わった人ね。私の質問には全然答えないで、ローマの共和制時代の政治家と市民の関係を滔々と三時間もしゃべるのだから」

「それが質問に対する答えなのです」

「それであの日のやり取りを何と言っていた？　教授は」

「そんなことが気になるのですか」

「気になるわよ。私だって政治家だから、やっぱり評判は気にするわよ」

「わるい質問ではないが、もっとましなことを聞けばいいのにと言っていました」

「あら、辛辣ね」

「で、その辛辣な教授が、是非、この政策は野党第一党の政策として取り上げてもらうようにということです。それをお伝えに私が来ました」

「どんな政策？　本党が取り上げる価値がある政策ならば伺いますよ」

〈取り上げる価値⁉　それはあるに決まっているではないか！　そんなことを言うのだったら、その価値を思い知らさなければならない〉

　ここで、マツリには自分では予期していなかったファイトが湧いてきた。

「取り上げる価値のない政策なんか持ってきません。あのマルマがすることだから、半端な政策を持って行くようにと私に命じることはありません」

「あら、ずいぶん教授を高く買っているのね」

「高いも安いもないじゃないですか。あの大学には、マルマ一人しかましな教授はいません」

「私だって、今の大学人の中にはろくな人がいないことは知っているわよ。変人だけどマルマ教授だけがまともだということは知っています」

「そのマルマのプレゼントだと思ってほしいのです。貴党と代表に対するプレゼント。いや国民に対すると言った方がいいかもしれません。これから言う政策は」

「分かりました。謹んで伺います。もったいぶっていないで、早く言って！」

「六か月以内に下院の選挙があるでしょう。六か月後に任期満了になる。任期満了を待つ前に下院が解散されれば、選挙が早まることもあり得る」

「だから今、忙しいのです」

「では、ズバリと言います。進歩党の選挙公約にベーシック・インカムを導入すると明記すること。そして、導入に向けて実際に行動を起こすこと」

メアリは、大きな目を開いてマツリを見たあとで、慎重な口調で言った。

「ベーシック・インカムには、私も関心があります。だから、選挙公約には入れてあります」

「選挙公約に入れていると言っても、ベーシック・インカム導入を検討するという内容でしょう。それではダメなのです。導入すると断言することと検討するということとは、大違いなのです。具体的で分かりやすいベーシック・インカムを設計して選挙公約に入れる。そして、導入を公約として断言するのです」

「でも、財源をどうするかということで、躓いてしまうのよね。党内でも、現実性がないという根強い反対論があるのよ」

「それは分かっています。しかし、ベーシック・インカムを導入すると決めてしまってから緻密なシミュレーションをすればよいことです。もちろんＡＩ関連予算や戦争関連予算を大幅に削減する必要があります。つまり財政構造を根本からひっくり返すことになります。そうすれば、この国の姿が一変します」

「私だってそうしたいわよ」

「この国の格差はどうしようもありません。このままではもちませんよ。この国を立て直す第一歩は、ベーシック・インカムの導入にあるとマルマは考えています。そのために、昨日はマルマとエスがよく話し合いました。それで私をここに派遣したわけです」

「ああ、反貧困キャンペーン村のエスさん？　あの入会権の論文を書いたり、共存主義を提唱したりしているエスでしょう。私の耳にも入っています」

「ベーシック・インカム導入を待ち望んでいる大勢の人がいます。彼らは選挙のときに投票場に行きませんが、ベーシック・インカムならば行く可能性はあると思います。つまり、ベーシック・インカムによって票を掘り起こすのです」

「そうか、そういう手があったのか」

「でも、選挙対策などという近視眼的な考えに走らないでほしいと思います」

ここでメアリは目を剥いてマツリを睨みつけた。しかし、マツリは構わずしゃべり続けた。

「ベーシック・インカムと言えば、財源論をはじめとして、いろいろなことが論じられていますが、肝腎のベーシック・インカムの本質は論じられていないのですよ。ベーシック・インカムの本質は何だと思いますか」

「それは、貧困の撲滅でしょう」

「いい線をいっていますが、マルマは、もともとヒトは自然からタダで生活に必要な恵みを受けていた、しかし、ヒトが武器を持ってヒトを殺しはじめる農耕牧畜以来、物質を独占するようになった、このもともとヒトが持っていた価値をもとに戻すのがベーシック・インカムだと言うのです。つまり、ベーシック・インカムは救済としての政策ではなくて、もともとの権利だ、いや権利というよりもヒトの価値だというわけです。天賦人権説ならぬ天賦ベーシック・インカム説、そして天賦ベーシック・インカム説の根底を支える人間存在価値説」

「あ、そうか。それは言えてる」

「それから、労働力を商品とする資本主義の構造をベーシック・インカムは変えてしまう。資本家は労働者から搾取できなくなる。また、マネーでヒトを搾取することもできなくなる。うまくベーシック・インカムを設計することができればですが」

「つまり、経済を平等化するわけね」

「その通りです。それで、野党第一党に政権を取ってもらって、ベーシック・インカムを導入し、世の中をひっくり返してもらうしかないということです。核兵器まで独占している政権に対して暴力革命を起こすことはできない、議会制民主主義をとっている以上、野党第一党にやってもらうしかない。これは野党第一党の責任です」

メアリは、大きく目を見開いたまま、黙り込んでしまった。

「私は、二年前に失業して、文字通り食べるものがなくなってしまいました。そのとき、つくづく考えたのです。私にも価値があるはずなのに、それは何か大きなものに吸い取られてしまっている。いったい何でこういうことになったのだろう。いつからこんなことになっていたのだろう。そう考えながら放浪しているうちに、マルマの研究棟の前にたどり着いたのです。マルマに助けられていろいろ勉強して、ヒトが神をつくったり武器をつくったりして、他人の価値を奪う仕組みをがんじがらめに構築してしまった。そして、そのことは私が生まれるずっと前からできていた。資本主義はとっくに終わっているのに、まだ資本主義を標榜してうまい汁を吸っている輩がいる。だから、エスが言いはじめた共存主義の世の中に早くしなければならない。だからここに来たのです」

メアリは、言葉を失ったように黙り込んで、瞠目したまま、斜め前の天井を見つめていた。

〈今日はここまででよいだろう。言うべきことは全部言った〉

そう思って、マツリはメアリの表情を黙って眺めていた。

メアリは、しばらく目を見開いたまま黙っていたが、そのうち瞳孔が動きはじめた。瞳孔が動きはじめてからも相当の時間が経った。何か考えているということは、その目の動きによって読み取ることができた。

そのメアリがようやく口を開いた。

「分かりました。ベーシック・インカム導入を選挙公約に入れることはなるほどいいと思います。さっそく党の役員会ではかります。でもね」

と急にいたずらっぽい表情に変わった。

「ベーシック・インカム導入が野党第一党のわが党の責任だというのなら、それを言うあなたも責任をとってちょうだい」

「来たな!?」

「マツリ、あなたは私の秘書になりなさい！　分かった？　私の秘書になって、ベーシック・インカム導入に取り組むのよ。だけど、お給料は出さないわよ。いいえ、正確に言うわ。お給料を出すお金はないのです」

マツリは、マルマの言った通りだと思って可笑しくなった。それでも自分から「秘書にして下さい」と言わないですんで楽になったと思った。

「何をニヤニヤ笑っているの!?　分かったなら分かったと言いなさい！」

「分かりました。合点承知の助です」

2

「さっきマツリは、マルマ教授のところに来てからいろいろ勉強したと言っていたけれど、政治学も勉強したの？　もっとも現実の政治と政治学とは別だけれど、このごろはあまりにも政治学とかけ離れた政治ばかりやっているので、私は政治学のエッセンスを学び直すことが必要ではないかと思っているのよ」

「政治学の勉強は少ししかやっていません。ただ、大学の図書館に七三年前にマサオ教授が大学で講義したガリ版刷りの講義録があって、それは何度も繰り返し読みました。この講義録だけ読めば政治学は十分だと思っていますから、他の本は読んでいません」

「あの講義録ね！　あの政治思想史の碩学《せきがく》がただ一度だけ政治学を講義したときの講義録でしょう。

あれは私も読みました。あの講義を聞いた学生は、みんな死んでしまったのかしら。生きていてももう一〇〇歳近くよね。でも、あの講義を生《なま》で聞いたなんて羨ましいわ。私は、あの講義録を読んで、政治家をこころざしたのよ」

「そうでしたか⁉　それなら話が早い」

「そらごらんなさい。私の秘書になってよかったでしょう」

「とくに私が痺れたのは、政党の役割です。政党の本質的な役割は、政治的システムと社会の媒介装置であるという部分です。政党は社会にある『声なき声』を集める集約装置であると同時に、その『声なき声』を一つの声にまとめて政治的システムに向かって発声する発声装置である」

「そうでしたね」

「ところが、前の抜き打ち解散のときには、進歩党の候補者が揃わず、全部当選しても過半数をとることができなかった。これでは政治的システムにつなげることはできないではないですか。進歩党は、最初から政党の役割を放棄していた。それでは選挙に勝てるわけないじゃないですか。進歩党に入れても政策に反映されないということが分かっていて、どうして選挙民が進歩党に票を入れますか⁉あれでは、最初から敗北を宣言するようなものではないですか。進歩党は、曲りなりにも野党第一党ですよ。野党第一党なら、政権を取って社会の中にある声を政策につなげる責任があるじゃないですか」

「それを言われると耳が痛いわ」

「私は、下院議員の任期満了の六か月後の前に、今の政府は誰の目から見ても分かるような失政をすると思っています。進歩党は、各選挙区に候補者を立てて、その候補者が街頭で政権党の失政を予言すればいいと思います」

「なるほど、昨日は上海市場で株価が暴落したからそれを引き金にして、この国の市場も荒れる可能性があるわね。そうなるとこれまで続けてきた政府の株価操作の失敗が露呈するかもしれない」

「それに限らず、具体的な失政の材料は山ほどあります。いくら操作しても、六か月も持ちこたえることは無理でしょう」

「その失政は、誰が見てもよく分かるから、その失政を追及しようという声を集めることはそんなに難しいことではないわよね」

「失政によって、人々の経済はますます苦しくなるから、ベーシック・インカム導入を求める声は高くなるはずです。ベーシック・インカムを導入することによって活路を拓こうと選挙民に訴えれば、失政が誰の目にも明らかになったその日には、街頭で執拗に失政を予言し、しかもベーシック・インカムという政策を準備している進歩党に票が集まるはずです」

「なるほど、マツリが言いたいことは分かったわ。だけど、それを訴える力のある候補者が少ないのよ。それを聞いて、すぐ選挙区に戻って走り出す候補者があまりいないのよ。残念だけれど」

「闘う前にもう敗北宣言ですか」

「そうじゃないけれど、現実を言っているのです。私は」

「そこが野党第一党の責任じゃないですか」

「それを言うならば、野党は一体となって、保守反動の政権政党と闘わなければならないでしょう。ご存じのとおり、野党共闘をどのようにするか、党内でももめているし、他の野党ともすんなりと話が進んでいる選挙区が少ないのよ」

「でも世の中にある多数の意見、つまりフィールハイトを、一つにまとめる、すなわちアインハイトにするというのもマサオ教授が講義録で言っている政党論のキモじゃないですか」

「言ったでしょう。政治学と政治は違うのだと。実際の政治は政治学の理論のようには動かないのよ」

「でも、ここは理論通りに筋を通すべきところでしょう。そこが党首の腕の見せどころではないでしょうか」

「うん、私の腕なら見せてあげるわよ」

と言って、メアリは太くて短い腕を上げて、袖をたくし上げた。

「でもね。この腕だけではね」

「その腕だけで十分ですよ。要は、政策です。ベーシック・インカム導入を堂々と政策の柱に据えて、それを選挙民の耳にタコができるほど訴えるのです。政府の失政が明らかになったときに、選挙民はベーシック・インカム導入を訴えていた進歩党の候補者を思い出して、その候補者に票を入れるはずです」

「その前に、選挙民に投票場に行ってもらわなければダメね。政治的無関心についてもマサオ教授は詳細に論じていたわよね」

「ベーシック・インカムは無関心層に関心を持ってもらえる政策だと思いますよ。私の読みでは、投票率は一〇パーセントは軽く上がると思う」

「その分が野党にまわってくればいいのだけれど、そうなると候補者の熱意の問題になるわね」

「その候補者ですが、解散が今だとすれば、どのぐらい揃っているのですか」

「進歩党だけだとすれば、全選挙区の半分まで少し足りないというところなの。他の野党を加えれば、半分を少し超えるのではないかしら」

「それでは心もとないですね。また前の選挙と同じになってしまう」

「でも、私の頭にはマサオ理論があるから、集約装置と発声装置は十分承知しています。私が党の代表になってから二年になるけれど、シコシコと候補者探しはしている。出るの出ないのと言って迷っている人が全部出ると決心してくれれば、全選挙区とは言えないまでも、ほとんどの選挙区に進歩党の候補者を立てることができるでしょう。それに他の野党が候補者を立てれば、ほぼ全選挙区に野党の候補者が立候補できると思う」

「それはなかなかやるじゃないですか！」

「でもね、立候補を渋っている候補者があまりにも多くて困っているのよ」

「なんでそんなに渋るのですか？」

「あなた、そんなことが分からない？」

「分かりません」

「私の口からは言いたくないけれど、進歩党から立候補して落選したときには、その日から食べてゆけなくなるからなの」

「だったら落選しなければいいじゃないですか。ベーシック・インカムを公約にかかげたら落選しない、という信念を持ってもらいましょうよ」

「そこまで強気で断定できればいいのだけれど、果たしてそれを候補者に信じてもらえるかどうか……」

「と言われてしまうと……」

メアリは、また大きな目を開いて、天井を見上げた。この人が考えごとをするときには、こういう表情と姿勢をするようだ。しばらくして、何かを思いついたように、ハッとした顔になって、

「そうだ、マツリ。あなた立候補を躊躇している人を回って、ベーシック・インカム導入政策を党の公約に加えるから立候補してほしいと説いてくれない？　そうすれば人々の声を集めることができるし、その声を一本化することもできる。あなたが回っているうちに、私は、党役員を説得するから」

なるほど、この人はマルマが見込んだだけのことはある。もとよりマツリとしては異存はない。

「分かりました。やってみます」

「合点承知の助でしょう！」

3

翌日、マツリは、夜の明けぬ間に住まいにしている大学の宿直室を出た。バスと列車を乗り継いでロック県北部の小都市に到着するまでの七時間は、マツリにとって新鮮な時間だった。考えるまでもなく、州都の外に出るのはマツリにとって初めての経験だった。自分なりに悪戦苦闘しながら一所懸命に生きてきたつもりだったが、それはしょせん穴蔵の中でもがいていたようなものだ。

バスを降りて鉄道のホームで列車が来るのを待つ間がずいぶん長いように感じられた。マツリは、列車が来る方向ばかり見ていたが、ビルの陰から列車が小さな姿をあらわしたときには、心底ホッとした。

列車は三両編成の長距離鈍行だった。ドアが開いてマツリが乗り込むと、車両はガランと空いていて一両に四、五人しか乗っていなかった。マツリは、四人席のボックスを独占して窓際に座り、靴を脱いで足を前の席に投げ出した。間もなく列車が走り出した。窓から見える景色がどんどん後ろに飛んで行った。

マツリは、しばらく車窓の景色を眺めていたが、手元のコンビニ弁当に目を落とし、朝食にとりかかることにした。

躊躇している人を回って立候補に踏み切ってほしいと説得することを承知したものの、交通費のないことに気づいてぼんやりしていたとき、メアリは、ソファーから机の方に戻って、引き出しを開け、急いで紙袋をつくってマツリに手渡した。

「お給料は出せないけれど、交通費と食費は出します。貧乏所帯で、ごめんね。これからは、党の会計から実費を受け取ってちょうだい」

マツリは、この台詞が気に入った。実費だけとはいえ、失職以来、はじめて手にする収入だ。

〈貧乏！　結構じゃないですか。誰が金持ちの党なんかに行くものか。実費を貰えれば、俺には十分だ〉


ロック県北部の地方都市の駅に降りたのはマツリだけだった。乗り込む客はいなかった。無人の改札を出ると、目の前に真っすぐに通るポプラの並木道が見えた。陽の光を浴びた緑のポプラの葉がてんでに風に揺られていた。

しかし、その美しい風景の中には人影がまったくない。マツリは、そのことに気づいて、並木沿いの町並に目をこらした。左右にはたしかに二階建てのモルタル造りの建物が並んでいた。しかし、建物という建物は一様にシャッターがおりていた。一様にということは全部という全部。これはまるで、ゴーストタウンではないか。これはどうにもこうにもならない。いったいこんなところに、進歩党の候補者がいるのだろうか。だいたい選挙民がいるのだろうか。

マツリは、何かそら恐ろしい気持ちに襲われた。まるで草木のない原野の中に、ひとりだけ放り投げられたようなものだ。しかし、ここまで来た以上前に進むしかない。


ポプラ並木を真っすぐ三〇〇メートルほど行くと、右に入る道があった。その角から三軒目の右側にシャッターが降りていない店舗があった。ここが立候補を躊躇している党員の店だと聞いていた。マツリは、この店のシャッターが降りていないことに、とりあえず安堵《あんど》した。

その店は、間口四メートルほどの自転車屋であった。ガラスの引き戸を引いて中に入ると、油まみれの繋ぎを着た小柄な男性が鉄パイプ製の折りたたみ椅子に座っていた。店の中には、四台の自転車が並んでいた。

「メールで連絡したマツリです。メアリ代表の秘書です」

「ああ。ワシはワタリといいます」

「駅前には人気《ひとけ》がなかったようですが……」

「ご多分にもれず超過疎地だもんで。この町はもうダメです。ここだけでなく、この隣り町も、その隣り町の隣り町も、みんなこんなもんです」

「進歩党の党員で、次の選挙には立候補を検討されていると聞いていますが」

「ああ、一時はね。それも考えておった」

「今はどうですか？」

「今はなあ、そんじゃって」

「考えていたということは、今の政府には批判的なのでしょう？」

「それはそうなんだがね」

「立候補するのに何か不都合があるのですか」

「不都合!? それはいっぱいあるさ」

「どんな不都合ですか？」

「党のお偉いさんは知らんのじゃろうが、まず立候補すると言ったとたんに自転車を仕入れることができなくなる。そうすれば商売があがったりだ」

「そんな締めつけがあるのですか⁉」

「あるのよ！」

どうみても自転車がそんなに売れているように見えないが、それでも仕入れができないということは、生きるか死ぬかの切実な問題なのだろう。政権与党がこんなところにまで触手をのばして隅々まで締めつけていることに、マツリは怒りを覚えた。汚い奴らだ！　黙り込んでしまったマツリに、ワタリが、

「こんな店で自転車が売れるのかと思うだろうが、それでも、月に一、二台は売れる。それで、ワシと八七歳になる母親の二人が暮らしておる。仕入れができなくなれば、暮らしてゆけなくなる。それに」

「それに⁉」

「うん、それに立候補して落選すれば、もう自転車を買いにきてくれる人はいなくなる。中古を扱うとしても、世の中から相手にされなくなる」

「そんなに政権与党は強いのですか？」

「強いのなんのって、保守党に非ずんば人に非ずよ。だいたい進歩党が弱すぎる。進歩党がだらしなさ過ぎるわけさ。進歩党が政権をとったら飯が食えなくなると思っているわけよ。みんなは」

「保守党政権の今だって、飯が食えない人はいっぱいいるではないですか」

「それはそうだが、もっとひどくなると思っているわけよ」

「しかし、進歩党は、ベーシック・インカム導入を選挙公約に入れることにしたのですよ。ベーシック・インカムで月々決まった収入があれば、飯は食えるじゃないですか」

公約に掲げることを、役員会でまだ正式に決定したわけではないが、今やこれしかない。この際のフライングは許されるだろう。

「ベーシック・インカムのことは、ワシも知っている。ベーシック・インカムを導入して、世の中を全部ひっくりかえさなければならんと思っている」

「それが分かっているのなら、是非進歩党から立候補してくださいよ」

「ワシだって分かっている。ベーシック・インカムということになれば、この町の人だって戻ってくる。ここに住んでいても飯が食えるということになれば、外に出る必要はない。ここにいて子どもを生むこともできる。みんなもともとはこの町が好きなんだ」

「だったら、立候補してベーシック・インカム導入という政策を力強く訴えましょうよ。ワタリさんだけでなく、全選挙区に候補者を立てて、ベーシック・インカム、ベーシック・インカムと叫ぼうと、メアリ代表と話をしているのです」

ここでワタリが苦笑いをした。

「それは夢というものよ。現実はもっと厳しいわけよ。トントンとそんな運びになるわけはない」

ここまで話せば、ワタリがどの程度の人物であるかだいたい分かった。意識は高いが、行動が弱く、度胸も少し足りない。しかし、こういう環境で、高齢の母親を抱えている境遇ならば、立候補に二の足を踏むことは理解できる。それはともかくとして、こういう人が進歩党に残っていることは貴重である。マツリはワタリを信用することにした。

「私は、今の政府は、誰にでも分かるような失敗をすると見ています」

「それはそうさ。もうすでに十分以上に失敗している。このままだとこの国は崩れてしまう」

やっぱり意識は非常に高い。

「それで、私はこれから全国をまわって立候補をお願いすることになっています。そしてベーシック・インカムを進歩党の公約にすることを言って回ります。ワタリさんは、その様子を見て、よし、いける、と思ったら、立候補に踏み切って下さい。立候補に必要な供託金は党が用意します」

「分かったと言いたいところだが、今は確約できん」

「今確約をほしいと言っているのではないのです。情勢を見て、よし！　となったら出てください」

「それならば約束できるかな」

ワタリの表情が明るくなった。

「立候補したら、その日から、駅頭で政府の失政を予言し、ベーシック・インカム導入の公約を強く訴えてください」

「駅頭なんかに人はおらんよ。見てのとおり」

「だったら、自転車で選挙区を回ってください。毎日ですよ」

「よっしゃ、分かった」

行動力も度胸もまんざらではないようだ。

4

ロック県の小都市を皮切りにしてマツリの行脚がはじまった。文字通りの東奔西走の毎日が続いた。マツリが回ったのは、主として地方の中小都市だった。進歩党から次の総選挙に立候補したいと思いながらも、それぞれの事情で立候補をためらっている人は中小都市に多いからである。

マツリはどこに行っても、ベーシック・インカムという党の公約を旗印にして、選挙に打って出てほしいと頼んだ。

それぞれの事情というのは千差万別であった。農業をやりながらほぼ自給自足の生活をしている人も、福祉事務所に勤めながらボランティア活動をしている人もいた。こういう人たちは、目の前の仕事に時間を割くことがやっとという状態だった。あるいは職を失って食うや食わずの生活をしている人もいた。彼には時間はあるが、生きてゆくエネルギーがほとんどなくなっていた。

それぞれの事情はあるものの、共通の意識はあった。それは地方の中小都市の衰退に暗澹とした気持ちがあること、そして政権与党に怒りを持っていることである。この風前の灯《ともしび》のように見える思いが、まだ消えずに残っていることが、マツリにとって励みになった。この灯が消えないうちに、進歩党がベーシック・インカム政策の骨格を明示して、大きな火を起こさなければならない。マツリは、列車の車窓から移り行く風景や夜行列車の窓から見える人家の灯を眺めながら、できるだけのことをしようと何度も自分に言い聞かせた。

マツリが何よりも心強いと思ったことは、彼ら彼女らがベーシック・インカムのことをよく知っていることである。しかし、これは当然のことなのだ。なぜならば、貧困に苦しんでいる人が身のまわりにあふれているからだ。この状況を脱却するためには、ベーシック・インカムしかないと心底から思っている。中には集会を開いてベーシック・インカムについて説明し、市民の意見を聞いていた候補者もいるほどだ。どうして、このような声が党に届いていなかったのだろうか。声なき声を集めるという政党の役割をまるで果たしていないではないか。ベーシック・インカム導入が切実だという彼ら彼女らの声をしっかり聴いていれば、ベーシック・インカム導入を〈検討する〉などとのんきなことは言えないはずではないか。

考えてみればこれも当然のことであるが、彼ら彼女らは、ベーシック・インカムの本質もよく分かっていた。その理解の程度には濃淡はあるが、ベーシック・インカムは世の中を変えてしまうものだということは、共通の認識になっている。そして、ベーシック・インカムを導入すれば、財政構造を変革することが必要で、そのためにはＡＩ関連予算や戦争関連予算を削減しなければならないということもよく知っている。だからこそ、できれば立候補したいのだと言い切った人もいた。

しかし、マツリの目の前で、「立候補します」と断言した人は皆無だった。結論はみんな、

「情勢を見て、よし！　となったら出る」

ということになった。

今日の午後、ロック県のワタリと同じになった。ラージヒル県の小都市で会ったシスイという女性は、

「いざ鎌倉ってときはね！」

と約束してくれた。

〈それでいいのだ。それで十分ではないか〉

マツリは、列車の窓から茶畑を見ながらぼんやりしていたが、次の駅ではホームの上で深呼吸しようと思いついて席を立った。

デッキから外を眺めているうちに、ほどなく列車はスピードを落として、プラットホームに滑り込んだ。

マツリは、ドアが開くとすぐにホームに降りて大きな伸びをした。風が花の香を運んできて、気持ちがよかった。この風がマツリの髪を膨らました。これもまた、何て気持ちがよいのだろう。

あちこちに奔走している間に、緑はすっかり濃くなった。

唐突なようだが、ここからキクコに心の中で呼びかけた。

〈キクコ元気か⁉　シンチも元気に走りまわっているか⁉

あれからひと月も経ってしまったが、俺は片時もキクコのことを忘れていないよ！

でも、薄情だと思っているかもしれない。しかし、そんなことはない！

そのうち、反貧困キャンペーン村に行くから、待っていろよ！〉

ホームで発車のベルが鳴ったので、マツリは座席に戻った。

〈いつかいつかと思っているうちに、行けなくなってしまうかもしれない。スケジュールを組んで反貧困キャンペーン村に行く日を入れておこう〉

マツリが手帳を取り出して、日程を眺めているうちに、列車はラージヒル県からベイ県に入って次の駅のアナウンスをした。

〈そうだ。ここはトブキというドヤ街があったはずだ。陽のあるうちに行けそうだから、ドヤ街で声を聞いておこう〉

5

マツリは、網棚から焦げ茶色の鞄をおろして脇に抱え、デッキに向かった。

すぐ隣りに県営ホールや繁華街や裁判所やホテルがあるのに、マツリは、ドヤ街に一歩足を踏み入れたときには驚いた。見た目には、四角いコンクリート造りの建物が並んでいるだけだが、どこかが違っている。

貧民という点では同じカルチャーの中で育った自分が何も驚くことではない。そう思っても、ここにはどこか少し違うカルチャーがある。いや、そもそもカルチャーというものが形成されているのだろうか。何もかもが崩れてしまってバラバラになっている。そこが違うところなのだろうか。しかし、ここに一歩足を踏み入れただけで、どうして何もかもが崩れてしまっていると思ったのだろう。それはただ、そう感じただけなのだろう。では、なぜそう感じたのだろうか。

おそらくこの臭いだろう。動物の肉が腐ったときに発する臭いだろうか。しかし、それだけでなく、他に何かの臭いが混ざっている。汗の臭い、血の臭い、にんにくの臭い。それに消毒薬の臭いも入っている。また、どぎつく甘い香水の臭いもある。おそらく何十、何百という物質の臭いが混ざって、何十年もかけてこの町の臭いをつくったのだろう。

俺は今、その臭いを嗅いでいるわけだ。

いったいこの町をドヤ街と呼ぶのはいいのだろうか。

ドヤ街というのは、立ち並んでいる簡易宿泊所を寝ぐらにする日雇い労働者が多く住む街という意味である。だいたい一世紀前から大都市の一角にこういう街ができたと聞いているが、三分の一世紀ほど前から日雇い労働者が少なくなり、二〇年前頃には、ここに住む住人のほとんどは、生活保護を受給する人たちになった。しかし、今は政府が福祉予算を削減しているので、生活保護を受給している人はまったくない。というか、たまたま生活保護を受けることができる好運な人は、ドヤ街に住んでいられない。まわりのやっかみにあって、袋叩きにされるからだ。では、どんな人がこのドヤ街に住んでいるのか。

それは仕事を持たない浮浪者である。そして、その浮浪者の八割は外国人であると聞いていた。なるほど、街に入って路上で寝そべっている人の顔をのぞくと、汚れでよく判別はできないものの、外国人が多いことは分かる。明らかに病人であることが分かる人もたくさんいる。

なぜ、こんな目も当てられないような国に外国人が来るのだろうか。それは外国がもっとひどいからだ。外見上は華やかに見えるこの国で、夢を叶えようとして危険を冒してやってきた人たちに違いない。

なるほど、幅員四メートルほどの道をはさんで簡易宿泊所は立ち並んでいる。その意味では「宿」の読みをひっくり返したドヤ街でもよいのだろう。しかし、このドヤは、今はほとんど使われていない。料金を払う人がいないからである。では、みんなどこに住んでいるのかと言うと、路上にマットやビニールシートを敷いて寝起きしているのである。そのように聞いてはいたが、マツリが見た光景は、その通りだった。目の前にいっぱい簡易宿泊所があるのに、その簡易宿泊所は使われておらず、ここにいる人はみんなホームレスである。

では、何を食べて生きているのだろうか。

そう思ったとき、軽トラックがやってきて、たすきをかけたエプロン姿の女性が三人降り、荷台から弁当を取り出して、並べはじめた。おそらく賞味期限が切れたコンビニ弁当なのだろう。

タスキには、「トブキ町給食隊」と書いてある。

ゴロゴロしていた人たちがモッソリ起き上がって列をつくった。

労働がなくなり、寝る場所は地べたになったが、ボランティアの人たちが食糧を運んできてくれるのであれば、ここで暮らす理由はある。使われていなくても、ここに簡易宿泊所が並んでいるのであるから、ドヤ街と言ってもおかしくないことになる。

簡易宿泊所に挟まれて食堂があった。看板がはげ落ちているから、もう使われていないのだろう。中をのぞくと、五、六人の男が四角い板のテーブルを前に座っていた。マツリは、少し話をしたくなった。

もとよりマツリは、こういう人たちが他人の干渉を嫌うことはよく知っている。自分自身がそうだったから。しかし、何か聞かなければ途中下車した意味がない。

マツリは、薄暗くなった部屋の中に入って行った。たばこの煙が充満していて、マツリの鼻を強く刺激した。

マツリは、襤褸《ぼろ》を身にまとった髭面の男の隣りの丸椅子に腰かけた。男はチラリとマツリを見たが、すぐにいかにも大儀そうな表情をして目を伏せた。しかし、その表情には尊厳のようなものがあった。その男に尊厳があると感じることは、要するにマツリの方にコンプレックスがあるからだろう。そのことはこの街に入ってからずっと感じていたことだ。進歩党に票を集めたいというようなあさましい根性をここでむき出しにするのはよくないことなのだ。それは分かっていても、このまま帰るわけにはゆかない。

ベニヤ板の壁に一神教の真新しいポスターが貼ってあった。ポスターには、教団の名称とともに、「信じよ。さらば救われん」と大きな字で書いてあった。マツリは男に話しかけた。

「あの宗教団体の連中はよく来る？」

男は、目を伏せたまま黙っている。よそ者から声をかけられて怒り出すかもしれない、逃げられるかもしれないと恐れていたが、黙っているのは思ったよりましな反応だ。マツリも黙ったまま話の接ぎ穂を考えた。すると、しばらくしてから、男が、

「来る」

と答えた。低いが太いいい声だ。

「関心はある？」

また、男は黙り込んだ。そして、マツリは待った。しばらくしてから男は、

「関心なんてない」

とポツリと言った。

「どうして？」

男は、目を開けてマツリをチラリと見て、黙り込んだ。そしてまた、しばらくして、

「他人から救ってもらおうなんて思わない。神なんてもんが俺を救えるはずはない」

と言った。

この男は、少し間を置けば答えるのだ。ならば、質問を続けよう。

「じゃあ、選挙には投票に行くの？」

「行かない」

「どうして？」

「票を売るから」

「売るって、それは投票券を売るということ」

「そうさ」

男は、蔑《さげす》むような目つきをして、マツリを見た。会話のテンポが早くなった。

「投票券は届くの？」

男は、〈何だ、知らないのか〉という顔つきをして、

「役所の窓口に行けば交付してくれる」

と答えた。マツリは、自分が初歩的なことも知らないことを思い知らされた。

「で、投票券を受け取って、投票場に行かないの？」

「行かない。さっき言ったろう。売ってしまうから」

「誰に売るのか？」

「教えてやらんわ」

「保守党の候補者に売るんだろう？」

マツリの言葉がぞんざいになってきた。これでようやく対等になった。この男にとっても、この方が話しやすいだろう。

「返事してやらんわ」

「返事しなくてもいいわ。分かっているから」

「あんた、進歩党だろう」

「そうだ。マツリっていうんだ」

「進歩党だって買いに来るよ」

マツリは、男の目をのぞき込んだ。男は目を泳がせてからそっぽを見た。

〈この野郎！　嘘をついている。進歩党から金を引き出すことを企んでいるのだ〉

「進歩党の候補者が票を買いにくることはない」

「そうでもないさ。もっとも、保守党は進歩党の五倍に値をつけるから、進歩党に売ったことはない。なにしろ進歩しない進歩党だから、そんなところに売ったって、いいことはない」

〈白を切るならまだしも、挑発にきたか〉

「進歩党は、票を買って摘発されるような馬鹿なことはしない」

「そうでもないさ。俺は毎度売っているが、摘発されたことはない。ここらの連中はみんな売っているが、摘発された奴はいない」

「それは保守党に売るからだ。進歩党なら摘発される」

　警察が機能していないことは事実であるが、男が言うほど大々的に買収が行われれば、少しは摘発されてもおかしくはない。それとも、これには何かのからくりがあるのだろう。そう考えていると、男が意外なことを言い出した。

「選挙がはじまると、俺たちは全国で票にいくらの値がついているか情報を集めるのよ。上の連中は知らないだろうが、俺たちは俺たちなりの情報網があるのでね。アングラ情報っていうやつよ。何せ票を無駄にはできんのでね」

〈票を無駄にしないなんて、こんなところで使う言葉か！〉

しかし、選挙というか、政治というか、それらの闇を見ている思いがする。それに謎もある。

〈どうして票が売りさばかれているのに、保守党の手に渡っているのに、投票率が上がらないのだろう？　ダミーを投票場に行かせているはずなのに〉

最初に見たときには、今にも地面に沈み込んでしまうように見えたこの男が、こんなにしたたかだということは知らなかった。

〈しかしこれは、生きる知恵というものだろう。したたかに生き続けてもらって、いつの日にか自分で投票場に行って、進歩党に一票を投じてくれればそれでいいのだ。無気力で何も考えなくなるよりもよほどいいことではないか〉

そう思うと、この男がとても頼もしくなってきた。そしてまた、思った。

〈票を売るなどということに知恵を働かせずに、もっと大きなことに知恵を使ってほしい〉

もう一つ聞いておこう。

「ベーシック・インカムという言葉を知っている？」

「ああ、知っている」

これも意外な返事だった。それならば、一から講釈しなくてもすむ。

「どこで知った？」

「拾った新聞に書いてあった」

「進歩党がベーシック・インカムをやると決めたら、あんたは票を売らずに、投票場に行くかね？」

「さてな」

と男は言って、考え込んだ。

〈これは、ほんとうに考え込んでいる顔だ。それだけでよい〉

椅子から立ち上がろうとするマツリに男は言った。

「また来な。今度来るときには酒を持って来いよ」

6

マツリが東奔西走している間に、進歩党の役員会が開かれた。

進歩党本部の二階に会議室がある。その会議室の長方形のテーブルを囲んで、座長のメアリ代表、オオツ代表代行、ノブミ幹事長、クニヨ総務会長、ヤマカ政務調査会長、エリ選挙対策委員長が腰かけた。クニヨ、エリは女性なので、女性と男性がちょうど半々になる。

座長のメアリが、次の選挙の公約に、ベーシック・インカムを導入することを提案した。

メアリは、「ベーシック・インカムの導入を検討することは、すでに党のマニフェストには入っています。しかし、導入の検討ではなくて、導入すると断言する。そういう提案です」

これに対して、ただちに反対したのは、政務調査会長のヤマカである。

「急にそんなことを言われても困ります。だいたいベーシック・インカムの実施を公約することは難しい。公約に掲げると言ったって、財源からなんから具体的に示さなければならないでしょう。政務調査会でまとめろと言われてもできませんよ」

このひと言で、メアリの頭に血がのぼった。しかし、冷静にならなければと自分に言い聞かせ、ひ

と呼吸おいて、

「しかし、ベーシック・インカムを導入することは切実な問題ですよ。私の秘書が立候補を躊躇している人たちの意見を聞いて回っていますが、みんなベーシック・インカムのことをよく研究していて、公約に掲げることには積極的だという報告が入っています」

　と言うと、ヤマカは直ちに反発した。

「代表の秘書が選挙区を回って意見を聞いて歩くなんて、それは越権行為ではありませんか！　それは政務調査会の権限ではないか」

　冒頭から嫌な雰囲気になってきた。

〈ヤマカは私に先を越されたことが面白くないらしい。だからといってベーシック・インカム導入を公約に入れることを思いつくような男ではない。だいたい自分の得点のことしか考えていないのだ。だから進歩党はいつまでもバラバラなのだ〉

　メアリの気持ちが萎えかかってきたとき、選挙対策委員長のエリから援護射撃があった。

「代表の権限に越権行為はないでしょう。だいたい政調会長は、なぜ立候補を躊躇しているのか、調べたことがあるのですか。何もやらないくせに、秘書が代わって聞いて回ることのどこがいけないのですか」

「それをするのは、選対の仕事ではないか。じゃあ、選対委員長は、立候補者のテコ入れをしているのですか⁉」

「代表の秘書が回りはじめたということを聞いて、しまったと思っているのです。先を越されてしまったとね。だけど思い直したのです。ほんとうは私がやらなければいけなかったとね。だから秘書が集めた情報をもとにして選挙対策を練りなおそうと思っているのです」

「でもそれは選対が勝手にすることではないわよね。だいたいベーシック・インカム実施を公約にするかどうかもまだ決まっていないのだから。まず総務会の意見を聞いてもらわなければ。総務会だって、検討でなくて導入ということになると、まとめることは難しいと思うわ」

これは、総務会長のクニヨの発言であるが、彼女も消極的であることがはっきりした。さすがにメアリは、この発言を聞いて業を煮やした。

「政党の原点は、人々の声を集めて、それをまとめ上げ、政策に反映させる役目でしょう！ 立候補をためらっている人たちは、ベーシック・インカムについて選挙民からの声を聞いて、その実施が切実な願いであることを知って、その声を集めて賛成だといっているのです。だったら、その願いにこたえるのが政党の役割でしょう。政調会長も総務会長も消極的なようだけれど、考えを変えて、政調会、総務会をまとめてください」

ヤマカもクニヨも憮然とした表情をしたが、何も言わなかった。

ここで、代表代行のオオツが発言した。

「その秘書の調査では、立候補をためらっている人たちは、党がベーシック・インカム導入を公約すれば出るといっているのですか」

「そういう人たちの境遇はなかなか厳しくて、一本道でそうなるとは限らないようです」

メアリは、逐一あがってくるマツリの報告を頭に置きながら答えを続けた。

「私たちの読みでは、政権与党は、次の選挙までに必ず誰でも分かる失政をする。そのことを予言しておき、わが党はベーシック・インカムを導入するからみんな安心して暮らすことができると人々に訴える。そういう情勢ができたら必ず立つと言っているのです。ここまではみんな一致しています」

エリがそれを受けた。

「だったら、早くとりかからなければ。ベーシック・インカムを実施するという公約ができたら、私も全国を回ります」

「しかし、公約する以上、財源を明らかにする必要がある。ということは、財政構造を変えなければならない」

と幹事長のノブミが発言すると、間髪を入れずにメアリが答えた。

「当然でしょう。もともとAI関連予算や戦争関連予算を大幅に削減することは党のマニフェストに書いてあります。しかし、ベーシック・インカムを導入すると先に決めてしまって予算をどう組むか、そのことを綿密にシミュレーションしなければならない。その軌道を敷いてしまえば、あとはその軌道に乗って走ればいいのよ。だから、経済学者や財政学者の知恵を集めてきちんとした計画を作る。これは政務調査会の仕事だけれど、政調会長はやりますか」

「……」

「あなたがやらなければ、私がやります。越権行為だなんて言わせないわよ」

「これは、大変なことになったな」とオオツ。

オオツは、乗り気なのか乗り気でないのか分からない。オオツの中途半端な言葉を聞いて、メアリは、この際言うべきことは、言っておかなければならないと思った。

「当たり前でしょう。大変なことですよ、これは。ベーシック・インカムは、世の中を変えるための最初の一歩なのです。このまま政権与党の暴挙を許しておけば、人々は生きて行けなくなります。政府の棄民政策がどんどん広がっています。この国は滅びてしまいます。そういう危機感を持っている人はいっぱいいます。だから党是として、世の中を変えようとわが党は国民のみんなに訴えています。ここまでは、党の役員はみんな一致しているはずです。しかし、しっかりここで認識しなければならないことは、国民からは口先ばかりだと思われていることです。そんなことでは、野党第一党の責任は果たせません。

だから、政権を取るために本気になろう。政権を取らなければベーシック・インカムは実施できない。政権を取ってベーシック・インカムを実施しようではありませんか」

「代表の情熱は分かったが、そこまではっきり言われると白けるなあ」

このヤマカの発言にかまわず、メアリが続けた。

「それから、マルマ教授の説ですが、もともと人間は生きてゆく糧をタダで受け取る権利がある、これがベーシック・インカムの本質である。そして、ベーシック・インカムを実施することによって、すでに形骸化している資本主義を葬って、みんなが生きてゆける共存主義の世の中にしなければならない」

〈言いたいことは、だいたい言ったかな〉

メアリが脱力して椅子に深く腰を落とすのを見て、ノブミがまとめた。

「代表の言葉にアレルギー反応を起こしている人がいるようだが、今日聞いたばかりだから、みんなよく考えて、次回に結論を出しませんか。次回には、代表の秘書もオブザーバーとして出席してもらいましょうよ」

「賛成」

とただちにエリが反応し、反対の発言がなかったので、マツリの次回出席は決定されたことになった。

7

マツリは、行脚の合間をぬって、数日後に開かれた進歩党の役員会に出席した。出席した役員は、前回の六人の他に、もう一人の代表代行のカワモが加わった。

オブザーバーということになっているが、議決権がないだけで、自由に意見を言ってよいとのことであった。しかし、会議が開かれてみると、マツリに対するヒアリングのようなものになった。座長のメアリが、質問の口火を切った。

「立候補を躊躇している人のことを、いちいち躊躇している人と言うのは煩わしいのだけれど、何と言えばいいと思う?」

「端的に候補者でいいのではないですか。いざ鎌倉のときには立候補すると言っているのですから」

「みんなそう言っているのですか?」とエリ。

「言っていますよ」

「信じられない!」

「情勢が変わりつつあるのです」

「でも、政府の失政があれば立ち上がると言っているのでしょう?」

とノブミ。ここから先は、出席者とマツリの質疑応答になる。

「いいえ、順序が逆です。先に立ち上がって、政府の失政を予言しなければなりません」

「しかし、その予言が当たらなければ、党の信頼を失うことになる」とノブミ。

「でも、選挙までは、金庫のふたを開けて金をどんどん流すのではないかしら。政府は失政を隠すために、何でもすると思うわ」とクニヨ。

この二つの懸念に同時にこたえる必要がある。

「私は、誰の目から見ても分かる失政が出てくると言っているのです。政府がいくら糊塗しようとしても、現在の国際情勢を合わせて国内の状況を見ると、まず失政は誰でも分かる形であらわれると読んでいます。しかし、これはあくまでも読みに過ぎませんので、それだけを強調すれば幹事長が言われるような事態になってしまう危険はたしかにあるでしょう。しかし、現在でも政府の失政ははっきりしています。誰にも分かるところまではいっていないかもしれませんが、格差拡張、棄民政策の弊害、政府の腐敗、こういう失政を数え上げればいくらでもあります。これを誰もが分かるような言葉にまとめて、選挙で訴える必要があります。その訴えの中に、予言を入れて街頭で訴える。これが私の描いている作戦です」

「それなら分かるわ。でも、それだけで候補者はほんとうに立候補に踏み切るのかしら」とエリ。

「だからこそ、ベーシック・インカムを導入するという公約が必要なのです。ベーシック・インカムによって、筋が通ります。野党第一党の責任を果たすという気概を選挙民は受け取ると思います。その選挙民の気持ちを受けて、候補者は立ち上がると思います。そこまでの感触はつかんでいます」

「なるほどね。それならば、ベーシック・インカムを導入する公約の重要性は分かる。では、ベーシック・インカム導入を公約しなければ、候補者は立たないと思いますか?」

これは、カワモのはじめての発言である。

「候補者は立たないでしょうね。進歩党から立候補して落選したら、世の中からボイコットされて生きて行けなくなるところまで追いつめられている候補者が多いのです。だから立候補する以上、当選しなければならないと思っています。しかし、当選する材料がない。ベーシック・インカム導入以外の材料はありますか？　検討と言うだけでは、候補者は乗ってきませんよ」

これには、全員が黙り込んだ。沈黙を破ったのは、エリである。

「選対に何か材料を出せと言われても、何もないわ。それでこれまで選対は困っていたのです。私は、ベーシック・インカム導入を公約に掲げることに賛成します」

「こうとなれば、ベーシック・インカム導入の公約を掲げて戦うしかないですね。そうと決まれば、まず緻密なシミュレーションをつくって、設計しなければならない。大きな仕事になる」

ようやく幹事長のノブミが踏み切ったようだ。メアリが引き取った。

「そうと決まれば、マスコミ対策やら、ネット対策やら、いろいろしなければなりませんね。これから忙しくなります」

その言葉を聞いて、マツリには対策として決めてほしいことがあることを思い起した。

「先日気になることがあって、ベイ県のトブキ町に寄ってみたのです」

「あのドヤ街？」とクニヨ。

「そうです。そこで聞いた話ですが、保守党は、選挙になると投票券を買いにくるそうです」

「それは聞いたことがある」とオオツ。

「それが半端でないのです。選挙がはじまると、アングラ情報網があって全国で票にいくらの値がついているか情報を集めるのだそうです。だから、多くの投票券が保守党に集められることになっているのです」

「そこまでは知らなかった」とオオツ。

「で、不思議なことがあるのです。それならば、どうして投票率があがらないのでしょうか。投票券を買ったらダミーを使って投票場まで行かせるはずではないでしょうか」

　みんなキョトンとして、顔を見合わせるばかり。

　やっぱりすぐには気づかないのか。野党第一党の役員とはいっても、血のめぐりはこの程度なのか。

マツリは少し可笑しくなって、笑顔で解説した。

「私は、帰りの電車の中で気がつきました。保守党は、買った投票券の数を掌握しているから、何票取れれば当選するか分かるのです。人工知能を使って計算すれば、買い集めた投票券を棄てても勝てる数字を出せます。つまりそれは棄権にカウントされるだけですから。だから、不要な投票券は捨ててしまう。わざわざダミーを使って投票させる必要はない。警察は保守党に取り込まれて買収を摘発しませんが、全国で大勢のダミーが投票に行けば、さすがに黙っていないかもしれない。ダミーが買収した投票券を使って投票すれば、買収や文書偽造の証拠が残りますが、投票券を棄ててしまえば、証拠は残らない。私が会った男は、票を無駄にはできないから売ったと言っていましたが、保守党も棄てることによって、票を有効に使っているのです」

「ひゃあ、それじゃあ、とてもわが党はかなわないわね。選対委員長の私がいくら頑張っても」とエリ。

「でも、それならば、保守党も少しは警察を恐れていることになる。警察やマスコミを使って、摘発まで追い込む手がないことはない」とノブミ。

「ですから、対策の一つとしてそのことも入れてほしいのです」

このマツリの発言を待って、メアリが言った。

「どう？　政務調査会長、これでも越権行為だと言いますか？」

「いや、そのことはもういいです」とヤマカ。

「では、ベーシック・インカム導入を党の公約にするということは、役員の全員の賛成によって決定したということでいいですね」

全員が頷いたので、これで決定ということになったはずだが、ここでヤマカがねばった。

「決定は、それでかまいませんが、一つだけ条件があります」

「何？」

「前回代表がベーシック・インカムの本質を言われましたが、そのことは、党の公約の中で触れない方がいいと思います」

「あら、どうして」

「難しくて選挙民がついてこないと思います。資本主義を葬るなんていうのは過激すぎて、引いてしまう選挙民が多いと思います」

「そんな中途半端なことでは、かえって選挙民から見放されることにならないかしら」

これは、選挙民の心理をどう読むかの問題である。メアリとヤマカの議論はめんどうなことになりそうだ。ここで代表代行のカワモが割って入った。

「ベーシック・インカムを公約にどう書き込むかということは、たしかに難しい問題ですよね。それはこれからの政治情勢、社会情勢によっても違ってくる。今日のところは、ベーシック・インカム導入を党の公約とすることを決定したことまでにして、公約にどう書き込むかについては、起案ができたところで協議して決定すればよい」

「ではこうしましょう。起案委員に私も加わります。私が加わるということは、私の私設秘書のマツリに代理をしてもらうこともあるということです。いいですね」

メアリのひと言で、この日の役員会はお開きになった。

8

ようやく時間ができたので、マツリは反貧困キャンペーン村の本部事務所のトシに連絡した。

「反貧困キャンペーン村に行って、ベーシック・インカムについての進捗《しんちょく》状況を説明し、皆さんの意見を聞きたいのです」

という申し入れに、トシは、

「それならば、組親会議を開きます」

と即座に返事をして、

「村に来る用件はそれだけ?」

と続けた。

「いや……」

「キクコが待っているわよ」

「それもあります」

「その日はお泊りよ。とんぼ返りは私が許さないわよ」

「もちろん、そのつもりです」

「だったらそれを先に言いなさいよ。どちらが目的なの？」

「二つともです」

「じゃあ、二つともだってキクコに言っておくわ」

辛辣なもの言いをするが、トシという人は親切だ。マツリは、その日が楽しみになった。


マツリがはじめて反貧困キャンペーン村に行ったときには、季節はもう初夏になっていた。バスを降りると青空の下の遠くの山々がまぶしく見えた。眼下にはたしかに川が流れるのが見える。一万尾の鮭の稚魚は、この川にとっくに放流されただろう。そういえば、マルマ教授は追加の稚魚を届けると約束したそうだが、まだ果たしていない。帰ったら大学に寄ってウイン助手に頼んでおこう。

トシに案内されて、会議室にあてられた食堂に入ると、部屋の全体に折りたたみ机が口の字に並べられて、すでに人でいっぱいだった。

「窓側の真ん中に座っている人が代表のタロウ。その隣りの席が空いているから、あそこにマツリが座ってください。今日は組親会議だから、村の三役と二〇人の組親が出席しています。この村の決議方法は知っているでしょう？」

「知っています。マルマがよく話題にするし、エスの論文も読みましたから」

「だから全部で二三人。それにオブザーバーとして、マルマ教授のところに行ったエスと私ともう一人、と言えば、誰だか分かるわよね」

「キクコですか⁉」

「そう、気が利くでしょう。マツリの晴れ姿を見ておいてほしいのよ、私は」

マツリが席につくと、正面にエスがいるのが見えた。そしてその右隣りにトシ、その隣にキクコ。

キクコがマツリに目を合わせると、胸の前で小さく手を振った。

代表のタロウが開会を宣告した。

「それでは、組親会議を開きます」

タロウは、面長の坊主頭のためか精悍な感じがする。朗々としたバリトンの声である。

「今日の議題は、ベーシック・インカムです。ベーシック・インカムについてこの村でどう取り組むか、この村としてどのような発信をするか、このことについてはすでに各組の組会議である程度の結論は出ていますが、この辺で組親会議ではっきり決めておきたいと思っていたところに、進歩党のメアリ党首のマツリ秘書から説明に来たいという連絡が入ったので、ここに出席してもらいました。また、ベーシック・インカムの熱心な提唱者であるマルマ教授のところに行って意見交換をしてきたエス、トシ、キクコにもオブザーバーとして出席してもらっています。では、まずマツリから話を聞きましょう。なお、マツリはマルマ教授の助手でもあります。では、どうぞ」

こんなにかしこまった会議が開かれるとは思っていなかったが、とにかくメアリの秘書として見聞したことを話せばいいのだ。

そう思って立ち上がり、マツリは、次の選挙に立候補することに躊躇している人のこと、トブキ町で会った男から聞いた票の買収のこと、進歩党の役員会議のこと、それらのことをできるだけ客観的に話した。要所要所しか話せなかったが、できるだけ具体的にと心がけたので、いきおい話は一時間に及んだ。

会場は、水を打ったように静かだった。ベーシック・インカムについてはみんな強い関心を持っていて、マツリの言葉を熱心に聞き続けていた。

キクコは、

〈マツリって、こんな人になっていたのか！〉

と驚くばかりだった。まわりの人が熱心に耳を傾けているのを見て、特別な感慨が湧きおこってきた。

〈あれは私のマツリだ。今度こそ、離さない〉

キクコは、決意をかためた。それにしても、目に涙がにじんでくるのは、どうしたものだろう。マツリの長い話が終わって、質疑応答に入った。真っ先に手をあげたのは、キータンだった。

「この反貧困キャンペーン村は自給自足でやっていると世間から思われている。それなのに、ベーシック・インカムに賛成じゃ、金が欲しい、と言っていいんかね。何か矛盾しているんじゃないかね」

これは難問だ。マツリは、反貧困キャンペーン村とは立ち位置が違うのかと一瞬思ってしまった。それを救ったのがエスであった。

「たしかに反貧困キャンペーン村は自給自足だと思われています。じっさいに自給自足が基本です。しかし、自給自足だけでやっているのではありません。自給自足というのは事実であると同時に誤解です。私たちは、反貧困キャンペーン村の村民であり、かつこの国の国民です。そしてまた、世界の中の一市民です。私たちは、絶海の孤島のユートピアで暮らしているわけではありません。いやでも応でも国や世界とつながっています。貨幣は、私たちと外とを繋ぐ道具の重要なものの一つです。ということは、自給自足と貨幣とにどう折り合いをつければ一番いいのか、これは難しいが解いてみる価値のある問題だ、と私は思っています。人間の歴史をずっと見渡してみると、マネーの扱い方をうまくやっていい社会をつくった例は見つからない。とくに今は、人間は圧倒的にマネーに支配されている。だったら生きてゆけるだけの貨幣をみんなが平等に手にすることができるベーシック・インカムを実施して、逆にマネーの支配から脱却することを試みたらどうだろうか。このあたりで何かいい解答を見つけたい。さきほど代表がベーシック・インカムについてこの村でどう取り組むか、この村としてどのような発信をするか、と言っていましたが、この機会に、反貧困キャンペーン村として、自給自足を基本としているこの村がなぜベーシック・インカムに賛成するのかということをまとめ、それを世間に向かって発信する、つまりネットなどの媒体を通じて広めたらどうでしょうか」

「それはいいことね。私は賛成。そのことは、世の中はどうあるべきか、という普遍的な問題にこたえることになるわよね」

と右手の若い女性が賛意を表した。すると、それに呼応するように、

「この機会に、われわれの村是とする共存主義を広めたいですね」

と左手のこれも若い男性が賛成した。

「しかし、この村が進歩党にまるごと賛成というわけにはゆかないだろう。進歩党がベーシック・インカム導入を公約したって、その中身を見てみなければならないし、それに投票の自由というものがある」

これは、丸顔の禿頭の男性である。あとは、あちこちから声が飛んできて、誰がどの発言をしたのか分からない。

「たしかにそうだ。だけどね、保守党に入れる奴は一人もいないよ」

「さんざん苦しめられたからね」

「だからと言って、村として進歩党に入れろと決議するわけにはゆかないと思うわ」

「そんな決議をしなくても進歩党に入れるわよ」

「だけど選挙に行くのか、みんなこれまで行っていたか？」

「いつも棄権していました。選挙なんて国にコミットするようで嫌だったから」

「さっきのマツリの話を聞いてしまったら、今度は行かないわけにはいかないわね」

「とくにベーシック・インカムを公約するのだからね」

ひとしきりみんなにしゃべらせておいて、議長のタロウがマツリに言った。

「お聞きのとおり、村の名では進歩党を後援しないけれど、ベーシック・インカムについて反貧困キャンペーン村の意見を賛成の方向でまとめ、これを広く発信する。これでいいですね」

「それで十分です。支援をしていただくことと同じですから」

9

組親会議が終わって、キクコとマツリは、第三家族寮に向かった。

ふたりは午後のなま暖かい風を顔面と全身で受けた。

「マツリがこんな人になっているとは思ってもいなかった」

「悪いか？」

「ちっとも悪くない。いい」

「じゃあ、文句ないじゃないか」

「でも、何だかとっつきにくい」

「そうか、それは困ったな」

「困っては、困る」

「俺だって、キクコがこんな人になっているとは思わなかった」

「えっ！」

「さっき正面に座っていたろう。こんな大勢の人の中にいて、重要な会議に出席していて、顔が輝いていた。あんなキクコははじめて見た」

「マツリだって恰好よかった」

「俺はキクコに惚れ直した。文句ないよな」

「文句なんかない！」

「じゃあ、いいな」

「私だって、マツリに惚れ直しました」

マツリは、道路のど真ん中でキクコを抱き寄せ、いきなりキスをした。

「やめて！　みんなが見ている」

「見ていたってかまわない」

しかし、マツリはすぐにキクコを離した。そして、手を繋いでわが家に向かった。

第三家族寮の一階三号室は、マツリも気に入ったようだ。

「俺、こんなに立派な部屋に住んだことはない！」

「はやく一緒にここで暮らしましょうよ。いつから来られるの？」

「選挙が終わったらすぐに来るよ」

「今日はいよいよシンチとご対面ね。赤ん坊のシンチしか知らないでしょう。大きくなったわよ」

と言っている間に、ブレーキをかける音が聞こえて、シンチが帰ってきた。

「シンチ、ほらパパよ」

飛びついてくるかと思ったが、ドラマのような展開にはならないものだ。シンチは、上目遣いにマツリを睨みながら固まっている。マツリは抱き上げてしまおうという衝動に襲われたが、シンチには隙がない。それにしてもすらりと背が伸びて、頼もしくなったものだ。虎のTシャツもよく似合っている。

「今日は記念日だから、お気に入りの虎のTシャツにしたのよ」

そう言われても、マツリには何のことだか分からない。

「何のことだか分からないのよね。あとで、話してあげる」

マツリはまだ、シンチに睨《ね》めつけられたままである。

「どうしたの？　ふたりとも。さあパパよ」

とキクコに背中を押されても、シンチはいっそう身体を固くするばかりだ。

予想外の展開に困ってしまったキクコに、思いつくことがあった。

「そうだ。お風呂が沸いているから、ふたりで入ったら」

キクコは、有無を言わさず、シンチの服をはぎ取って丸裸にした。小さなおちんちんが出てきて、それを見たマツリも緊張が解けて裸になった。

風呂場に入ってから、マツリは意を固めた。裸のシンチを抱き上げて、一緒に浴槽に飛び込んだ。子どもというものは柔らかくて気持ちいいものだ。それに甘酸っぱい匂いも心地よい。マツリは、腹の上にシンチを乗せて、ゆったりと湯に浸かった。

しばらくすると、風呂場の戸を開ける音がして、キクコが裸で入ってきた。真っ白な肌がまばゆいばかりだ。びっくりしているマツリにかまわず、キクコが浴槽に足を入れ、それから全身を沈めてきた。湯が派手な音を立てて、外に溢れ出た。

狭い浴槽がぎゅう詰めになった。

「三人いっしょ、三人いっしょ」

キクコがリズムをつけて声を弾ませ、シンチとマツリの身体を揺すった。

「こんなのはじめてだよな」

マツリの言葉を無視して、キクコはシンチに言った。

「ねえ、シンチ。何かお歌を歌ってよ。保育園でお歌をならったのでしょう。歌ってよ」

意外なことに、シンチは振りかぶるように大きく頷いた。

シンチが足を高く上げ股を開いて、浴槽の縁をまたぎ、洗い場の真ん中で、こちらを向いて、直立不動の姿勢になった。そして、口を大きく開いて声を張り上げた。

さいた
さいた
チューリップのはなが
なーらんだ
ならーんだ
あか　しろ　きいろ
どのはなみても
きれいだなー

言葉を使うシンチの声を聞くのははじめてだ。かん高い子どもの声だ。俺の子どもの声……

マツリの心が震えた。

10

夏になった。

進歩党では、ベーシック・インカムの実施に向けて、経済学者、財政学者にはっぱをかけ、メアリが陣頭指揮をとってシミュレーションを完成した。メアリが陣頭指揮をとるということは、マツリが忙しくなるということである。マツリは、公約作成の起案委員会に提出する資料を揃えたり、学者や党員の意見を調整したり、起案委員会の議事録を整理したり、メアリの代理として会議に出席して意見を述べたり、その他もろもろの仕事を一手に引き受けて、ほとんど寝る間もなかった。

起案の内容は、生活をするために必要な金額を全国民にもれなく支給するために、そのための財源として、ＡＩ関連予算を八割、軍事関連予算を六割削減するとともに、ベーシック・インカムの導入によって必要がなくなる福祉関連予算を六割削減することを骨子とするものになった。

問題は、ベーシック・インカムの本質をどのように書き込むかであった。メアリは、マルマ教授の天賦ベーシック・インカム説に共鳴し、ベーシック・インカムは人間としてもともと持っている価値を具現するものであるとともに、資本主義を葬って新しい世の中を拓くものだと書き込もうと主張したが、これには、政調会長のヤマカが強硬に反対した。この意見の対立によって、起案委員会は三度空転した。

このころになると、進歩党がベーシック・インカム導入を選挙公約に入れることが報道機関にも漏れはじめた。それと同時に、ベーシック・インカムの本質について、党の役員の間で意見が割れていることも知られるようになった。ということは、党内の協議を誰かがリークしたことになる。

進歩党は党内がバラバラでまとまりがないために支持が集まらない。多様な意見、見解、利害を一つにまとめる力がないことを選挙民に見抜かれているのだ。意見、見解、利害がバラバラならば、徹底的に議論をして、意見や利害を調整すればいいはずだ。しかし、進歩党の連中は、そういう努力をしない。努力をしないだけならばまだしもであるが、進歩党の中には、多少の材料があれば、それを持ち逃げして党を割り他党に走るとか、新党をつくって他党の鼻先を引っ張りまわそうとする輩もいる。ヤマカの動きには、どうやらそういう臭いがする。

そこで、メアリとマツリが協議することになった。

「困ったわね。ヤマカ政調会長は何かを企んでいるのかなあ」

「そこは読めませんが、ベーシック・インカムの本質というところにはアレルギーがあるのでしょうね」

「それだけではないのではと、私は思っているのよ」

「まさか、ベーシック・インカム導入の公約を潰して、保守党に鞍替えしようと思っているのではないでしょうね」

「そこまではどうかと思うけれど、ベーシック・インカムの公約を薄めようとしていることは確かでしょうね。両天秤をかける足がかりをつくっているのではないかしら」

「政調会長がどんな動きをしようとも、ベーシック・インカムの本質を高らかに選挙民に訴えたいですよね」

「私もそう思っているけれど、また党内がゴタゴタしていると選挙民に思われると票を失うわよね」

「ゴタゴタしているために失う票とベーシック・インカムの本質を公約に書き込むことによって得る票とどちらが多いかという選択ですね」

「政調会長は、ベーシック・インカムの本質は分かりにくい、そんなことを公約に書き込めば選挙民が引いてしまって、かえって票を失うと言うのよね」

「それは、選挙民の意識を高く見るか、低く見るかの問題ですよ。政調会長の言うことを聞けば、いつまでも衆愚政治を続けることになります」

「そうよね。でも、せっかくベーシック・インカム導入を公約するのに、ここで党内のゴタゴタを世にさらすようなみっともないことはしたくないわ」

「代表の気持ちは分からないことはありませんが」

「ベーシック・インカムによって世の中が変わるという程度のことではどうでしょうか」

「そんな中途半端なことではかえって分かりにくいと思います。私は気が進みませんが、代表がそうしようと言うのなら仕方ありません。だけど、それは公約にそう書くだけのことであって、いざ選挙戦がはじまったら、私は、街頭でベーシック・インカムの本質をガンガンしゃべりますよ」

「そうして頂戴。私だって、街頭でベーシック・インカムの本質を説くわ」

　こうして、この件については結論が出た。そして、ヤマカ政調会長も矛をおさめた。


　公約の目玉は、ベーシック・インカムの実施時期を明記したことである。

　次の下院の総選挙が任期満了による選挙だとすれば一〇月である。その前に解散があるとしても、各省庁ではすでに概算要求に向けた準備を進めているから、野党の進歩党は、来年度予算にはかかわることができない。仮に、この間に政権交代があったとしても、大幅に予算を組み替えることは難しいだろう。しかも、ベーシック・インカムを導入するとするならば、関連法案を成立させなければならない。したがって、進歩党が政権をとったとしても、再来年度予算からということが最短距離となる。

　そこで、再来年の四月一日からベーシック・インカムを実施すると選挙公約にうたうことにした。このような公約をするということは、次の選挙で進歩党が政権を取ると宣言したことに他ならない。ベーシック・インカムは一日も早く実施したいと思うが、予算編成のことを考えれば、これはこれで致し方ない。むしろ実施時期を明記することに踏み切ったことは、進歩党にはこれまでにない前進である、とマツリは思った。

公約が固まったところで、進歩党は、記者会見を開いて公表した。しかし、報道機関の喰いつきはよくなかった。新聞大手三社はおしなべて二面のベタ記事扱いであった。それでも、ネットには、面白い反応が散見された。

「おっ、進歩党がやっとやる気を見せたぞ」

「早く、カネほしいよう」

「AI予算を全部BIにまわせって言ってんの」

「おばたん党首やるじゃん」


公約が発表されても、立候補を表明する候補者は少なかった。それでも立候補をためらっていた人のうちの三分の一ぐらいは立ち上がった。そのことによって、進歩党の候補者が全員当選すれば、過半数に達するところまできた。しかし、政権与党の失政を予言することまでには、なかなか進まなかった。

11

進歩党の公約が公表されたところで、マツリは、報告かたがた意見を伺いにマルマ教授の研究室に行った。

ちょうどエスと生物学者のウイン助手が来ていて、本と資料の中に埋もれるように腰かけていた。マツリは、隣りの研究室から折りたたみ椅子を借りてきて、本と資料をかき分けてウインの隣りに自分の席をつくった。白衣を着たウインが、相変わらずの童顔をほころばせてマツリに説明した。

「ようやく鮭の稚魚を五〇万尾ほどかき集める段取りがついてね。エスと設備や日程調整についで打ち合わせをしていたの」

「まあ、稚魚もかなり大きくなっているけれど、みんな生きている。大丈夫だ」

とマルマが、自分が調達したようなことを言った。

「じゃあ、私が運ぶとか？」

とマツリが言うと、エスが、

「それは大丈夫です。反貧困キャンペーン村のメンバーが全部やります。マツリさんは、選挙に専念してください」

と言った。するとマルマが、

「うん、マツリは選挙に専念だ。たいへんだったね。よう寝とらんのだろう」

と、珍しくねぎらうようなことを言った。

「仮眠はしていますよ。それにこき使われるのには慣れていますから」

「僕だって何か手伝おうと思っていたよ。だけどマツリが全部やってしまったので、僕の出る幕はなかった」

「それでも教授の意見をときどき聞きにきて、参考になりました」

「だけど、あれほど言ったのに、ベーシック・インカムの本質については、公約にしっかり書かなかった。公約をつぶさに読んだが、ベーシック・インカムによって世の中が変わるという程度ではダメだね。あんな中途半端なことでは選挙民はついてきませんよ。嫌な予感がする」

「でも、党がゴタゴタしていることをさらけ出すよりはよいというのがメアリの判断です」

ここで、エスが口を挟んだ。

「公約に書くのはあの程度としても、ベーシック・インカムの本質をみんなに知ってもらうことは鍵だと思います」

「私も、街頭でベーシック・インカムの本質をガンガンしゃべるとメアリに言ってあります。メアリ自身もそうすると言っています」

「ちょっと質問です。進歩党の候補者は、ベーシック・インカムの本質を知っているのですか？」

とウインがおっとりと言った。

「むろん、よく知っています」

「では、候補者がベーシック・インカムの本質をしゃべればいいのではないでしょうか。トップダウンでなくても」

こんな初歩的なことに気づかなかった。これは、盲点だった。マルマが追い打ちをかけた。

「マツリは少し頭を冷やした方がいいよ。何でも自分でやろうとしないで、みんなに任せればいいじゃないか」

〈それはそうだ。声なき声を集めると言いながら、自分ばかりが発声していたのだ。冷静に、腰を落として選挙戦に臨もう〉

「予感ですがね。政府の失政がはっきりするのは、今日か明日かではないでしょうか」

とエスは、話題を変えた。

「何でそんなことを言うの？」とマルマ。

「昨日のニュースによると、先物のストックオプションを組み込んだデリバティブの格付けが三段階下がったそうです。政府は年金管理機構の積立金でそのデリバティブを大量に買っている。そのデリバティブのデフォルトによって証券会社や銀行が破綻するのは今日か明日かだから、政府の失政は、もう隠すことはできないと思いますよ」

「デリバティブというのは、前世紀を五分の一ほど残す頃に宇宙局や軍需産業から転職した連中が開発した金融商品ですよね。二〇〇八年にはサブプライム・ローンを組み込んだデリバティブがデフォルトを起こして金融機関が崩壊しました」

とウインが言った。理系であるのに、ウインには、文系の知識も関心もあるらしい。

「でも、何で先物のストックオプションがあるのですか」

というウインの質問に、エスが答えた。

「ストックオプションというのは、前世紀の終わりごろにできた制度で、企業が役員や従業員に対し、一定期間内に、あらかじめ設定した価格で自社の株式を購入する権利を与える制度です。この権利を与えると、役員や従業員が自分の会社の株価を上げようとして一所懸命働き、それによって会社の業績が向上するからいい制度だと言われていました。ところが五年ほど前からこのストックオプションを金融商品化したデリバティブが売り出されるようになったのです。そして、いったんストックオプションを組み込んだデリバティブが売り出されると、先物のストックオプションも組み込まれるようになった。先物という取引は、現物の受渡決済を、一定の条件のもとに、将来の時点に実行することとして売買する取引ですが、この先物とストックオプションを組み合わせると簡単に虚構のデリバティブを作ることができるのです」

「つまり、将来会社からストックオプションが与えられることにして、与えられないうちにデリバティブにして売ってしまうことですよね。逆に将来のストックオプションを組み込んだ先物のデリバティブを買うこともできる」

ウインとエスのやり取りを聞いていたマルマが口を挟んだ。

「デリバティブの格付けが下がったことによって金融機関が破綻することはないとニュース解説者が言っていたが、あれは御用学者にそう言わせて、隠そうとしているだけだね。政府は抱えているデリバティブを売ろうとして駆けずり回っているはずだ。どれ、ラジオを聞いてみようか」

マルマは、机の上の書籍を積みなおして、下から出てきたラジオのスイッチを入れた。

アナウンサーの興奮した声が耳に響いた。


先物のストックオプションを組み込んだデリバティブを証券会社や銀行が盛んに発行し、政府は、金融緩和政策を遂行するためにその金融商品を大量に買っていましたが、そのデリバティブの価格が崩落しました。

この金融商品を大量に購入していたわが国の金庫は空っぽになりつつあります。国債価格も影響を受け、国債の投げ売りが殺到しています。国債金利が暴騰しました。株価も暴落し、金融市場は収拾がつきません……

「こんなことはとっくに予想していたことだが、とうとうほんとうに誰の目から見ても政府の失政ははっきり分かることになった。こんなことを喜んではいけないが、何と言うか、複雑な気持ちになるよね」

ポツリと言ったマルマの言葉が、みんなの気持ちを代弁していた。

とにかくこれからいっそう忙しくなる。党本部に帰って、候補者に電話をかけまくらなければならない。

マツリは、焦げ茶色の鞄を抱えて、マルマの研究室を飛び出した。

〈こうなった以上、今度の選挙には絶対に勝たなければならない〉

12

金融市場の崩壊で政府が解散に打って出ることはできなくなった。そうなれば、議員の任期満了による選挙までの一本道になる。その任期満了が一〇月であるから、選挙の告示は、その三週間前になる。すると今は、告示の約一か月前と言うことになる。

マツリが言っていた通り、政府の失政は誰の目から見てもはっきり分かるようになった。金融機関はドミノ倒しのように相次いで倒産した。株価は暴落した。企業の連鎖倒産も次々に起こってきた。

失業率が高く、多くの人は株や金融商品に縁がないのであるから、金融機関や企業が倒産しても人々の生活には変わりがないと思われるかもしれないが、決してそうではない。こういうときには、底辺が最も厳しいのだ。

端的にいえば、スーパーやコンビニから売れ残りの商品が吐き出されることがなくなった。そうなると、たちまち食うものがなくなってくる。その結果として、街々に放浪する空腹の人々があふれてくる。

反貧困キャンペーン村にも、人々が群れになって押しかけてきた。本部で働いているトシもキクコもてんてこ舞いである。

小麦の収穫はとっくに終わっているが、米の収穫まではまだ時間がかかる。穀物のストックには若干の余裕はあるが、こんな勢いで人がやってくる以上、早晩底がつくのは目に見えている。

そこで、代表のタロウが緊急の組親会議を開いて次の事項を決定し、村民全員に周知させた。

その一　反貧困キャンペーン村に来る人を排除しない。

その二　共存主義をとなえている以上、歯を食いしばって頑張ろう。

その三　食料品その他の物資については、危機が去るまで配給制にする。

マツリも、輪をかけて忙しくなった。

最初にしたことは、まだ立候補に踏み切っていない候補者に立候補を促すことだ。電話で連絡がつくところには電話で、電話がないところには電子メールで連絡をした。

事態がこうなった以上、もはや立候補をためらう人はいなかった。次々に名乗りがあがり、進歩党だけでほとんどの選挙区が埋まった。あとは野党間で共闘の調整をするだけだ。

とくに、マツリが全国を行脚したときに、政府の失政が誰の目からも分かるようになると予言していたことが効果をあらわした。この予言が当たったことによって、マツリに対する信頼が大きくなった。

そして何よりも、進歩党がベーシック・インカムの導入を公約したことが大きかった。この公約が励みになって、立候補を躊躇していた候補者が一斉に立ち上がったのだ。

ロック県のワタリからは公衆電話から連絡が入った。

「あんたの言った通り、政府の大失敗ははっきりしたね」

「当然立つでしょう？」

「うん、もう選挙区を自転車で回っています」

「どうですか、ベーシック・インカムの評判は？」

「これは、絶大だね。この際、ベーシック・インカムがなければ、もう生きていけんような事態になっているから」

「勝たなければダメですよ」

「分かっているさ」

声の張りからしてワタリはもう別人のようだ。


代表のメアリの頑張りもたいしたものになってきた。髪を振り乱したメアリの姿がテレビに登場しない日はなかった。メアリの評判があがると同時に進歩党の支持率も上向いてきて、もはや保守党の支持率に迫る勢いであった。

ベーシック・インカムに対する選挙民の理解も深まってきた。世論調査によれば、ベーシック・インカムの導入に賛成が七八パーセント、反対が一三パーセント、どちらとも言えないが九パーセントになった。

マツリも、街頭に立ってベーシック・インカムの本質から説き起こしたが、反応はとてもよかった。聴衆は日増しに増えてきて、マツリの言葉に拍手する人まで多くなってきた。

はじめは冷淡であったマスコミの論調も変わってきた。

あらかたの報道機関は、ベーシック・インカム導入を支持する方向にまわってきた。

ネットの書き込みも興味深い展開になってきた。必死になってベーシック・インカムをこき下ろそうとするネトウヨの声は、ベーシック・インカム賛成の声にかき消された。

しかし、保守党がベーシック・インカムに対して沈黙を守っているのが不気味だった。

13

進歩党のメアリ党首は、党本部一階の秘書や事務局員と一緒の大部屋の奥で執務をしている。その執務机の右斜めに小さな木製の机があって、マツリはそこを席にしている。

告示の三日前になった。

深夜からの仕事が続いていたのでさすがに眠くなり、マツリがその机に伏せてうつらうつらしていると、突然、右の耳にメアリの大きな声が入った。

「えー、抱きつき！　気持ち悪い！」

見ると、メアリが左手に新聞を持って、右手で胸や腹を払う仕草をしていた。

「抱きつきって、保守党がベーシック・インカムの公約を横取りするっていうことですか！」

「そう！　そうなの！」

マツリは、メアリが差し出す新聞をひったくって、両手で広げて見た。

一面のトップには、でかでかと大きな見出しが躍っていた。

保守党　ベーシック・インカム導入を公約

そして、見出しのあとの記事は次のようになっている。

選挙直後の臨時国会で補正予算を組み、ベーシック・インカムを年内に実施する。進歩党は、再来年度からの実施を公約しているが、保守党は、先物ストックオプション・デリバティブのデフォルト（債務不履行）による金融崩壊に直面して、再来年度からの実施では混乱が激しくなることが予測されるとし、急遽年内の実施に踏み切る。財源としては、赤字国債を発行してこれに充てる。月額支給額は、進歩党の公約と同額とする。


「これは完全な抱きつきじゃないか！」

「保守党の得意技だわ。それにしても、さすがにベーシック・インカムに抱きついてくるとは思ってもみなかった。ああ、気持ち悪い！」

しかし、それにしても何かおかしい。

新聞を注意してみると、一面の下の方に、

ヤマカ政調会長　進歩党を離党

という見出しがあり、

進歩党のヤマカ政務調査会長は近く進歩党を離党し、保守党に入党するという談話を発表したという記事が載っていた。

「そういえば、政調会長は、実施時期を再来年度からにすることに固執していたわよね。エリ選対委員長が補正予算を組んで早期に実施するべきだと主張したときにも、それは現実性がないと断固反対していたわよね」

「まさかそんな裏があるとは思ってもいなかった。ぬかりましたね」

「それを土産にして、保守党に走ったわけね」

「じつは、野党第二党の憲政党は、かねてからヤマカ政調会長の体質を問題にしていたのです。奴は保守党より保守だといって、政調会長の選挙区にはどうしても対立候補を立てるといってきかないのです。あの選挙区は選挙協力が難しいのです」

「そうよね。こうなったら、先手を打ってヤマカの公認は取り消しましょう。あの選挙区は、憲政党に頑張ってもらいましょう」

「何があっても、真っすぐにやり抜きましょう」

「そうね、そうとなったらこちらも抱きついてしまいましょうか。気持ち悪いけれど」

メアリは、両の手のひらでパタパタと服を叩いた。どうも、ほんとうに抱きつかれたと感じているらしい。マツリは、そんな場合ではないが、可笑しさがこみあげてきた。

「進歩党も先物ストックオプション・デフォルトにかんがみて、補正予算を組んでベーシック・インカムの実施を年内に前倒しにすると発表しましょう」

「そうね。それに進歩党らしく、財源としては、予算編成を急遽見直して、ＡＩ関連予算、戦争関連予算を削減すると公約するのはどうかしら」

「それはいい手ですね。ほんとうは国が紙幣を増刷すると言いたいところですが」

「それは少し無理ね。そこまでは準備ができていない。経済学者や財政学者のシミュレーションにもそこまでは織り込めなかったから」

「たしかに今回はいたし方ないですね。こうなったら、選挙民がどちらの党を選択するか、そこが勝負ですね」

「では、すぐに役員会を招集するから、マツリは記者会見の準備をしてちょうだい」


選挙は泥仕合の様相を帯びてきた。そしてそのまま告示の日を迎え、泥仕合のまま選挙戦になだれこんだ。

マツリの東奔西走がまたはじまった。ときには選挙カーに乗ってマイクをにぎり、ときには街頭で演説をした。マツリは、政権与党の強みを強調する保守党との違いを鮮明にしなければならないと考え、ベーシック・インカムの本質をていねいに説いた。

進歩党の候補者は一斉に立った。他の野党との連携もうまく進み、全部の選挙区に野党候補が立候補した。先物ストックオプション・デフォルトとベーシック・インカムの実施が相乗効果になって、選挙民の関心はいつになく高まってきた。


こうして投票日を迎えた。

投票率は七一パーセント。

総議席数四三五のうち、当選者は、保守党二二六、進歩党二〇一、憲政党六、その他の野党一、無所属一であった。

僅かの違いで保守党が制することになったが、それは、金庫の鍵を握っている保守党でなければベーシック・インカムは実現できないと喧伝したのが効を奏したのだと巷では囁かれている。

マルマ代表をはじめ、進歩党の役員は全員当選した。

進歩党から除名されたヤマカは、保守党に入党したが、党の公認を取ることができなかった。そのため無所属で立候補したが、保守党の候補者と同士討ちになり、あえなく落選した。そして、ヤマカの選挙区では、憲政党の候補者が当選した。漁夫の利というのは、こういうことを言うのだろう。

ロック県のワタリは、保守党の候補者に一万票の差をつけて当選し、公衆電話からマツリに電話をかけてきた。

「いや、残念だった。もう一歩だった」

開口一番の言葉がこれだから、マツリは自分の耳を疑ったが、それは進歩党が惜敗したことを言っているのだと気づいて、思わず笑ってしまった。

いや、ほんとうに残念だった。議席を大幅に伸ばしたとはいえ、政権を取ることができなかったという意味では負けである。

「この善戦は、マツリに負うところが多い」

とメアリはねぎらってくれたが、マツリにとっては、何の慰めにもならない。かえすがえすも残念。このひと言に尽きる。

14

選挙が終わって、メアリは、進歩党の役員人事を終え、臨時国会の開会を待つばかりになった。一方、マツリは、マルマの研究室に戻り、懸案のベーシック・インカムに関する論文の原案づくりにとりかかった。この論文は、メアリの秘書になる前にすでにほぼでき上っていたが、秘書になってからはまったく手をつけることはできなかった。もともとメアリの秘書になっても、マルマの助手との兼務であるはずだったが、大学に来るのは、ときどきベーシック・インカムに関してマルマの意見を聞くときだけだった。もとよりマルマは、論文を書かないことにプライドを持っているような学者なので、マツリが書かなければ自分が書くという具合にはならない。したがって、草稿はマツリが秘書になる前の状態のままになっていた。

マツリは、今回の選挙で進歩党がベーシック・インカムの導入を公約した経緯やその後の動きを論文に書き加え、今後のベーシック・インカムの命運に役に立つような論文に仕上げようと考え、頭を切り替えた。

メアリは、臨時国会が開かれる前に、マルマに会って選挙の総括をするとともに、今後の戦略を練っておきたいと考えた。

その連絡を受けて、マツリは、本や資料に埋もれているマルマの研究室の片付けをしておきたいと思い、

「進歩党のメアリ代表が研究室に来ると言っているので、本や資料を片付けておきましょうか」

と言うと、マルマは、

「ああ、マツリが必要かと思って取っておいたが、僕にはいらないよ。どうせろくなものはない。ろくなものは読んでみんな頭に入っている。マツリが要らなければ全部捨てていいよ」

という返事が返ってきた。

マツリも、必要なものには全部目を通した。あとは、図書館やネットで検索するだけで十分である。

というわけで、マルマの研究室にあった本やら資料やらは、あらかた処分した。

「大学の連中には白い目で見られるだろうが、そんなことにかまっていられない。この部屋も風通しがよくなった」

と、マルマはサバサバした顔つきで言った。


その風通しのよくなった研究室にメアリがやって来た。マツリの提案で、反貧困キャンペーン村のエスにも来てもらうことにした。

空間のあいた研究室には、小さな応接セットを置くことができた。上板にガラスを張ったテーブルを挟んで、右手奥から順にマルマ、マツリ、左手奥から順にメアリ、エスという並びになった。

さっそく総括という名目の雑談がはじまった。

「あのヤマカという男は何とかならなかったのかね」

とマルマが言うと、

「党が割れているということを表に知られたくなかったのよ」

とメアリが答えた。

マルマとメアリが話すところを見たのは二度目だが、二人が話すときには、こんなにざっくばらんな言葉づかいをするのか、とマツリはあらためて思った。何だか面白くなってきた。

「だいたい、党を割るぞと脅すようなそぶりを見せて、イニシアティブを取ろうとする奴はどこにでもいる」

「だから党をまとめるのは難しいのよ」

「それでは、フィールハイトをアインハイトにする政党の役目は果たせん」

「私はそれで苦労しているのよ」

「まずは性根から直さなければいかん。そんな腐った奴は根性を叩きなおさなければならん」

「私だって悔しいわよ。恥ずかしいわよ。だけど人の性格までは直せないわよ」

「直せなければ見抜かなけりゃいかんよ。補正予算を組んで今年中にベーシック・インカムを実施すると言えなかったのかね」

「選対委員長が役員会でそう主張をしたのだけれど、ヤマカがあまりにも再来年度実施に固執するものだから押し切られたの。見抜けなかったというのはそこね。一瞬の隙を衝かれたわけ。まったく失敗したわ」

「そこだけじゃないだろう。ベーシック・インカムの本質を公約の中にはっきり書かなかったのはまずかった」

「あれもヤマカに押し切られたのよ。でも、それは街頭で私もマツリも多くの候補者もガンガン論じたから、かなり挽回した」

総括とは言いながら、愚痴や弁解の応酬で変なものになった。ここで、エスが発言した。

「しかし、進歩党が議席を伸ばしたのだから、よしとしましょうよ。もう一歩のところで、残念と言えば残念ですが、私はむしろよかったのではないかと思っているのです」

「⁉」

「なぜならば、保守党までもベーシック・インカムの導入を言い出したということは、もはやベーシック・インカムの実施は避けられない、これがこれからの恒久的な政策になるからです」

「なるほど。しかし、保守党にやらせればろくなものにならないな。ベーシック・インカム自体がつぶされてしまう」

　とマルマが切り返した。しかし、エスは落ちついている。

「つぶれるのは、保守党のベーシック・インカム政策です。ベーシック・インカム政策そのものはつぶれないと思いますよ。いったんベーシック・インカムのよさを知ったら、みんなはこれを手離さないと思います。つまり、ベーシック・インカムの歴史的意義は不可逆性にあるのです」

「保守党のベーシック・インカム政策はそんなに簡単につぶれるかな」

「私はすぐにつぶれると予測しています。だいたい、赤字国債を発行して、ベーシック・インカムの財源に充てるなどというのは、しょせん長続きしませんよ。さりとてＡＩ関連予算や戦争関連予算は利権がからみついているから、保守党の手では削減できない。国債発行残高は現在でさえ国内総生産の四倍に達しているところにベーシック・インカムのために国債を発行すればたちまち五倍になってしまう。そうなるとデフォルト寸前というところまで行ってしまう」

「そう言われればそうですね。つまり、解散が近いということになりますよね」

　とメアリが反応した。メアリはエスに対しては、丁寧語を心がけているようだ。

「私もそう思っています。そして、この次の選挙には、必ず勝つと思っています。しかし……」

「しかし⁉」

「しかし、選挙に勝ったあとがたいへんだと思います。保守党がさんざん食い散らかしたあとで引き受ける政権ですから。そして、肝腎なことは、そのときのベーシック・インカムをどのように設計するかです」

「分かります。そういう意味では、公約で発表したベーシック・インカムには甘いところがあったかもしれません。党としては、野にあるうちにベーシック・インカムの制度設計を練り直しておくことにします。不可逆的なベーシック・インカム制度をつくって、そのときこそ世直しをします。国が債務不履行になる場合も視野に入れて、今度こそきちんと選挙民に提示しなければいけないと思います」

ここで、マルマが割って入った。

「ということは、ベーシック・インカムの本質をしっかりと制度の中に折り込むことが肝要ということになる。今度の公約のように中途半端はいけない。女性に向かって言う言葉ではないが、褌を締め直すことだな」

「セクハラはダメよ！」

「やっぱり、そうきたか。しかし、赤字国債をベーシック・インカムの財源とすることは、将来の価値を先取りするものだから、自分で自分の手足を食ってしまうようなものだ。こんなことはいつまでも続くわけはない。メアリに頑張ってもらわなければならない」

エスが、ニコリと笑って言った。

「種は地に播かれたのです。そして、芽が出てきたのです。これからその芽をどう育てるかです」

この言葉に、マツリは心の底から納得した。メアリもマルマも神妙な顔をしている。しばらくしてから、メアリの口から、予想外の言葉が出てきた。

「今日の用件は、もう一つあるの。ねえ、マツリ、あなた私の公設第一秘書になってくださらない？」

いきなり矛先が自分に向かってきて、マツリはのけぞってしまった。

とっさにマツリの脳裏に、キクコとの約束がひらめいた。そして、即答した。

「せっかくですが、お断りします」

「あら、どうして？　公設第一秘書には国からお給料が出るわよ」

「給料で釣ろうとしたって無理です。ダメなものはダメです」

「どういうことかしら」

「だいたい代表は人使いが荒いのだから」

「人使いが荒いのは僕だって同じだよ」

とマルマが妙なことを言った。どうやらマルマはマツリを公設第一秘書にしたいようだ。

「ベーシック・インカムに関する原稿をまとめなければならないのです。教授が論文を書かないから放っておくことができないのです」

と答えてしまったが、そうなれば当面キクコとの約束は果たせなくなる。それでも、公設第一秘書になるよりは、キクコとの約束に近いだろう。

「困ったわ。私はマツリをあてにしていたのよ」

「だったら、理論で応援します」

「ということだって。今日は矛をおさめて、出直しをしな」

とマルマが結論を出した。メアリは、渋い顔をして脇に置いた紙袋から箱を出し、

「そういえば、今日はどら焼きを買ってきたのよ。マツリ、せめてお茶ぐらい出してちょうだい」

と言った。

マツリは、立ち上がって一回伸びをし、それからお茶の準備にとりかかった。

15

朝一番のバスで行くという連絡がマツリから入ったときに、その日はシンチも保育園を休ませて、三人でピクニックに行こうと、キクコは心に決めた。

ピクニックならば、ニバラ部落の先の湖に限る。あの絶景をマツリとシンチには見てほしい。トシの運転で案内してもらったときは、ジープだったから分からなかったが、おそらくシンチの足でも一時間程度で行けるだろう。

キクコは、朝早く起きて、おにぎりを結び、鶏の唐揚を揚げ、三人分の弁当をつくった。

それからシンチを起こし、二人で急いで朝食を済ませ、シンチに服を着せた。秋も深くなってきたので、いつまでも虎のTシャツというわけにはゆかない。今日のために、本部のクローゼットから、黄色のセーターとジーンズをいただいてきた。

そして、キクコもピンクのセーターに着かえた。これで用意万端が整った。

間もなく部屋のドアが開いて、濃紺のジャンパー姿のマツリが顔を覗かせた。

第三家族寮を出て左に行くと、すぐにニバラ部落から湖に向かう道路にぶつかる。その道路を左に曲がると、あとは一本道である。

三人はやがて左の崖下に中川を見ながら歩くところに来た。道筋のところどころにあるモミジの葉は、もう色づきはじめている。

キクコが竹林で竹の子を見つけた日は、観音の石像に向かう石段の下に丈の低い桜が花を咲かせていた。それからいろいろなことがあって、今は紅葉を見る季節になった。ということは、あれから地球は、太陽の周りを半周したことになる。

シンチが上機嫌で先の方に走って行ったり、戻ってきてマツリの手にぶら下がったりして落ちつかない。シンチは、もうすっかりマツリになついたようだ。やがてシンチの足が鈍り、キクコの腰にくっついてきた。キクコがシンチに、歩きながら声をかけた。

「ねえ、シンチ、保育園で先生がどんなお話をしてくれたの？　教えてくれない？」

「ウサギとカメのおはなし」

シンチが、前を向いたまぶっきらぼうに答えた。

「どんなお話？」

「ウサギさんとカメさんがヨーイドンをしたら、ウサギさんがねてしまって、カメさんに追いぬかれて負けてしまった」

「そうか、油断したからだよね」

「それからね」

「えっ、それから？」

「うん、ウサギさんがくやしくなって、もう一回！　といったの」

「それでどうしたの？」

「またヨーイドンしたの」

「そしたら？」

「またカメさんが勝ったの」

「えっ、どうして？」

キクコの質問に熱が入ってきたので、シンチも乗ってきた。

「カメさんのお友だちがいてね。そのお友だちにカメさんがたのんどいたの。ヨーイドンをするから、ウサギさんがきたら、こっちで勝った！　って言ってねって」

シンチは、右手を大きく右に開いて、「こっち」と言った。

「こっちと言うのは、ゴールのことだね」

とマツリが二人の会話に入ってきた。

「うん、ゴール。園長先生がこくばんにマルを書いて、ゴールって言っていた」

「そうしたら？」

「またウサギさんがくやしくなって、もう一回！　っていったの」

「そうしたら？」

「またヨーイドンをしたの。だけどこっちにはさっきのカメさんがいるでしょう。そのカメさんが、こっちで勝った！　っていったのさ」

シンチは、今度の「こっち」を言うときには、右手を左の方に大きく振った。

「さっきのゴールがスタートになったんだ」

「そう。園長先生がこくばんのこっちにマルを書いて、こんどはさっきのマルがスタートになったのよって教えてくれた」

キクコは、シンチとマツリのやり取りを聞きながら、長身でおかっぱ頭のサエキ園長の姿を思い浮かべた。この機会に、ゴールとスタートという言葉を教えてくれたのだろう。キクコの胸が暖かくなってきた。

シンチは、聞き耳を立てているキクコとマツリの顔を交互に見上げて、得意げに話を続けた。

「またウサギさんがもう一回！　っていって、ヨーイドンしたの。だけどウサギさんがこっちにきたときはこっちにいるカメさんが勝った！　っていったの。またウサギさんがもう一回！　っていって、ヨーイドンしたの。だけどウサギさんがこっちにきたときはこっちにいるカメさんが勝った！　っていって、ヨーイドンしたの。またウサギさんがもう一回！　っていったの。だけどウサギさんがこっちにきたときはこっちにいるカメさんが勝った！　っていったの」

シンチのリフレインには果てしがない。しかし、「こっち」と言う度に、右手を右、左に振るから、話の筋はよく分かる。

「それでね」

やっと話が終わりになりそうだ。

「ウサギさんがぶったおれてしまったの」

「えっ、死んじゃったの?」とキクコ。

「しまなかったけど、くたびれてぶったおれたの」

「それで、おしまい?」

「うん、おしまい」

「面白いおはなしだね」とマツリ。

「でも、カメさんて、ずるいね」とシンチ。

「ずるくたって……」

と言ってしまって、マツリは次の言葉——「いいんだよ」を飲み込んだ。なかなかこれは難問である。マツリは質問に切り替えた。

「それで、お話をきいて、みんなどうしたの?」

「みんな手をたたいて笑った」

「園長先生がウサギさんのまねしたの?」

「そう! アワワ、アワワ、っておかしんだもの」

シンチのジェスチャーに、マツリもキクコも声を出して笑った。サエキの熱演が手に取るように分かった。マツリは、笑いながら、

「カメさんて頭いいいね」

と言ったものの、これでは亀の肩を持つことになる。と思ったとき、キクコが参加してきた。

「ウサギさん、悔しかったでしょうね」

「うん、くやしかった」

「今度は勝とうと思って考えるのじゃないかしら」

「そうだね。こんどはかんがえる。なんで負けたのかってかんがえる」

「それで、もう一回！　って言うでしょうね」

「うん、いう」

「今度は、どっちが勝つかしら」

「わかんない」

何だか微妙な話になってきた。何かに引っかけて考えるのは、大人の悪いくせなのだろうか。それはともかく、この先はシンチの知恵に委ねよう。それにしても、こういう話をするのが家族というものなのだろう。

マツリは何ともいえない暖かい感慨にふけりながら歩みを続けた。キクコも同じ感慨にふけっているに違いない。そして、その感慨を噛みしめ、楽しんでいるのだろう。


中川を遡行してすすむ道は、やがて急坂になり、右左に曲がるところに入ると、汗がにじんできた。マツリはジャンパーを脱いで肩に引っかけ、シンチとキクコはセーターを脱いで、両袖を広げて腰にまいた。

やがて高原に出た。風が爽やかに顔に当たった。三人は思い切りその風を肺に送り込んだ。

道はニバラ部落のメインストリートに入った。生垣の間から見える古民家の庭には人が動くのが見えた。しかし、庭から外に出てくる人影はない。そう言えば、家を出てからずっと人には会っていない。人には会っていないが、部落のあちこちから、子どもの声や犬の鳴き声は聞こえてきた。

ニバラ部落を通り過ぎると、道はつづら折りの坂になり、その坂を登りきったところで、湖が見えてきた。

湖は、静かに碧の水を湛えていた。対岸の山裾には、常緑の林の間のところどころに黄色のイチョウや赤いモミジが混ざっているのが見えた。

「この湖は、全部ニバラ部落のものですって。それから向こうに見える滝も。トシさんから教えてもらったのよ」

「うん、知っている。エスの論文に書いてあった」

「それに、ダムも。エスが電力会社からニバラ部落に取り戻したっていうことも知ってる？」

「それも知っている。だから、ニバラ部落もこの湖も、これからの所有権のあり方を考える重要なポイントなのだよ」

「ずいぶん勉強したのね」

「それほどでもないけどね」

「選挙はお疲れさまでした」

「そのことだけれどもね。進歩党のメアリ党首が俺に公設第一秘書になれって言うのだよ」

「えっ、それで何と答えたの？」

「断った。だって、キクコと約束したから」

と言って、マツリはキクコの顔を覗き込んだ。

「そう言って断ったの？」

「ううん、マルマ教授の論文作成を手伝わなければならないからと言ったわけ」

「それじゃあ、反貧困キャンペーン村には来られないじゃない」

「でも、それはすぐに終わるさ。それよりも、俺が反貧困キャンペーン村に来て、何をするかだよ」

「することはたくさんあるわよ。何だってできるわよ」

「そうだね。それで俺はつくづく考えたのさ。公設第一秘書だって、教授の助手だって、反貧困キャンペーン村での仕事だって、こんなに選択肢がある。選択肢があることって何て幸せだろうって」

「そうね。私だってそうよ。私は自由になって、のびのびと生きている。おまけにみんな平等な村で暮らしている」

「自分の人生を生きるということは、ほんとうにいいことだよね」

キクコは、このマツリの言葉を嚙みしめた。


青い空、透明な光、山の斜面の緑、山裾の紅葉、爽やかな風、静かな碧の湖面、キクコを取り囲むすべての世界をうっとり眺めていると、湖の向こう岸から、いえ、湖の底の方からか、言うに言われぬ調べが湧きおこってきた。空耳かもしれないと思ったが、そうではない。はっきりと私の耳がその調べをとらえている。包み込むような、なつかしいような、おだやかな、無上にやさしい、そして厳かともいえるような調べ、妙なる音楽……

「きれいな調べが聞こえる。マツリにも聞こえる?」

「うん、さっきから聞いている。何の音楽だろう」

シンチが大声で叫んだ。

「あっ、鳥の歌が聞こえる! これは鳥の歌だよ」

参考文献

貧困については「反貧困　「すべり台社会」からの脱出」（湯浅誠・岩波書店）、「脱貧困の経済学」（飯田泰之、雨宮処凛・筑摩書房）、「貧困の終焉　２０２５年までに世界を変える」（ジェフリー・サックス著、鈴木主税、野中邦子訳・早川書房）、「女性たちの貧困　〝新たな連鎖〟の衝撃」（ＮＨＫ「女性の貧困」取材班・幻冬舎）、「ホープレス労働　働く人のホンネ」（増田明利・労働開発研究会）を、ベーシック・インカムについては「ベーシック・インカム　基本所得のある社会へ」（ゲッツ・Ｗ・ヴェルナー著、渡辺一男訳・現代書館）、「ベーシック・インカム入門　無条件給付の基本所得を考える」（山森亮・光文社）、「ベーシック・インカムの哲学　すべての人にリアルな自由を」（Ｐ・ヴァン・パリース著、後藤玲子、齊藤拓訳・勁草書房）、「ベーシックインカム　分配する最小国家の可能性」（立岩真也、齊藤拓・青土社）、「ベーシック・インカム　国家は貧困問題を解決できるか」（原田泰・中央公論新社）、「隷属なき道　ＡＩとの競争に勝つベーシックインカムと一日三時間労働」（ルトガー・ブレグマン著、野中香方子訳・文藝春秋）、「ベーシックインカムへの道　正義・自由・安全の社会インフラを実現させるには」（ガイ・スタンディング著、池村千秋訳・プレジデント社）、「ＡＩ時代の新・ベーシックインカム論」（井上智洋・光文社）、「よりよき世界へ　資本主義に代わりうる経済システムをめぐる旅」（ジャコモ・コルネオ著、水野忠尚、隠岐-須賀麻衣、隠岐理貴、須賀晃一訳・岩波書店）を、ユートピア小説については「ユートピア」（トマス・モア著、澤田昭夫訳・中央公論新社）、「解放された世界」（Ｈ・Ｇ・ウェルズ著、浜野輝訳・岩波書店）、「顧みれば」（ベラミー著、山本政喜訳・岩波書店）、「ユートピアだより」（ウィリアム・モリス著、松村達雄訳・岩波書店）を、反復囚人のジレンマゲームについては「つきあい方の科学　バクテリアから国際関係まで」（ロバート・アクセルロッド著、松田裕之訳・ＨＢＪ出版局）を、入会権については「注釈民法(7)物権(2)」（川島武宜編・有斐閣）を、貨幣についてては「貨幣論」（岩井克人・筑摩書房）を、個と全体については「自由のジレンマを解く　グローバル時代に守るべき価値とは何か」（松尾匡・PHP研究所）を、政党論については「丸山眞男講義録〔第三冊〕政治学1960」（丸山眞男・東京大学出版会）を、参考にさせていただきました。とりわけ「貨幣論」（岩井克人・筑摩書房）につきましては、長文を引用（とくに原始貨幣については一三一頁〜一三二頁）させていただきました。

厚く御礼申し上げます。

また、児童養護施設で育てられた児童の心理や行動については拙著「おへそ曲がりの贈り物」（講談社）を、ニバラ部落の慣習については拙著「紛争解決学」（信山社）を、デリバティブやストックオプションについては拙著「デス」（毎日新聞社）を、共存主義の思想と現実については拙著「先取経済の総決算　一〇〇〇兆円の国家債務をどうするのか」（信山社）を、念頭に置いて書きました。ここに付言させていただきます。

廣田尚久（ひろた・たかひさ）
1962年東京大学法学部卒業。1968年弁護士登録（第一弁護士会）。
2005年法政大学法科大学院教授。

〈主要著作〉
『紛争解決学』（信山社・1993年〔新版増補2006年〕）、小説『壊市』（汽声館・1995年）、小説『地雷』（毎日新聞社・1996年）、小説『デス』（毎日新聞社・1999年）、小説『蘇生』（毎日新聞社・1999年）、ノンフィクション『おへそ曲がりの贈り物』（講談社・2007年）、『先取り経済の総決算——1000兆円の国家債務をどうするのか』（信山社・2012年）、『和解という知恵』（講談社現代新書・2014年）、小説『2038　滅びにいたる門』（河出書房新社・2019年）

ベーシック　命をつなぐ物語

2019年11月15日　初版印刷
2019年11月22日　初版発行

著　者　廣田尚久
装　幀　岡本洋平（岡本デザイン室）
発行者　小野寺優
発行所　株式会社河出書房新社
〒151-0051　東京都渋谷区千駄ヶ谷2-32-2
電話 03-3404-1201（営業）03-3404-8611（編集）
http://www.kawade.co.jp/
組　版　KAWADE DTP WORKS
印　刷　モリモト印刷株式会社
製　本　小泉製本株式会社
落丁本・乱丁本はお取り替えいたします。

Printed in Japan
ISBN978-4-309-92185-3

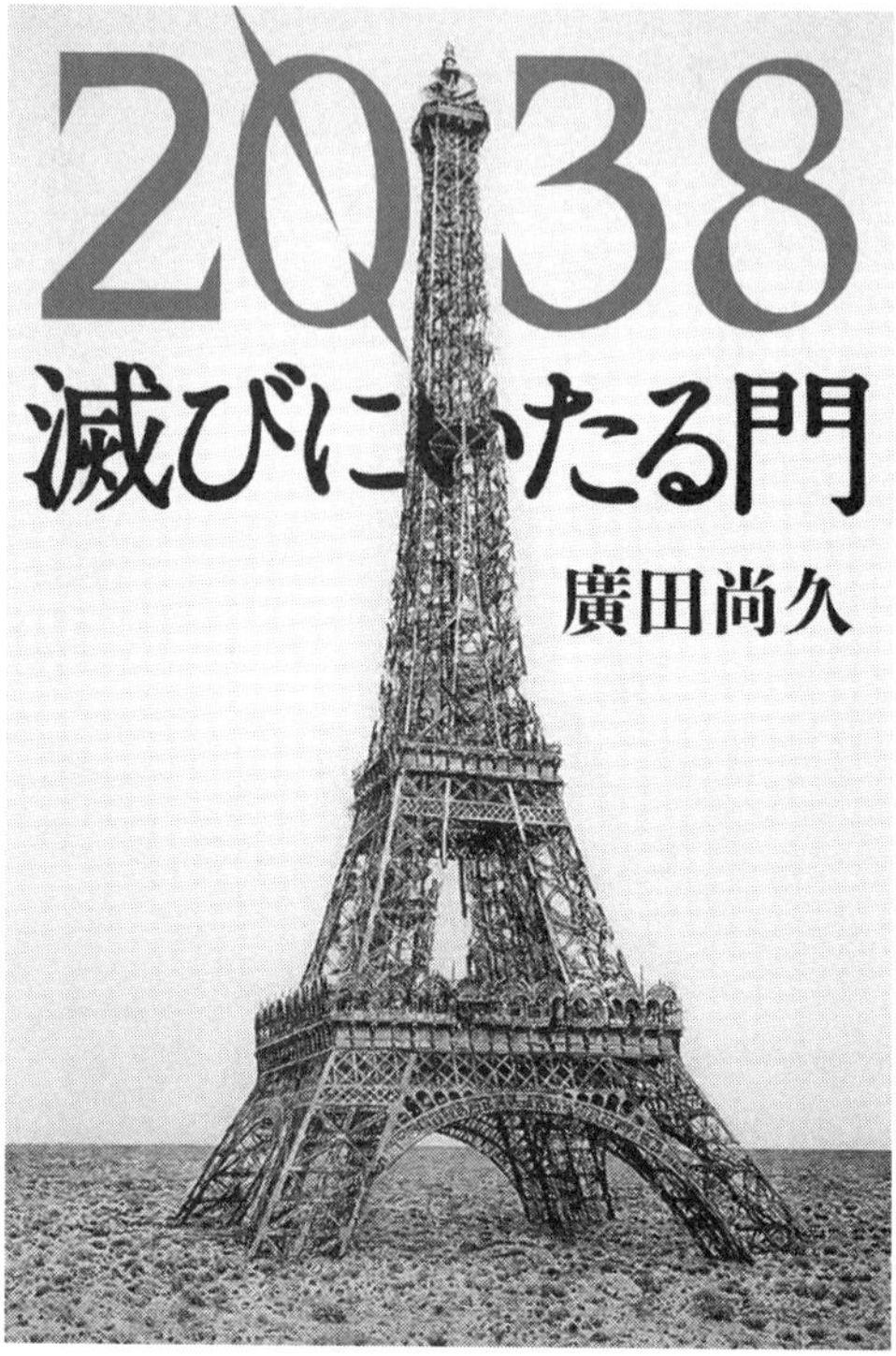

2038 滅びにいたる門

廣田尚久＝著

エッフェル塔をミサイル攻撃せよ。近未来、世界が絶大な信頼をおくＡＩが出した指示は意外なものだった。紛争解決学の創始者が人類に警鐘を鳴らす、ディストピア文学！